# 奇遇周末

钟立风

著

我的目的就是
漫无目的

天津出版传媒集团

百花文艺出版社

**图书在版编目（CIP）数据**

奇遇集：我的目的就是漫无目的 / 钟立风著. --
天津：百花文艺出版社，2023.9
ISBN 978-7-5306-8665-2

Ⅰ. ①奇… Ⅱ. ①钟… Ⅲ. ①随笔-作品集-中国-
当代 Ⅳ. ①I267.1

中国国家版本馆 CIP 数据核字(2023)第 168344 号

---

**奇遇集：我的目的就是漫无目的**
QIYUJI：WODE MUDI JIUSHI MANWUMUDI

钟立风 著

出　版　人：薛印胜
责任编辑：孙　艳　　装帧设计：任　彦
出版发行：百花文艺出版社
地址：天津市和平区西康路 35 号　邮编：300051
电话传真：+86-22-23332651（发行部）
　　　　　+86-22-23332656（总编室）
　　　　　+86-22-23332478（邮购部）
网址：http://www.baihuawenyi.com
印刷：山东临沂新华印刷物流集团有限责任公司
开本：889 毫米×1092 毫米　　1/32
字数：160 千字
印张：13.25
版次：2023 年 9 月第 1 版
印次：2023 年 9 月第 1 次印刷
定价：58.00元

---

如有印装质量问题，请与山东临沂新华印刷物流集团有限
责任公司联系调换
地址：山东省临沂市高新技术产业开发区新华路 1 号
电话：(0539)2925886
邮编：276017

# 引子
## 我的目的就是漫无目的

音乐中最迷人、最精彩的部分，往往不能在音符中找到，这正是弦外之音——人们为之想象、沉醉、迷失……却又有着如实的"依靠"，凭借这些无法触及的"音符"获得另一种可能。弦外之音，无处不在，钟立风以一名弹拨者的灵敏，在艺术、文学、歌谣、旅途中"捕捉"它们……钟立风像个漫游者，他说："我的目的就是漫无目的。"漫游者的西语之源头是拉丁语 Solvitur ambulando，出自圣奥古斯丁，大概之意是：步行——思索——解决一切问题。借由钟立风这些关于阅读、思考和旅行的文字，读者可以照着自己的意愿抵达想去的地方，无论以哪个句子、哪个段落为起始。在钟立风笔下，我们总能巧遇一个游荡者，坦率、谦逊、幽默、好奇——一个清醒的做梦者，他通过行走与思考获得了与自己独处的方式，又与周遭一切发生着微妙的关联，于是那些看似寻常的事物隐约间显现出了深意。

尹奈尔

# 目录

···小说幻象···

⋮断想记忆⋮

皮埃尔·马克·奥尔兰创作的歌曲，无论是由哪位歌手演唱或录制，无一例外都用上了手风琴做伴奏。"手风琴，一种宜于表达刺客情感的乐器……"（《魔鬼辞典》）像皮埃尔·马克·奥尔兰这样集诗人、流浪汉、音乐人、小说家、演奏者于一身的"多面手"，尽管没有从事过真正的"杀人行当"，但他们混迹江湖，命运的跌宕起伏、危机重重不啻于亡命途中的悲情杀手……当然，也正是这般"身体力行"，他才创作出那些真实不虚的作品。除了歌曲创作，电影史上的"诗意现实主义"开山之作《雾码头》，也是由皮埃尔·马克·奥尔兰的原著改编的。

一部"厌世"之作竟然都拍得如此鲜活……迷雾码头、都市景观、舞女浪子、爱欲死亡……诗意中的残酷，厌世里的热爱，灰色暗淡里有人奏响了音乐——雾码头上那个"巴拿马旅店"的老板，得闲就抱着一把五弦琴懒洋洋地弹拨着。影片的女主角扮演者米歇尔·摩根当年十八岁，设计师可可·香奈儿为她量身定制的头戴贝雷帽、一袭束腰风雨衣的忧郁扮相久久定格在影迷脑海里。

皮埃尔·马克·奥尔兰创作的民谣和小说异曲同工，作品中那些看似消极的人物实际上非常渴望生活……他们的苦闷、欢悦，一如手风琴，左手的旋律颓唐，而右手的节奏多情。皮埃尔·马克·奥尔兰借一个笔下人物说，消极的冒险是一种智力体操、一种艺术形式，是理解的飞跃。他歌曲里那些充满戏剧感的神秘因素，以及时而带出的俚语和黑话，都是活泼的喜剧日常，摇摆着滑稽与恐怖，一个休止符之后的悲苦转调，竟给了失意者新生！在《被夜鹰带走的男子》这部戏剧里，有个悲观者因激情消耗了自己，同时又因一本"消逝之书"让自己"恢复"过来。某天他跟随一个手风琴歌者去到海边，后者唱着皮埃尔·马克·奥尔兰的歌："人们并非因为过去而哀伤，而是因为未来而惋惜，在迷雾中，你思索着这一点……"

…

老牌演员米歇尔·西蒙在早逝天才让·维果的电影《亚特兰大号》里饰演一位老水手，这是一个魔术师般的趣味怪诞人物，也是男女主人公——一对新婚夫妇——蜜月航行中不可或缺的神秘"活宝"。他一生漂泊，船舱里满是航行途中收集到的"宝贝"，像个博物馆，琳琅满目。这个粗犷、闹腾的家伙，拉得一手好手风琴，收留了数不尽的流浪猫。他浑身散发着神奇的魔力，像个童话人物！老水手有台快散架了的手摇唱机以及各种风格的唱盘；他会说拉丁语和希腊语，自己和自己玩罗马式摔跤……他还在自己的大肚皮上画了一个和他一样滑稽的人，肚脐眼是嘴——"他"给郁闷的新娘表演抽雪茄以及其他一些绝活这令新娘子感受到新鲜和一丝情欲意味，引来新郎官的妒意。

现实中的米歇尔·西蒙居然也有一艘家居的驳船。有一天美丽的阿娜依斯·宁（Anaïs Nin，西班牙女性日记小说家、舞蹈家）看到一则广告：王家桥滨道有一艘"美丽曙光号"平底驳船出租……她快速前去，越过船梯到船舱，敲门。船主出来，她马上认出来，正是那位著名老演员——"他的脸显得凹瘪与歪斜，但是他的手是我见过的男人中最美的了，纤巧、白皙、敏感。"（《阿娜依斯·宁日记》）阿娜依斯当场租下这艘"美丽曙光号"，而后马上着手把它改造、装修成了自己的单身公寓。在船上，她接待亨利·米勒以及她的其他文学、艺术家情人、朋友，情爱之水与塞纳河一起流淌。

米歇尔·西蒙告诉阿娜依斯，此前他在驳船上养了一只母猴，由于他"丢下她"去外省转了一大圈，母猴伤心，绝食死了……阿娜依斯听了很感动。米歇尔·西蒙又说船里不能再养他的动物朋友，所以他要离开船上的生活了……日记里，阿娜依斯·宁特别说到米歇尔·西蒙的手：纤细、白皙、敏感。这岂不是她本人的迷人之处！在他者身上看到的最好的部分竟然也是自己的,这种美好的无意识,就像两个不相干的梦碰到一块儿。

…

《让娜·莫罗①在书店》这首歌里,有句歌词:"听说魔术师的女人走了/在冬天的海上/哼了一曲比莉·哈乐黛/出现马斯楚安尼的脸……"谱写时,我并没有想过让娜·莫罗和比莉·哈乐黛有没有过"交集",但就这样自然随性地唱了出来。歌曲上线后,我无意间看到一张让娜·莫罗的电影剧照,但忘了出自哪部电影;男主角也面熟,可一下子叫不出其名字。他俩面对面站着,男子嘴唇抿得紧紧的,看着她;让娜·莫罗拿着半个苹果和一本英文版的《女士唱起布鲁斯》,封面上的比莉·哈乐黛微仰头唱着歌。

《女士唱起布鲁斯》虽是比莉·哈乐黛的口述之作,但颇有文学性,也流畅、幽默。幽默中包含的是苦难及化解苦难的智慧。比莉·哈乐黛讲到父亲(父母生她时,父十五岁,母

---

① 让娜·莫罗(Jeanne Moreau,1928—2017),法国女演员,曾拍摄路易·马勒、特吕弗、安东尼奥尼、布努艾尔、奥逊·威尔斯、杜拉斯、戈达尔、彼得·布鲁克等导演的作品,被誉为"知识女性的化身"。特吕弗这么评说她:"她具有女人所期望的一切品质,加上男人所期望的,而没有两者的缺点。"

十三岁,两人均出身社会底层)原本有当个爵士小号手的梦想,然而参加"一战"时,毒气瓦斯侵害了他的肺——小号手最需要的就是肺活量——于是小号手的梦想破灭了……布鲁斯女王思维跳跃,她说,幸好父亲的梦想是吹小号,如果他的梦想是弹钢琴——上帝残忍,总是喜欢捉弄人——那么他的一只手可能会被子弹击穿……要是这样,父亲后来就当不成"麦金尼棉花工"乐队的吉他手了……

比莉·哈乐黛娓娓道来,语调快活。对生活,她既深爱也看透,这似乎正是布鲁斯和爵士的质地。这位一辈子都遭受歧视的黑人音乐家四十四岁就去世了。她二十五岁那年,其三十八岁的母亲离世。比莉·哈乐黛留下一句独白:"……我大概会是同样的结局,也只能活到三十八九岁,顶多四十岁。妈妈从来不关心自己的年纪,我也不在乎,有时候我觉得自己只有二十岁,有时候又觉得自己已经二百岁了。等你死了,就不再需要数数了。"

…

意大利导演塞尔吉奥·莱昂内在拍摄《黄昏双镖客》之前,为找不到一个和克林特·伊斯特伍德演对手戏的演员而发愁。眼看开拍在即,他决定亲自飞去好莱坞"现场抓出"那个最合适者！飞行途中，他翻看一本明星杂志，上面"登记"着所有好莱坞演员的信息，一张张俊男靓女的面孔水一样流过……突然，他在一个叫"李·范·克里夫"的页面停下，是他，就是他了！有的影迷，哪怕叫不出李·范·克里夫这个名字，但对这张脸孔一定过目难忘（有人直呼他"刘德华"）。尽管克里夫总是饰演配角，但他冷酷寡言，行事果决，每每出现，都让观众为之一振！

塞尔吉奥·莱昂内对克里夫在亨利·金导演的《虚张声势》（又名《歼虎屠龙》）和弗雷德·金尼曼导演的《正午》里的表演均留有深刻印象。我甚至认为，加里·库伯之所以凭借《正午》获得奥斯卡金像奖最佳男主角奖，正是因为克里夫"不动声色"的陪衬。可后来克里夫似乎人间蒸发了。

塞尔吉奥·莱昂内看到杂志上的克里夫虽已苍老，但魅力不减："他看起来像个意大利南部的理发师，却有着鹰一样的鼻子和凡·高一样的眼睛！"导演眼睛毒辣，他一上来就在克里夫的眼神中读出了凡·高……实际上由于演艺事业滑坡，克里夫已经放弃演戏而专门从事绘画了，彼时他正经历着生命中最惨淡的时光。有个晚上作画不顺，他醉酒，用刮刀连续"刺杀"了好几幅画作；又从楼上摔下，摔断了几根骨头。塞尔吉奥·莱昂内马上展开寻找，几天之后，克里夫被他的前经纪人带来，"他穿了一件特别脏的外套，剃着灰白的短发，眼神依旧……这正是我要的人物"。当然，克里夫被导演选中,心情大好,断骨的疼痛减轻许多。在飞去意大利拍摄的班机上,克里夫就开始研究起了剧本:"真不错,有劲,简直就是莎士比亚!"

...

重温沟口健二的《雨月物语》,照旧被一股巨大的魅惑力吸入……森雅之饰演的男主角源十郎被女鬼若狭小姐诱惑。(贵族小姐若狭死时是处女,未尝得男女之欢,死后情难自禁,她与女仆来到人间寻觅男子,带去阴间结合,在一个市集上,一眼看上源十郎……)照理讲,源十郎只是精神迷乱,一切乃心魔作怪。最后当他挣脱了鬼魂(心魔)控制,一五一十地把自己的遭遇讲给众人听,遭到耻笑——这世上哪有鬼,分明是你自己心里有鬼……所以,谁都不相信他在阴间的遭遇,可他自己知晓这一切都是真的。柯尔律治的"玫瑰梦"(有人做梦去了一趟天堂,那里的人给了他一支玫瑰作为此行的凭据……当他醒来时,果真有一支玫瑰握在手里)有证据可寻,源十郎呢?除了他与若狭小姐的肌肤之亲是那么销魂、真实,也有一件从阴间带回来的凭证:当他挣脱女鬼控制,天明后在一片荒无人烟的废墟上醒来时,手中握着一把从阴间带回来的利剑!——为了挣脱鬼魅控制，情急之下，他取下挂在墙上的利剑劈向若狭小姐和她的女仆……

《聊斋志异》里有一则叫《杜翁》的故事，与上述内容相近，"梦"得无比"现实"。杜翁者，山东沂水（今临沂）人。这日他逛市集倦了，就出来靠在门外的城墙上打起了盹。一会儿，有人拿着一份公文，将他带往官署。他奇怪：这是怎么回事？疑惑间，一个头戴官帽的人出来："杜大哥，你怎么来了？"杜翁一看是自己的老相识张某。杜翁告诉对方自己正在市集门口晒太阳，无故就被人带到这里来，云云。张某叫他待在原地勿动，帮他去打听究竟怎么回事，又告诫："千万别走开啊，不然出了差池就很难挽救了！"结果呢？尽管杜翁没出大事，但基本上也是在鬼门关走了一趟。原来，官府的确错抓了人，但"没事了"的杜翁又被五六个面容姣好的女子吸引，不能自制，随着她们去了一个地方——卖酒的王家。他探身往里瞧，竟然看见自己在猪圈里和五六头小猪拱在一起。这下他明白，自己已变成猪了，他害怕得直撞墙……这期间他还听到张某大声喊他，怪他不听话——待在原地不要动——几乎坏了大事！等他撞墙出来，猪变回了人形，张某手把手将他送到市集门口，而这时他也结束了打盹，背靠着城墙依旧感觉暖暖的。而后，他起身走到卖酒的王家，惊诧地听人议论适才有头小猪撞墙死了……

...

　　《万象》二〇〇九年十二月刊，有一篇台湾作家李黎撰写的关于张爱玲《小团圆》的文章。她写到九莉和邵之庸爱之前和爱之后的"云泥之别"——

　　　　爱的时候，之庸在她（九莉）心目中是见过世界可以替她活过的人；不爱之后眼睛擦亮了，同一个男人恢复原形……神像露出泥脚，从云端坠入凡尘。

　　旋即想到清少纳言《枕草子》里有一则《无可比喻的事》，从"夏和冬，夜与昼"开始做铺垫和对比，到"雨和晴，少年和老年，一个人的喜笑和生气，爱与憎，雨和雾，蓝和黄……"一路下来，最后落实到人——"同是一个人，没有了感情，便简直觉得像别个人的样子。"（周作人译）
　　台湾林文月的译本，这一则译作《无从比拟者》。从冬夏、雨晴、喜怒、爱恨、老少、雨雾……一组组下来，最后引出的那段"男女情变"的译文是："虽是同一个人，一旦变了心之后，与当初相爱之时，真是令人感觉判若两人。"
　　好玩（笑）的是，这则《枕草子》结尾处，清少纳言写到了乌鸦(夜里睡着的乌鸦),使人联想到遭遇情感挫败之人,唱出了喑哑之歌。大意是:深夜,乌鸦经常到绿树多的地方栖宿,有的乌鸦"睡相"很坏,难免会从树上掉下来,跌落在地之后,边发出睡意迷糊的叫声边飞到另一棵树上,继续蒙头睡觉。周作人译:"这与白天所看见的那种讨厌样子完全不同,觉得很是好笑的。"

...

秋末冬初,颇觉无聊,索性去到一个没什么新意的小城盘桓起来。在途中,想起德国浪漫主义诗人诺瓦利斯讲,为何人们难以找到天堂,是因为秋天过去之后,天堂就会碎裂成无数的碎片,撒落尘世中……想到此,心情明亮了很多,(碎片的反光?)恍惚能遇见什么,发生什么。

有天,去小城的早市晃荡,在一个卖各种杂物的摊位上看到一本旧书《走索日记》,翻了几页,感觉不错。问老板多少钱,老板正和隔壁女摊主聊得起劲,有点不耐烦:"拿走,拿走。"我就没有客气了。

这本日记的作者是罗马尼亚的一个马戏团演员,名字叫奎里奥·蒙特奈尔。日记内容有趣,轶事趣闻里是人性的幽暗与遗憾。遗憾的是在另一段旅途中,我把它搞丢了。后来很长时间，我都没再读到过这么有看头的艺人手札。有时我怀疑，这本书也许并没有出现过，就连那次的小城旅行也是自己虚构的。但又绝对是真的，因为我一下子就能想到书中的一些记录，比如作者谈及他的马戏团老板，终其一生只和女人交欢过一次……又比如，他随马戏团在非洲巡演，某小国的寡妇可以"娶女"，但称"丈夫"……不仅如此，只要一想到这本丢失之书，我即刻就有一种难言的本能反应，那种身体异样的感觉，酸酸的，麻麻的，还有种近乎爱欲的感伤，是这位走钢丝艺人在字里行间设下的"离调感"所起的作用。（奎里奥有则日记记载，大意是说，一旦拿起平衡木，漫步在高空，繁星被风吹奏，一些从天际飘来的离调之音，似乎是自己脚下的钢丝奏出的。）


…


　　一名十四岁的法国女中学生放学回家要完成一篇时事作文：用五百字解释什么是存在主义。女生觉得自己比所有同学都占优势，因为她母亲是《现代》文学杂志社的秘书，这份"存在主义"杂志的核心人物之一是莫里斯·梅洛-庞蒂。可是，真正要简明扼要地解释何为存在主义，就连"存在主义者的秘书"都觉得好难，于是她请教了梅洛-庞蒂先生。后者对布置作文的老师颇有意见:"怎么可以要一个这么小的孩子这样做!"同时他也很热心:"这篇作文我来帮她做。"

　　就这样,女生直接照庞蒂先生的文章抄了一遍。结果,谁都没想到,居然得了一个零蛋!老师还写了一条评语:"你一点也没懂!"可想而知,存在主义大师梅洛－庞蒂"怒了",他直接打电话给学校校长,搞得校长差一点把那名老师给开除了。世界上"这主义""那主义"可真是多,哪个主义有确切的定义?有一次马克思说:"别的先不谈,有一点是可以肯定的,我不是马克思主义者。"

　　实际上,庞蒂先生的脾气并不坏,他只是觉得:何必让孩子们受这种罪呢?我们这些大人是迫不得已而创立这些那些鬼主义的……在《存在主义咖啡馆》这本书里我们看到,庞蒂先生在做学问之余,常常和诗人、小号手鲍里斯·维昂去爵士酒馆喝酒、跳舞,他不仅学问好,人品也好,调情更是一流,不会像其他哲学家那样总是愁眉不展、忧心忡忡。他曾和鲍里斯·维昂合作,为歌者、诗人们的缪斯朱丽特·格蕾科写了一首叙事民谣《马赛的存在主义者》。歌曲风趣、优雅也自嘲,大意是说,有个流浪汉,没钱在花神咖啡馆消费,虽然读了一些萨特,但还是陷入了生活的灾难;尽管读了梅洛－庞蒂,也还是不明白存在、自由为何物。

…

　　几年前诗人于坚将他的一首《我的大象》交我谱曲。他说，是女儿小时候他送给她的礼物。初读一遍，就被诗人的无邪、童趣和天马行空所感染。就好比所有文学类型中，童话最难写——这首童谣也是我谱曲经历中"最难"的一次——既要流畅自然，确保童真，又不能流于俗套……好几年了，几度谱写、反复修改，终于谱成了。有乐迷指出词与曲的合体，既有中世纪歌谣的气质，又回旋着某种辽远的神秘，"雷鬼节奏瞬间纯真，叫人想跳舞"。

　　猛然想起自己也有一些"大象情结"。比如，我喜欢塞林格的《麦田里的守望者》不为其他，单为书里的主人公霍尔顿的小妹"老菲苾"，是一个地道的大象迷！"你真应该看见老菲苾当时的样儿，她穿着那套蓝色睡衣裤，衣领上还绣着红色大象。她是个大象迷。"①只要想起霍尔顿"守护神"一样的老菲苾，就会联想到古希腊悲剧《安提戈涅》或格林童话《六只天鹅》里的"妹妹之爱"……以下是我早年写的一则《走丢的大象》。

————————————

① 引自《麦田里的守望者》，浙江文艺出版社，1992年，施咸荣译，第149页。

...

　　我是一头大象。我走丢了。一个笨拙、孤独、在黄昏时分缓缓回过头来的形象，她在旅行日记本里描绘过，那时候鸟儿已入眠，是拍打着梦的翅膀飞远的……在那个真实得近乎虚构出来的客栈里，几个人屏住呼吸把脑袋凑在一起：我——一头大象——变成了积木架构里最敏感的那根，她稳稳地把我拿了出来，她好像知道，这根小小的积木是一头走丢的大象变的。塔布，塔布——一连串鸟的欢叫——蓝色的风，裙摆，小腿肚子……还没开始亲吻，就咬到了一起；一个不可能的禁地，恰是个自由的空间。

　　我走丢了，我是一头大象。事先我并不知道，她心情一变差，就会夸张地笑出来，而我以为是"我的大象般的移动和兜兜转"，才令她变得开心呢！可是，我的紧张、敏感又使得我变成了积木架构里那根最敏感的积木。在那个真实得近乎虚构出来的客栈里，几个人的脑袋碰到一起时，她汗津津纤细的手，稳稳地（又有些试探式地）将我拿了出来……大象没（变）回来。

...

　　他们的爱情十分牢靠，比世上任何一对情侣都坚固而不可动摇。

　　有时就连他们自己都觉得奇怪：怎么会是这样？也怪不好意思的。常看到山盟海誓的情人们最终都各奔东西甚至反目成仇，他们想：莫非天底下所有的爱情运都被他俩给独占了，导致他人连一点点爱情的好处也没有得到？他们相信天地间好东西不会太多，自己多拿了，其他人自然就少拿甚至没得拿了。

　　他们在一起已经多年，彼此从未厌倦或见异思迁，爱之火苗越烧越旺，可每天还嫌爱得不够，每个瞬间都能发现对方身上的各种新鲜和可能性。

　　你一定会问，他们怎么能做到这样？他们保持爱情永不褪色的秘诀是什么？

　　这秘诀，很简单，你听了，可能会觉得不可思议。他们整天在一起只做一件事情——探讨爱情的荒谬和不可靠性！两人越探讨越充满激情，越充满激情越快乐，越快乐越深入，越深入越深爱，越深爱越贞固，以至根本不能动摇，没办法分开。每天，他们一直到困倦地将要入梦，还在探讨。

长夜过去，天光放亮，他们仿佛又积蓄了更多能量，再次全身心陷进炽热的爱情里，探讨它的不可能。

...

好的文学作品（小说），它的精髓并非人们从中摘取的几条格言或所谓的几个金句，因为它的作者并不需要在文本内"安置"类似的东西，以达到某种"思想"效果……所以读者若想从著作中——通过内容、情节、语句——寻觅中心思想，没有！深邃的东西皆在言辞之外……借音乐来说：音乐中最精妙的部分不可能在音符中找到……因为，那是"弦外之音"。

哲学家维特根斯坦跟他的老师罗素和学生马尔科姆都极力推荐过托尔斯泰的小说《哈泽·穆拉特》。维特根斯坦认为，在托尔斯泰的这篇小说里，有某种伦理的东西和精神思想并没有用语言表述出来，但凡读进去的人，都能获得某种模糊的精确性——一种思想的想象……照波德里亚的说法：思想的想象比思想本身珍贵。

维特根斯坦的"言说以及不可言说"的哲学诱惑力，就好比他引用过的一句诗："我思想上的喜悦，就是我对自身陌生生命的喜悦。"（路德维希·乌兰德《艾伯哈得伯爵的山

楂树》)

…

记忆里，"听"到过四次，人说话、唱歌、笑如同纸张的声响。

一，西班牙诗人胡安·拉蒙·希梅内斯的妻子临终前轻轻哼起了一支歌谣……诗人回忆，妻子的歌声如同纸张轻轻摩擦般沙哑而微弱……然而，节奏起伏，仿佛要涌出不会停歇的生命意志……

二，古斯塔夫·雅诺施回忆亦师亦友的卡夫卡的笑声：有其独特的温柔，使人想起纸张折叠时的响声……

三，十六世纪英国诗人、出版商、植物学家、地图绘制员托马斯·奥格比尔每晚入睡前，女佣必须在其床头翻书（女佣并不识字），通常没翻几页，奥格比尔就睡着了。可是女佣倘若停下"阅读"，他便会蓦地醒来，很恼怒……他这个怪癖令人费解，据一位跟他相好过的女子透露，女佣的翻书声，使他忆起孩童时，母亲对他的"不乖"发出的"温柔的责备声"……如是，他能（带着些许羞赧）安稳入眠。

四，卡内蒂笔下有个叫奥德斯德克的人（"奥德斯德克"

也可能是一个物体)，"他那笑声，如同纸张被夜风刮走的窸窣声"。

…

我先是从他人的描述中"见识"了亨利·米肖惊艳、怪诞、神秘的形象，而后才读到他的文字。法国作家热拉尔·马瑟写他，直接取名"没有面孔的人"；在另一本书画集里，作者提到这位集诗人、艺术家、画家于一身的家伙，是个"长着鸟脸一样的人"……再后来，读到亨利·米肖一位爱慕者的描述——酋长般的脸，昆虫般能朝所有方向转动的眼睛，与他一起散步，感觉他的双脚是微微离地起飞着的。有天翻开一九八八年第五期的《世界文学》，瞬间被亨利·米肖的文章《有个毫毛》吸引，文字本身也有那些描述者讲他时的"效果"……译者杜青钢说这些文字"似小说，似散文，似素描"。

毫毛，如其名。一个小人物，夸张、滑稽、苦涩又忧郁，他与现实格格不入，处处碰壁，然而亨利·米肖却赋予他快乐、善意、柔情，偶尔也带点"坏心思"，给一点刺激、香艳、动感和飞翔……亨利·米肖落笔轻盈，似一个个迎面撞来，吓你一跳又带你逃离的怪物。即使沉痛、悲苦，甚至血腥，也会带给人畅快无忧的感觉……似一个落寞者奏出来的一曲曲欢歌，小小的，愉悦的，哲学的，指出人生乃一出喜剧：有逃脱不掉的悲苦与荒谬。

…

弗朗西斯·蓬热的散文诗《牡蛎》最后一句是："有时，极为罕见，一粒小东西凝结在珠质的嗓子眼，于是人类马上有了装饰自己的东西。"

另一种翻译是："罕见的胜利，见喉中磨砺出一粒珠玉。"

一次聚会，见一位女士脖子上挂有一串好看的珍珠，其脖颈处，恍惚出现一张狡黠、上扬的弗朗西斯·蓬热的脸。

曾是文学青年的菲利普·索莱尔斯有一阵子时常上门拜访蓬热，他认为诗人的孤独和清贫之上有一种骄傲和美好的执着，"一种根本的高贵的东西"。

有天蓬热不客气地说："终有一天人们会知道，所有人都是错的，只有我是对的。"是啊，全世界唯有他"找"到了——采取事物的立场[1]。

---

[1] 《采取事物的立场》，弗朗西斯·蓬热著，徐爽译。

......

　　热拉尔·马瑟被维特根斯坦的一则笔记激发出一个想象,这想象就像个寓言故事:有这么一个人,他时时刻刻关注自身及身边的一切,若不这样,他会觉得,一不留神,所有一切都将消失。比如,他如果不时刻看着自己的手,手便会不翼而飞! 这让他感到不安和恐惧。他想,眼下我没事,可以时刻警觉着,看住所有一切。(即使在梦中,他也毫不懈怠!)可是,他想,万一要是死了呢? 我如何"看住"这一切……如此看来,这个人不害怕死亡,对自己的终将彻底消亡不在意也不恐惧。他恐惧(在意)的是,如果他一死,就什么也"看不住"了……最后,热拉尔·马瑟(借维特根斯坦的思想)一锤定音:现实,因为我们的存在而存在;至少世界没有其他可能。

......

　　后来成为画家达利妻子的加拉女士,让很多男人捉摸不透,就连老练成精的男人如西班牙导演布努艾尔也对其"怀恨在心又念念不忘"。在回忆录《我的最后一口叹息》

里，布努艾尔谈及年轻时有次和达利、加拉连同几位友人一起到郊外野餐，就某个话题发生争执，由于加拉言词泼辣、恶毒，他压不住火气，上前将她按倒，死死掐住她的脖子，她的舌头伸出来好长，搞得达利跪地求饶……多年以后，布努艾尔梦到了加拉，在一个戏院包厢，两人缓缓接近、深情拥吻。"这场梦带给我无以名状的奇特感觉，这种感觉不亚于梦见圣母玛利亚。"布努艾尔写道。

通过阿拉贡与布勒东的一次谈话，我解开了一点点加拉之谜。加拉出生在一个叫"比萨拉比亚"（Basarabid，罗马尼亚语）的地方，此地"盛产"小偷、魔法师和骗子。这里的人既不像俄国人也不像罗马尼亚人（比萨拉比亚被俄国和罗马尼亚轮流统治，又被波兰和其他一些国家瓜分），他们开放、自大，放纵、胡搞近似于精神错乱。"他们的自大狂首先表现在嘲笑其他人的自大狂。"阿拉贡这句评点，颇有噱头，使人联想到何故达利一眼就能跟加拉对上眼……达利曾说，他被加拉瞬间迷惑住是因为她身上有种迷狂、残酷和神秘的个人气息，一种奇特的超自然魅力以及由此衍生出来的对性满足的渴望。

总之，人人心里都有数：加拉可不是一盏省油的灯。

除了加拉，"达达运动"领袖特里斯唐·查拉、好莱坞喜剧明星组合"马克斯兄弟"都是比萨拉比亚人。仔细一想，这些人的确有相似之处。查拉有句名言："我欺骗自己时把我自己都感动得流下热泪。"加拉曾是诗人艾吕雅的妻子，后来艾吕雅"痛苦"地将这个比萨拉比亚女子交给好友马克斯·恩斯特，自己则逃之夭夭——他实在无法忍受加拉的性子……为此他发明了一句著名的谚语："消失就是成功！"唯有达利，以他有过之而无不及的错乱、放纵、迷狂、神秘……才抵御住了"比萨拉比亚"！

　　一名叫杰尼卡·安塔纳吉乌的年轻女演员，祖辈也是比萨拉比亚人，但她的性格与上述"比萨拉比亚特性"截然不同，她凄楚敏感，低调内敛，是个天才型表演者，常年只穿黑色服装，宛如一名戴孝者。那时她与演员、诗人、反戏剧理论创始人安托南·阿尔托相爱，而后者由于精神错乱被关进了医院。住院期间，阿尔托痛苦无助地写信给她："我温柔的罗马尼亚美人，我的朋友，我的妹妹，我的心已死，我感到万分孤独呀，等我精神好些，我们一起去买糖果……"此外，阿尔托还在信中推荐心上人读康拉德、瓦尔特·佩特、哈代等作家的书。

...

　　绍兴游，从乌篷船下来，前往朋友曹可扬家做客，他赠我一样礼物，是一枚他祖父珍藏过的藏书票。

可扬的祖父曹辛之先生，是九叶派诗社①成员之一。除了是一位诗人，曹先生也是书籍装帧大家，他历任三联书店美编室主任、人民美术出版社编审；获得过中国出版界的最高奖誉——韬奋出版奖。曹先生的装帧风格素朴大方、明快简洁，清雅气息幽幽袭来。可扬赠我的这枚藏书票，是四川版画家陈世五在二十世纪八十年代初期专为曹辛之先生设计的。陈世五匠心独运，构图巧妙自然。可扬说祖父生前很喜爱这枚藏书票。

曹辛之出生于一九一七年，属蛇。藏书票的图案是一条"优美的蛇"环绕在一本黑、棕两色的书上，蛇尾灵动，好似在翻动这本书。画面中"上中下"三支笔：上面的是毛笔，代表曹先生是诗人、书法家；中间的是刻刀，意指他在镌刻和竹刻上的造诣；下面一支是画笔，代表了曹先生的美术才华。

回到北京后，我第一时间将藏书票装裱好放在书房里，拍了一张照片给可扬。可扬回复："真是好看，放在那里，好像已经很久了。"

与可扬相识之前，我在王湜华的《音谷谈往录》读到过曹辛之先生。王湜华是现代著名文史学家王伯祥的公子，因为其父的关系，王湜华跟很多作家、学者有过近身接触，如梁漱溟、叶圣陶、钱锺书、启功、顾颉刚、夏承焘、赵朴初、

① 二十世纪中国的一个现代诗流派，除了曹辛之以外，其他成员还包括穆旦、辛笛、陈敬容、郑敏、唐祈等。

沈从文、夏丏尊、俞平伯、曹辛之……王湜华回忆，每位先辈的一言一行，都是他取之不竭的精神财富。他还说到，他经常向这些父执们求墨宝，没有一位不快意相赠的。在回忆曹辛之的文章里，王湜华说他跟曹先生学过装裱，但因为自己"笨手笨脚、粗枝大叶"半途而废；又说曹先生才艺和风度超群，但毫无架子、平易近人，还经常自谦又带开玩笑地说："我只是个画书皮的。"

曹辛之的笔名叫"杭约赫"。一开始，我觉得好洋气，蛮西化的！遂联想到李尧棠取笔名"巴金"、郑振铎取笔名"西谛"……可是，"杭约赫、杭约赫、杭约赫"，我读了几遍，发现其中另有奥秘，就问了可扬。

果然……

铿锵有致，劳动者的号子声。


...


一八七九年，古斯塔夫·马勒十九岁，他恋上了自己的学生约瑟夫·波伊索小姐。波伊索的父亲是马勒家乡伊格劳小镇的邮政局局长。局长和局长夫人皆嫌弃马勒是个穷小子而阻止女儿与之交往，失恋的马勒一口气写了三首歌以纪念这段挫败的爱情。如此，他也开始了真正的作曲生涯。当年年底，波伊索小姐出嫁了，新郎官是当地一所大学的校长，为此马勒更受打击而开始创作具有康塔塔（Cantata，意大利语，意为"歌唱"）风格的歌谣《悲叹之歌》。康塔塔，一种复杂、多变、具有咏叹意味的多乐章组曲，起源于十六世纪末的意大利，曲调充满了古希腊的悲剧色彩。这表明波伊索小姐带给马勒的悲伤是巨大而深刻的。正是在这绝望时刻，马勒认识了一位叫洛维的演出经纪人，后者为马勒寻求演出机会，抽取百分之五的佣金。两人合作默契（洛维当了近十年马勒的经纪人）。洛维先生见过波伊索小姐，认为她独特的声线盖过她的美貌。为此我们不禁猜测，也许是波伊索小姐"嗓音里的诱惑"而引发马勒灵感不断……

洛维先生给马勒找到的第一份工作，是在一个温泉疗养院当乐队指挥，距离此地不远，便是大音乐家布鲁克纳的出生地（不久之后，马勒便与布氏成了忘年交）。疗养院内建有一个能容纳两百名观众的小剧场，极其简陋，逢雨必漏。在马勒的回忆里，这是个"地狱般的剧院"。小剧院有乐师十五名左右，业务水平参差不齐，基本上都在混日子，作为一名初出茅庐的乐团指挥，马勒能掌控他们吗？

剧院前方有一个"自由广场"，马勒传记作家爱德华·塞克森留下一句"广场集所有媚俗之能事"……每次排练在即，马勒总要去广场西边一间小酒馆将醉醺醺的首席小提琴手连拽带哄地拉回来；剧院台柱子是一名女高音歌唱家，具有非常迷惑人的懒洋洋的魅力，她刚做了母亲，孩子的父亲不详……在排练或演出之余，人们常看到马勒帮女高音带孩子——一副沉思的模样，哼着调，推着婴儿车在广场绕圈……这，怎么回事？是不是剧院分配给这位年轻指挥家的额外任务？

除了给台柱子带孩子，年轻的古斯塔夫·马勒还兼任着舞台经理、行政管理、疗养院图书管理员和搬运工、维修工等。这一切都是马勒自愿的吗？他之所以干这些，是不是以此消磨时间，进而化解邮政局局长一家带给他的创伤？不管怎样，这段经历为马勒往后瑰丽壮阔的人生奠定了基础。在疗养院当乐队指挥的这段日子，他将《悲叹之歌》收了尾，自称："仿佛有另一个马勒从肉体内挣脱而出！"

…

一九六八年，甲壳虫乐队（The Beatles）发表了他们的第九张作品《白色专辑》。友人K君说，约翰·列侬一定非常喜欢纪伯伦。我问为何，他说因为在这张"白色"专辑里，列侬直接把纪伯伦散文诗集《沙与沫》里的一句"我说的话有一半是没有意义的；我把它说出来，为的是也许会让你听到其他的一半"，用在那首最"抚慰人心"的歌《茱莉娅》（Julia）里。（这首歌是列侬写给在他年幼时便离世的母亲的。）不仅如此，列侬还把这句"纪伯伦"印在唱片封面上，像是为专辑设定一个基础调性。

我倒不认为约翰·列侬在歌里（专辑封面上）引用这句纪伯伦的话，就能证明他对这位黎巴嫩裔的美国作家有多么喜欢。因为一直以来，纪伯伦的书都在全世界范围内畅销，属大众普及读物，就像一些流行歌，你根本没主动要听它，可它总响在你的耳旁，于是有一天你不由自主地哼起了它。也就是说，纪伯伦的诗句总是在市面上被消费，甲壳虫乐队很自然就将它拿了过来。

另外，纪伯伦作品的大众性与甲壳虫乐队的风靡性，基本上属同一种模式。这么说吧，猛一看，都蛮有"思想"的，实际上只是比大多数市面上的通俗作品多了一点想法，多了一些较为表面化的"真理"……而普通读者或歌迷沉浸其中，认为自己也"琢磨"出很多人生况味，以至于觉得自己也蛮有"思想"的！这就是所谓的"共情"。所以这些书、这些歌曲就拥有了源源不断的大众消费者。

随意摘抄一句纪伯伦："我是旅行家，也是航海家；伴随着每天日出，在我的灵魂中都会发现一个新大陆。"且看，这里的"旅行""灵魂""日出""新大陆"都是一种口号式的励志，"大而空洞"，体会不到真实、微妙和细腻的情感，但这正是流行文化的需要和功效。如果需要它更流行、被更广泛的大众接受，就必须加一些"空洞"和"励志"的东西……

也有人士指出，甲壳虫乐队的一些歌词看似是真理，实则却蛮虚空的，比如在一首歌里他们这么唱："你所需要的就是爱。"如此直白和口语化，一下子就会把人吸引，于是这位人士说："很明显地，它指向了空洞，掩盖了很多困难和矛盾。"①

…

"听一个中国人说话，我们感觉像是听没有音节分辨的汩汩流水，而懂汉语的人则能在其中辨认出'语言'；同理，我常常难以在人身上辨认出'人'。"热拉尔·马瑟在他的《简单的思想》一书里，原封不动地摘写了这则维特根斯坦的手记，可见其有着浓郁的中国情结。而这则"维氏语录"多少也带出一些汉语的特殊性和神秘感。

热拉尔·马瑟著有一本极具"东方智慧"的轻灵之书《汉语课》，读起来轻松、雅趣，还略带一点笨拙的喜剧感。比如这一则："男人永远站立，女人永远端坐。前者有自由的手，后者有缠裹的脚。"又如："在借来的外衣下，一件内衣露了出来——那是汉语外套的衬里，于是我听到背后传来的笑声。"

我读《维特根斯坦传：天才之为责任》时，看到过上述

---

① 引自《名流：关于名人现象的文化研究》，北京联合出版公司，2019年6月，克里斯·罗杰克著，李立玮等译。

热拉尔·马瑟摘录之句的出处，与其借此抒发的"中国情结"不同，维特根斯坦说这句话另有他意。当时维特根斯坦正在参加"一战"，在队伍中，有大批士兵来自"帝国统辖的各斯拉夫民族"，维特根斯坦觉得这些人简直是"一群流氓"，对一切事物都没有热情，愚蠢甚至邪恶。他几乎无法把他们当作同类，于是他写出："我常常难以在人身上辨认出'人'。"英国人瑞·蒙克所著的这本传记，中文版是王宇光翻译的，这一段这么翻译："听到中国人说话时，我们往往以为他的话是不清楚的咯咯声，懂汉语的人能从听到的声音里辨认出语言。类似地，我常常不能在一个人身上辨认出人性。"

后来我又在商务印书馆出版的《路德维希·维特根斯坦　战时笔记：1914—1917 年》中看到了这则"语录"，原来那是维特根斯坦一九一四年八月二十一日的日记内容。他是一九一四年八月七日这天（奥地利向俄国宣战的第二天）入伍的，其所加入的是奥匈帝国克拉科夫第二炮兵团，在维斯瓦河上一艘从敌军那里抢来的船上做探照灯维护兵。

······

有研究者认为，卡夫卡的小说《城堡》中，土地测量员 K 的绊脚石：那两个恶魔般的助手杰里米亚和阿图尔——

"我怎样才能分辨你们？你们只有名字不同,此外全都一模一样,就像……此外,你们就像两条蛇那样一模一样。"——之原型是罗伯特·瓦尔泽小说《雅各布·冯·贡腾》里的主人公雅各布。马克斯·布罗德记得卡夫卡愉快且大声地朗读瓦尔泽作品的情形。本雅明也发表过一则"文学谣言":"这个看上去最欢愉的诗人(瓦尔泽)是无情的卡夫卡最爱的作家。"的确,读者们能觉察到卡夫卡和瓦尔泽相近的性灵,一种"童话已结束,而现实将登场"的喜剧荒诞感。本雅明在另一处还提道:"他们都具有一种持续的令人心碎的非人的浅显性特征。"我们仿佛看到了童话尾声里走出来的人物,他左顾右盼,小心翼翼地提着一口微弱之息,生怕一不小心再次跌入一个魔咒。

　　罗伯特·穆齐尔对瓦尔泽的欣赏一定多过卡夫卡,他曾带着一丝责备的口吻说,卡夫卡的叙事腔调太过于接近瓦尔泽了:"我觉得必须维护瓦尔泽的作品在风格上的独一无二性……"穆齐尔还谈及读卡夫卡的处女作《观察》的感受,觉得读着有种不适:"它像是瓦尔泽的一个特殊案例,虽然它要比瓦尔泽的《故事集》写得早。"瓦尔泽对"渺小"的执着和迷恋让卡夫卡非常受用。渺小、微不足道、失败者——成为一个"滚圆的零蛋"是他们共同的人生理想。《雅各布·冯·贡腾》里有这样的句子:"我感到多么幸福,我在自己身上看不到一点值得尊重、值得推崇的东西,微不足道,并保持这样……"卡夫卡读了瓦尔泽的《唐纳兄妹》,就主人公西蒙发表言论说:"西蒙不是无处不在吗?……西蒙非常不成功,但是,只有不成功才给世界带来一丝光亮。"

...

有一天毕加索神秘兮兮地告诉他的"死党"——诗人阿波利奈尔,说他在一个画商的铺子里见到一名陌生女子:"她就像是你的未婚妻……"尽管阿波利奈尔觉得毕加索的话很不靠谱,可还是决定去见一见那名女子——画家玛丽·洛朗森。

这一见,阿波利奈尔顿时陷入情网:"简直就是女版的我啊!"他欣喜若狂地冲朋友们喊道!阿波利奈尔才华横溢,闹腾无限,喜欢"偷吃"……岂料玛丽·洛朗森的"胃口"比他还大……诗人欣喜若狂,紧随其后的是苦涩、沮丧和嫉妒:"……她是一颗小太阳,那是我的女人身……她那深红色的脸充满孩子气,是天生给人制造痛苦的那种类型……"阿波利奈尔在这位缪斯身上获得的狂喜和痛苦可以从他的诗作《被谋杀的诗人》中读出来,诗里有一只披着蓝布的贝宁鸟——玛丽·洛朗森的化身。

关于玛丽·洛朗森的才情,作为其情人的阿波利奈尔的点评很到位，他认为大部分女艺术家总是想超过男人，然而在这种野心和角力中，她们往往都丧失了自身的情趣和优雅，这是一件很吃亏的事情！洛朗森反而利用了男女之间深刻的、原始的差异……在此"理想"的差异中，她获得自由，找到自我。洛朗森的画作，有种淡雅、奇妙的气息从艳丽妩媚的色彩中透露出来，闪烁着灵性。我记得有一幅她的作品，画面里有个神秘、轻巧的跳跃，极富音乐的弹性！这让我相信了一个关于她的谣传：玛丽·洛朗森，无论去哪——包括上床——都是跳着绳子去的。

...

民歌采集者罗一闻推荐我们看一部讲述吉卜赛人的纪录片《一路平安》，导演托尼·加列夫本人就生长在阿尔及尔郊区一个吉卜赛家庭，成年后到了巴黎（据说是为了逃避婚约），加入了一个戏剧社，后经由表演艺术家米歇尔·西蒙的帮助进入电影业。（米歇尔·西蒙在电影《亚特拉大号》里饰演一个老海员，他的性情以及耽于声色、多才多艺就像一个吉卜赛人。）整部片子，没有故事情节，只有停不下来的行走与歌舞。心无杂念，所以性感。看完《一路平安》，最强烈的感受就是性感，停不住的勃发的生命力。

罗一闻跟我说,托尼·加列夫在拍摄这部纪录片之前,一定熟读过十九世纪英国学者乔治·博罗的《拉文格罗》——一本有关于吉卜赛人迁徙繁衍的文化巨著。在这部著作发表之前,乔治·博罗出版的几本自传体气息浓郁的小说,也极富吉卜赛风味:不只是放逐和动荡,文本本身也蔓延着自由的精神。在《拉文格罗》中,乔治·博罗叙述吉卜赛人(也称罗姆人)从印度启程,徒步行旅千年,穿过中东,途经拜占庭帝国,而后抵达欧洲其他地区,写就了一部无尽的西行记。

自由、苦难、忍受、驱逐与诅咒,以及吉卜赛人特殊的谋生手段(打铁、算命、卖艺、驭马、杂耍、马戏表演等)都在《一路平安》中呈现。从加拉斯邦的金色沙滩、尼罗河畔的石头城堡、君士坦丁堡的雾码头,到匈牙利和罗马尼亚肃杀的冬日,再到法国城市贫民区的小酒馆,一直到迷人的安达卢西亚村庄……这段千年迁徙,就像是被上帝遗忘的这一族群所做的一场绚丽多姿、神秘莫测、生生不息的梦。生命悲欢,如同手中乐器,以即兴的方式进入了日常与神秘之间的绵长地带。

整部纪录片,我印象最深刻的场景之一是一位扬琴手和一位小提琴歌者的合作。在河边一棵大树下,扬琴手敲打出来的旋律如夜间流水,好似并非从往昔而是从遥远的未来流淌而来,也似一只黎明中的鸟儿微微扑翅抖落下的梦境……这奇妙乐音,即使是上帝听到,恐怕也会惊喜吧!小提琴手,是可亲可爱的(落魄)绅士模样,他又很诡谲,在与扬琴手的合奏中,忽然换了一种演奏手法——这手法,就像变戏法——他放下琴弓,从小提琴共鸣箱的小孔里拉出一根看不见的丝弦,一边试探又随性地将之牵引出来——似乎在拉扯里面的一个小精灵——一边又演奏起一些个笨拙而又灵动的音符。这些音乐动机,就像是上帝遗弃他们后又悄然留给他们的一些生之奥秘。

...

　　吉奥乔·阿甘本在谈"何谓同时代人"时,拿出罗兰·巴特的一个说法:"同时代就是不合时宜。"随后阿甘本的分析论证了罗兰·巴特的说法,因为只有依附(认清)这个时代,同时又与它保持合适的距离,才是真正地与时代一道前行。

　　"不合时宜者"以其清醒和冷静的凝视而进入这个时代,理解这个时代。在常人看来的距离、脱节或滞后正是一种得天独厚的进入时代的必要。反观那些过分契合时代、拥抱时代、完全贴近时代的人,由于狂热的靠近而失去了一个最佳的审视(凝视)地点——不识庐山真面目,只缘身在此山中——也可以拿当今的偶像明星类比:(看上去)他们都是时代红人,引领着时尚潮流,但不用多久,那些看上去与时代完全一致的东西——造型、服饰、发型、网络用语——马上就成了过时货,被时代所抛弃。阿甘本讲:"……人们在谈到十九世纪的一位优雅女士时说,她是每一个人的同时代人。"他还借奥西普·曼德尔施塔姆的《我的世纪》(*Vek moi*)来思考"同时代"的意义——

为世纪挣脱束缚

以开启全新世界

必须用长笛连接

所有多节之日的节点

…………

你的脊骨已经破碎

哦,我那奇异而悲惨的世纪

…………

像一度灵巧的野兽

你回首,凝视自己的足迹

…

通过法国诗人波德莱尔,我知道了创作歌手乔治·布哈森。（他们合作的歌曲《过客》被许多人文歌手翻唱，有人说歌曲意象沿袭了波德莱尔的《致一位路过的女子》、里尔克的《夏日的过路女子》……）乔治·布哈森二十一岁成为一名歌手之前，就出版了第一本诗集《水中剑》。"二战"期间，他在地下文学刊物《自由主义者》发表文学作品，随后又出版了小说《拉莉·卡卡莫尼》。

二十世纪五十年代，哥伦比亚作家（记者）加西亚·马尔克斯旅居欧洲——正租住在一间阁楼上，酝酿着后来饮誉世界的文学大作——每到傍晚时分，他总会听到一段饱经沧桑又纯净自然的歌声，从街角咖啡馆被风吹上来。这歌声使他得到安宁又让他充满想象，而那唱歌的人正是乔治·布哈森！当年巴黎有一份报纸叫《快报》，一次记者随机采访普通市民"最想成为什么样的人"，有64.7%受访者的回答是想成为乔治·布哈森。

不知道是不是受乔治·布莱森影响，没过多久，马尔克斯就与一位委内瑞拉画家成立了一个演唱组（吉他+六孔箫），在一家夜总会驻唱赚钱。他们演唱的歌曲中最受客人欢迎的是一首首来自他们故乡的歌谣……接下来关于《贝拉米》这部电影的手记里，歌者乔治·布哈森将再次出现。

......

　　《贝拉米》是法国导演克劳德·夏布洛尔的"天鹅绝唱"（二〇〇九年电影上映，二〇一〇年导演去世）。这是一部披着侦探片外衣的家庭伦理戏，好看，令人回味。但也有挑剔者觉得无聊，说不明白"老夏"怎会如此晚节不保……影片故事简单，有两条线索：一，休假在家的探长贝拉米，被一个自称罪犯的奇怪男子上门缠住，请他帮忙调查自己的情人……二，探长贝拉米那个行迹不明的弟弟突然上门，某天探长觉得妻子与他不羁的弟弟可能有染……故事主题不重要，关键在于如何讲述。凭良心讲，"老夏"没失水准，许多细节需慢慢琢磨才能咂出味道。

　　影片开始，一个角色死了，是自杀。

　　这个轻生者，究竟是个什么样的人？他选择在歌者乔治·布哈森的海滨墓地了断自己。

　　乔治·布哈森，这个最具人文色彩的法国歌者，他的音乐风格难以界定，在民谣、爵士、香颂、流行之间自由穿梭，其颠覆性的对宗教、阶级和伦理道德的讽刺，朴素、戏谑也不乏"邪恶"，是二十世纪最受欢迎同时也最受争议的歌者之一。他所有的表达都是建立在对人性的关爱、悲悯、包容之上。乔治·布哈森少年时就学会了弹钢琴，中学时与同伴组建了爵士乐队，但他是从文坛起步后再走向歌坛的。

接着，探长贝拉米去超市买组装书架，巧遇自杀者的前女友，后者是超市的一名店员，美丽大方。她和探长谈起前男友，说在他"发疯"之前，两人同居了五年，她认为他是个很不一样的、很有意思的家伙：爱这个世界，但有他自己很清醒的看待世界的方式——世界很糟……探长去到女孩的住处，看到墙上贴着乔治·布哈森的照片以及不同时期的唱片封面。

···

有时你觉得自己是"别的某个人"。

这"别的某个人"，或许在别处，你一无所知。

那么这个你一无所知的"别的某个人"也会有着和你同样的感受吗？他觉得自己并非是自己，而是另外一个人（或许正是你），此刻正和你一样虚构着。所以你觉得电影《维罗妮卡的双重生活》中的情形极有可能在现实里发生。

《米沃什词典》里的"可靠性"（authenticity）这么解释：我最大的恐惧是，我在假扮一个我不是的人；我一直意识到我在假扮这一事实。

你继续设想着时,这"别的某个人"从别处走来,走向你镜子的背面,看到一个正在虚构的人——你!一段段旅程如梦铺成,一副副面孔如水掠过。马克斯·伊士曼在一段迷幻之旅中听到如下对话——

"我们不是在辛辛那提见过面吗?"

"我从没去过辛辛那提。"

"我也没有去过。应该是另外两个人。"

…

和老钱出门旅游,我注意到,不管去哪,他双肩包里总有两本书:一本《圣经》和一本北岛的诗集。那天我们坐车从大理前往红河,太阳毒,人昏沉,当车窗外一只蓝鸟划了一个线条,老钱打了个喷嚏,我转头见他读着北岛的诗。可也就半分钟,他的鼾声响起,我就把书拿过来,翻开,是《东方旅行者》。读了一遍,似乎有旋律要出来,我随即掏出拇指琴,边弹拨律动边记下了和弦走向。

这首诗每个段落的最后句,都有一个"攀登"——沿着气泡、志向、掌声、旋律攀登——很自然地(与诗句严丝合

缝)在"攀登"的后面,我用了一个依次上升的|0 5 6 7|的调式,引出诗的下一段落,仿佛是通过这个上升的跳板,扑向另一段旅程。

睡梦中的老钱,并没有被我的琴音吵醒,反而在"推土机"(副歌是:推土机过后的夏天/我和一个陌生人交换眼色/死神是偷拍的大师……)的旋律中,去到了更遥远的梦境,渐渐地,他更大的鼾声与我歌曲的节奏合在一起!

…

音叉、沙漏与节拍器,他们老早就约定一起去旅行。为了等到这场奇妙之旅,音叉小姐总失眠,连哭带闹。沙漏先生也总是睡不着,他想,睡不着的话,第二天怎么有精神远足呢?实际上,沙漏先生是由于兴奋,做梦梦到自己睡不着。节拍器是个捣蛋鬼,居然长出翅膀,自个偷偷溜出去很多次了,但回来时又很茫然、无辜的样子。

…

二十世纪九十年代,我刚到北京,租住在西城区柳荫街,无所事事,就会顺着梅兰芳故居、护国寺、人民剧场、新街口一带晃荡。饿了,就到路边新疆馆吃一盘拉条子,填饱肚子再走几步,就到了那家专卖旧书的中国书店。几个中年男店员非常能聊,嗓门也大,家庭琐事、国家大事、社会闲事,统统在他们的谈话范围里。因为书店正对面是一个澡堂子,我经常去泡澡,所以在书店里也有一种在澡堂里听着周围光溜溜的北京爷们侃大山的感觉。一开始觉得有点怪,但很快就成了一种享受,要是某天去淘书,他们不吭声,闷声闷气的,我还觉得没了意思。

有天我又去了新街口书店,正在一个书架前逡巡,听到一个店员说他的邻居是卖带鱼的,老婆就是卖带鱼时认识的,后来女人又跟了另一个卖带鱼的,导致邻居精神垮了……在一条又一条带鱼的形象中,我漫不经心地抽出一本泛黄老旧的《世界文学》(一九八〇年第六期),开篇就把我吸引住了:

> 我的丈夫是个游手好闲的人。而我呢,完全相反……不过说我的丈夫游手好闲也并不确切……真见鬼,他的精力全花在干那些数不清的偷鸡摸狗的风流勾当上……

一口气读完,没过足瘾,再读一遍,意犹未尽……这个短篇叫《梦游症患者》,作者是意大利的阿尔贝托·莫拉维亚。通读三遍后，我依旧沉醉其中，不想出来，仿佛也成了一个"梦游症患者"！当时我恍悟，"善梦者，清醒也"。莫拉维亚笔调流畅，思绪翻飞，但他却有意控制想象……现实与梦境畅通无阻，在结尾处，全然没有故事已经讲述完了之感，反而又是一个起始，可以再次"入梦"。这篇小说很新鲜，因为这个梦可以发生在现在、过去，也可以发生在未来……往后当我再度进入莫拉维亚的世界——《罗马故事集》《轻蔑》或《一个随波逐流的人》，总会想起一条一条带鱼和那个精神垮掉了的丈夫。

在这本《世界文学》里，我还初次邂逅了法国诗人阿波利奈尔，他的一首诗的意象给了我永久的心碎：一个迈着罗圈腿、牵一头牛的农人，走在一个有着蒙蒙雾霭的秋天里，他边走路，边哼那伤心的小调，那小调唱的是失去的爱情和不忠的情人，一枚戒指和一颗碎了的难以愈合的心——

> 啊，秋天，秋天送走了夏天，
> 两个灰沉沉的影子在雾霭中愈走愈远。

...

文学、诗歌在美国舞蹈家伊莎多拉·邓肯身上产生神奇的功效。早在她与伟大诗人叶赛宁相恋之前，就被美誉为诗的化身——集九个缪斯于一体！受家庭影响，她从小浸淫在艺术世界里，当她还是个小女孩，就与母亲、姐姐、兄长一起离家闯天下。面对纷乱复杂的世界，她出奇笃定，是文学给予了她自信。

一天，她在纽约一家著名大剧院门口"堵住"了剧院经理，她胆识惊人，开始了毛遂自荐。她说，自己已经发明了一种舞蹈，这舞蹈将会彻底改变时代，最初她是从太平洋的岸边、内华达山脉的松涛中、在无数个天地宇宙透露隐情的时刻找到的，而这一切也在伟大的沃尔特·惠特曼身上："我已经找到和惠特曼的诗歌相匹配的舞蹈了，我像女儿一样传承了惠特曼的精神！"

后来伊莎多拉·邓肯在全世界漫游、爱恋、起舞，所有生命的绽放与激情总是围绕着诗歌与文学。有一阵子她沉浸在康德的《纯粹理性批判》和尼采的《查拉图斯特拉如是说》中，并为之深深着迷，她说："只有老天才会知道，我怎么会从这些书中找到能让我创造出至纯至美舞蹈动作的灵感！"

...

一九九五年，一个春日，我从南方一座城市上了火车，一天一夜后，落脚在了北京。如今回想起来，也有读一本小说的幻觉，在命运的拐角，被一股神秘的力量推着，稀里糊涂就来到一个陌生之地，开始了未知的生活。

那年我二十岁，是一个吉他手并开始了词曲创作，心想唯有去到文化圣地北京，才能实现自己的抱负。然而我又是个不太自信的懒洋洋的人，在家乡出门都经常迷路，所以更多的时候只是胡乱憧憬，靠想象过过瘾；或偶尔兴头来了，就跟几位好友遐想、描摹一下未来"闯荡北京"的愿景。可万万没有想到……

那是个微雨之夜，睡梦中听到有人敲门，动静如同一只夜鸟的剥啄。我借住在小百花越剧团一个吹箫手的单人宿舍里，因为一段情感的打击（刺激），他走了。半梦半醒之间，这"雨夜剥啄"像是某出戏曲里的偷情暗号！我一骨碌爬起打开房门，借着走廊里的光线，首先看到一张车票在我眼前晃动几下，而后听到一个熟悉而兴奋的声音："小钟，这是明天上午去北京的车票，我爸去北京开会，我叫他也给你买了一张。"多年之后，我想起那年知心小友——小提琴手吕鸽的雨夜造访，就像是突然间打开了一本书。

有一次意大利作家艾柯与法国电影学院创始人、著名编剧卡里埃尔聊到书时这么说：

　　　　一本书就是一个伟大的拐角，

从这个拐角出发可以观察一切，

讲述一切，甚至决定一切。

书是起点也是终点。

书是世界的戏剧！

...

"你是我见过的最悲伤的女孩。"

"你是唯一对我说过这句话的人。"

这是电影《不合时宜的人》（又名《乱点鸳鸯谱》，导演约翰·休斯顿）里的一句台词，剧本是剧作家阿瑟·米勒为爱人玛丽莲·梦露量身打造的。这句台词，出自他们现实中的一次对话。然而具有宿命意味的是，当电影杀青，两人的情感也随之结束。

阿瑟·米勒回忆，他与梦露相识不久，有天一起去到一家书店，梦露径直走向诗歌专区，翻看着惠特曼、弗罗斯特和卡明斯的诗集。而后她嘴唇微启，轻声读起了卡明斯的一首诗。阿瑟·米勒觉得投入在诗歌里的这位女子不属于人们所熟知的世界，"她像漂浮在海上的软木塞，从世界的另一头或是海滩一百里之外航行而来"。梦露的眼神从微微惊恐,到慢慢地归于平静,最后她的脸上出现了希望和光亮。于是就有了那段对话。

世人眼中的性感尤物玛丽莲·梦露却是个悲伤的女子,她眼神里的忧郁和谜一般的哀愁,常被人忽略——"别拥抱我/别嘲笑我/我是一个不会跳舞的舞女……"(玛丽莲·梦露《碎片》)另一位女演员索菲亚·罗兰讲,一个艺术家的职责就是培育一份淡淡的哀愁。

我的朋友、诗人庞培在《口琴曲》里写道:"书,人类爱情集体的体现。它是爱的信物,是恋人般的心灵永恒的追求……每一部书籍后面,隐藏着一场轰轰烈烈的爱情,这爱情,大多在尘世中得不到实现。书籍,因此而成为爱情迂回而深沉的表达——书是最长久的拥抱。"


...


大家一致认定好莱坞最有文化修养、最好阅读的是德裔电影人道格拉斯·塞克。英国作家乔·哈利戴说塞克是他见过的最有趣、最有思想的人,能从黑色幽默和戏谑之中获得极大的乐趣。

身为导演的道格拉斯·塞克说起与书相关的一切神采

飞扬，他谈起曾在布拉格一家咖啡馆和卡夫卡短暂交谈，不多久卡夫卡就去世了。塞克讲过一个故事：有位未曾谋面的剧作家找上他，商量合作事宜，还没进入正题，那人的口袋里突然"漏出"卡夫卡的《城堡》，似乎像要说明什么……可塞克跟他说起这本书，他压根不懂……但是我们都懂了，那就是塞克先生对于卡夫卡的喜爱已经传遍电影圈，那个年轻剧作家为了投其所好，特意带着"卡夫卡"来找他，是想证明：瞧，我们是一路人！

除了卡夫卡，赫尔曼·梅尔维尔、亨利·詹姆斯、福楼拜都是道格拉斯·塞克喜爱的作家，梅尔维尔的《广场故事》和詹姆斯的《螺丝在拧紧》他都想拍成电影，苦于无人投资。塞克最擅长表达角色的"暧昧性"，他认为亨利·詹姆斯的小说人物之暧昧——人物内心的飘忽不定、人格的分裂——绝对超前于时代……塞克有部电影改编自福克纳的小说，由于福克纳受到诗人艾略特影响，所以拍片期间，塞克特意把艾略特的早期杰作《J.A.普鲁弗洛克的情歌》读给演员们听，以便他们更能领会角色的内心。纳博科夫的《黑暗中的笑声》，塞克都撰写好剧本了，但被制片人枪毙。

一个德国移民死了，其家属举办书籍清售活动。很长时间，只有道格拉斯·塞克一个人在装满书籍的屋子里游来荡去，另一个游魂！后来来了个女子，沉迷书丛，认真挑选。过了很久，女子拿起一本书突然向道格拉斯·塞克提问："这个贝托尔特·布莱希特是不是一个有趣的剧作家？"

此女子正是玛丽莲·梦露。

"这是一个很难回答的问题。"

另一次，为了躲避一场大雨，塞克进了一家书店，买了两本布莱希特在布拉格出版的剧作集。不料六年之后，美国联邦调查局的人上门："在一九四〇年一月六日，你是否去了××大道边上某个小书店，买了两本贝托尔特·布莱希特的书？"

...

小时候，相比体形匀称的哥哥和姐姐，我显得敦实，加上整日和小伙伴们闹腾、奔跑，给人感觉浑身有使不完的力气。刚从小学升到初中，学校举办运动会，体育老师进到我们教室，第一时间就把目光落在我身上，他凭直觉，把我推上了三千米长跑的赛道。然而正是这场比赛，让我发现自己是个异类。

三千米比赛设在学校附近的公路上，选手是初中生加高中生，一共八九个，裁判一声哨响，我们就跑了起来。也许我人缘还可以，有几个同学居然骑着自行车陪着我跑，边骑边喊着"加油"。我们跑到一个规定点是一千五百米，然后掉头折回出发点，正好就是三千米。比赛过程中，我没有冲在最前,也没有落在最后,如果鼓鼓劲发起冲刺,兴许能拿个名次。可是,就在距离终点三四百米时——我的行为仿佛没有经过大脑——我居然蓦地跳上了给我加油的同学的自行车后座:"我不想跑了,走!"

我记得很清楚,当同学驭着我经过终点线时,大家投过来的目光,尤其是体育老师的表情,苦笑、摇头、抹脸、转过身去……他一定后悔那天如此草率地锁定我,同时也觉得我太不争气了……而那一刻,我心情怪异,一方面觉得难为情;一方面又觉得没什么,就像我本来要去一个地方,忽然,有了新想法,不去了。

在终点,"退赛"的我和其他同学为参赛选手们鼓劲、呐喊。有一个选手也是初一新生,他一定也是被体育老师凭直觉选上的,我看他的小腿比我的还粗壮,当他如残兵败将般近乎匍匐着抵达终点时,轰然倒下,哗然一片,我们马上把他抬去了医院。

有天读到作家、诗人罗伯特·瓦尔泽的一篇文章,颇感回味,也像是为我小时候那次异类行为找到某种共鸣。这位影响过卡夫卡、卡内蒂、本雅明、茨威格的德语作家也深谙老子哲学,他笔下有个人物也是个"长跑者"——有一些欢愉、伤感和狡黠——当他即将越过终点线时,却出人意料地停了下来,看着选手们一个个冲向前去,而他自己像是陷入了沉思,同时也享受着某种甜蜜的孤独。

…

　　我藏有一套路易·马勒的电影合集,其中的《好奇心》《通往绞刑架的电梯》《万尼亚在 42 街口》①《与安德烈晚餐》《鬼火》以及《扎齐在地铁》(改编自雷蒙·格诺的小说)、《拉孔布·吕西安》(改编自帕特里克·莫迪亚诺的小说)隔几年我就会拿出来看一看,可《黑月》我却一次都没看过。

　　有天友人京生上门,打算离开时,拿出一张影碟给我。"差点忘了,"他说,"太晦涩了,看不懂,给你留着看吧。"我一看,《黑月》单碟版。我遂想起,以前看到过相关电影评论,说《黑月》非常晦涩,一定是这个原因,我才一直没有看它。看过之后,的确可以说是马勒的"晦涩"之作,但是这"晦涩"反而是一种诱惑,很快将人"吸纳"进去,因为导演并没有在他的影像叙事里埋下什么"不明之物"让观众去寻找去剖析,它只是人的梦境和种种潜意识……路易·马勒绝不是喜欢虚晃一枪的人,在片头他直接点明:这是没有礼节的另一个世界里的故事,请加入梦

---

① 路易·马勒的遗作《万尼亚在 42 街口》改编自契诃夫戏剧《万尼亚舅舅》,以复杂而生动的戏中戏的方式探讨人生如戏、戏如人生的微妙纠缠。

一样的旅行。

　　也像是路易·马勒为我们展示的另一个世界里的故事，或者说展示了世界的多重维度，他选择的是其中任意一个，同时又随意在其他地带间穿梭。所有发生的一切，包括人物的行动、思考，好像无伦理，无秩序，但又有着某种神秘的有理可循的轨迹……就像没人能说得清楚梦，可每一个梦都不是平白无故在暗夜里上演的。这些影像会使人想到马克斯·恩斯特或乔治·德·基里科的画作，有一种"可怕的事情似乎刚刚发生或将要发生"的感觉；世界广漠、黑暗、冰冷，然而又有种仿佛来自母体般的温暖一直伴随左右，所有这些可以凝缩为艾略特的那句诗：为了支撑我的荒墟，我捡起这些碎片。

　　电影中展现的逃亡、杀戮、游戏、仪式、肉欲、死亡、不明外来物……无所从来亦无所去，却又真真切切。正如费里尼说的"梦是唯一的现实"。无穷尽的未知、隐秘、凶险、奇迹……形成黑洞，一脚踏入，所有的恐惧和担忧竟然变成了安宁！电影里有一头独角兽令女主角好奇，每当它出现，她就开始追逐，与之嬉戏。后来，独角兽和女主角终于坐下来对话，独角兽说："弗朗西斯·培根讲，美是不均衡的。"电影里的很多情节（细节）难以解析，所以叫人琢磨，在某种不详的预感中抵达一个自由的疆域。

...

先是读《蒙田随笔》时记下一句：

> 有时候，你要在孤寂中自成一世界。
>
> ——提布鲁斯

而后在马可·奥勒留的《沉思录》里感悟：

> ……然后，剩下的就是，不要忘记在适当的时候隐退到内在自我这一小小的领土上（这是一个属于你的世界），在这里你是自由的，作为一个人，你可以据此观察你身边流转的世界……

早年间曾走到艾米莉·狄金森那里：

> 心是思的都城，
> 思是独立的城邦，
> 心和思一起构成一块大陆，
> 一是人口总数，

已经足够去寻找它——这个令人心醉神迷的国度——你自己。

以此又返回《礼记·中庸》：

君子慎独……卑以自牧……


···


相比其他艺术，音乐可谓最具奥妙可又最直接，最难以记录可又最易于传播。它难以言说，恰恰是因为它超越了语言。音乐，它不发表想法、希求、观念，只是纯粹的流露与呈现：孤独与幸福，苦难与希冀，沉默与欣悦，简单与神秘，现实与幻变……所有相对的东西，在音乐里都能圆融为一。而哲人、艺术家和诗人在投入创作或思考世界和人类时，难免怀疑、质问、纠结，从而又生出更多无解和绝望。

有个故事，说上帝创造了人类，可很快又把这些人给忘了，他是个大玩家，去到各处一玩就是数亿年。某天，他忽然想起，自己曾经造过人哟！可来到地球一看，怎么连个人影都没了呢？但，人类创造的音乐并没有消亡……上帝听得入迷,在音乐里听到了人的渴望、挣扎、快乐、欲望、苦痛和宽容……他还听出来,尽管一切无望,但这些人都曾经努力地追求……于是上帝落泪了,为我们也为他自己。

普鲁塔克提到过一种名为"Fistula"的定音笛,它能使一个在写作、演讲、欢爱、旅行时经常激动乃至失态的诗人、哲学家很快平静下来。迈克尔·哈内克在执导电影《钢琴教师》时接受采访说:"除了性行为,音乐是最有效、最直接的交流方式。"

...

西班牙大提琴演奏家帕布罗·卡萨尔斯①在一次巡演途中接受一位记者采访,记者问:"您的每一次演奏都不一样?!""它们必须不一样,"卡萨尔斯说,"否则演奏又有什么意思呢? 音乐就应该是这样的……"

"一首诗在它被写下之前就存在了……"(波德莱尔语)我猜想,音乐家的每次演奏都不一样,回回给予听众不同感受,是因为他的每一次演奏,会从"早就存在"但又

---

① 帕布罗·卡萨尔斯(1876—1973),巴赫经典名曲《无伴奏大提琴组曲》的发掘者。他十三岁那年在巴塞罗那一家二手乐谱店与之偶遇,二十五岁公开演奏其中一组,六十岁时录制了整套六组曲子。

"时时更新"的"秘密宝库"里取一点，再取一点……如是，他的手上弹拨就像一个书写者落笔于纸——琴弦颤动、笔尖游弋，抵达一条条新的途径。在与记者的对谈中，帕布罗·卡萨尔斯说自己"体形像桑丘，做事像堂·吉诃德"。说着说着，他吟诵出一位加泰罗尼亚同乡诗人的诗句，来说明自己"每次都不一样"的由来："欲飞去天堂，须立足乡土。"

...

阿兰·巴丢在《维特根斯坦的反哲学》里把维氏的《哲学研究》说成是二十世纪的"经院哲学"。对此，《维特根斯坦的反哲学》的导读者刘云卿为维特根斯坦做了"辩护"，他觉得这是巴丢本人不喜欢《哲学研究》而提出的一个荒谬说法："将维特根斯坦等同于因维特根斯坦之名而来的学术工业是一个常识性错误，况且，没有哪部作品会比《哲学研究》更难被学院哲学整编。"所以巴丢说"维特根斯坦是我们时代的智者"，这在刘云卿看来更是巴氏带些讽刺意味的说法。

刘云卿以杜尚的《大玻璃》、卡夫卡的《城堡》《审判》、佩索阿的《不安之书》、斯特恩的《项狄传》，还有博尔赫斯那些结尾清晰主题却无限的作品作为"物料"，继续为维特根斯坦辩护。他指出,《哲学研究》本来就是"语言游戏":"如果说一封投递中的信,其信息会伴随着抵达接受者而被传达,那么《哲学研究》始终在路上,信息被传达的同时,也成为话语的功能。"刘云卿借助上述创作者及其作品来说明《哲学研究》的前瞻性,称它"酷似生活,但不是生活……混成着内在的有机性却又指向外部……潜在的对话指向读者,而读者成为作品的一部分"。此外他还谈到维特根斯坦重视的翻译以及作品的陌生性……这一点很容易使人联想到普鲁斯特在《驳圣伯夫》里所说的一句:"美好的书是用某种类似外语的语言写成的。"维特根斯坦讲,翻译是发掘母语陌生性的努力,写作在某些时刻意味着把母语变成外语——陌生性时常是伟大作品的标志。

我是在一个连续剧般的梦中醒来时随手翻看这本书的。梦里像是奶奶引领我到一个房间睡觉,不料房间里已有一个人,是个女的(对于她,我介于有想法和没想法之间),房间里有两张床。我还没看完这篇刘云卿导读,困意又来了,放下书继续睡。梦和真实很快就融为一体了,因为我又想看书时,《维特根斯坦的反哲学》已经被那女的压在枕头下……我心想,也许过一会儿她换个姿势,书就可以拿到。

梦里我说(不知道跟谁说),还是送奶奶回去再说。(奶奶去世后,每次梦到她,她都是一个小孩的模样。)我正背起奶奶回去时,(回哪?)又"生出"一种梦里常有的"把控不牢"的无力感,会把奶奶"掉"下来,接着是一股难言的哀痛。后来我就和奶奶睡在一张床上,说(依旧不知道跟谁说):"我不回了。"

"请你做好消极的准备!"不知道是维特根斯坦还是那个女人在我将醒未醒时冒出这么一句。

···

> 捉牛需捉角,
> 捉人需捉言。

——非洲谚语

那,捉鬼呢?先捉己。

···

从一扇红色的窗户看进去,头戴鸭舌帽,身穿黑外套的汤姆·威兹在里面,目光冷峻地看着窗外的我们。除了眼神,他的手也让人印象深刻——右手的食指和中指夹着一支香烟,大拇指却轻触在脸颊上,有种刻意的漫不经心和不羁的优雅。这是他发行于一九七五年的专辑《餐厅里的夜鹰》的封面。许是用餐高峰时间，他对面的两个客人，明显都是"拼桌"的，没有交集，自顾自，其中一个好像正在给咖啡加糖，另一个则想着自己的心事。相邻座位是一对男女在交谈，女的背对着我们，身着性感的连衣裙；男的支着下巴，听她说话，他的脸型、发型以及络腮胡，猛一看，像是壮年时期的电影导演斯坦利·库布里克！拍摄这张"夜鹰"照的是来自南非的摄影师诺曼·希弗。

绘画爱好者会把汤姆·威兹的这张专辑封面同爱德华·霍普创作于一九四二年的《夜鹰》(Nighthawks，又名《夜游者》)联系起来。霍普是一位游离于现实边缘的画家，这幅街景画作，颇像悬疑小说或黑色电影里的画面，他利用空间效果，为画中人物创造出了恰到好处的情感(物理)距离。霍普说："我可能无意识地描绘了大城市的孤寂。"我觉得不仅专辑封面，就连歌曲里"动荡"出来的孤独、黑色、边缘、距离，也许都受到过霍普的启发。不过，汤姆·威兹的歌曲与其说给人带来某种黑色的孤独感，倒不如说有一种暗涌的快感在孤独里勃发。正像有的乐迷说他歌曲内部有一些"吓人"的东西，可这东西又让人上瘾。导演特里·吉列姆与汤姆·威兹聊天时，说汤姆·威兹的歌谣总能一次次"捕获"他。汤姆·威兹接着导演的话说："歌曲是耳朵的电影。"

……

初读罗伯特·瓦尔泽的作品,有一股"凉意"袭来,然而此"凉意"内又夹杂着"欢欣和热度"。今天翻卡内蒂笔记,读到一则有关瓦尔泽的评价:"……他是最神秘的作家,对他来说,一切都很美好,一切都让他着迷。但他的热情很冰冷……"波德里亚曾引用卡内蒂关于"思想与真理"的论述来展开他的表述。大概之意是,此二者是一种奇特的"共存"关系。但与其说共存,不如说它们借对方以相互"藏匿"。比如,当一种思想遭到威胁,思想就躲到真理的身后;而当某个真理遭人怀疑,思想也会把它藏匿起来。在另一则笔记中,卡内蒂直接"放弃"了思想:"思想者的头脑里,充斥的不是思想,而是云彩,它们在空中飘,它们降雨,滋润贫瘠的国度……"这又和罗伯特·瓦尔泽说的一句话相互呼应:"我不去完善自己,也许我不会发芽生枝,但总有一天我的内心会芬芳四溢。"(《雅各布·冯·贡腾》)

……

自小失去父母,一生颠沛流离,做过司炉工、铁路工人、书摊贩子、放牧者、屠宰员,后来又获得诺贝尔文学奖的瑞典诗人哈瑞·马丁松是个地地道道的中国迷,他非常热衷于老子、庄子,通过"易轨",将"老庄思想"进行了属于自己的发挥——发挥出一份愉悦的笨拙和奇特的悲剧性。他的一首描写"弱公鸡"和"强公鸡"的诗歌,很传神,"传承"了老子"坚强者死之徒,柔弱者生之徒"的思想宗旨……诗歌最后的画面是,哀伤的"弱公鸡"在"强公鸡"坟头点燃了一根烟……哈瑞·马丁松还写到过一只蜂,在接近生命尾声的时候"刺你在沉睡里"……那一刻,蜂虽然在"刺",但它早已疲惫,已没知觉,就像睡去了;而"被刺者"感知着一切,就像白杨在风中摇晃自己对自由的鸟儿发出嘘声……忽然,那只"弱公鸡"再次出现,它在哀叹世人之"强"的"悲剧宿命"与自己逝去的年月……然而,纵使有"老庄"做伴,哈瑞·马丁松还是没有走出生之囹圄,一九七四年获诺贝尔文学奖之后没几年,他了断了自己。


···


诗人阿波利奈尔点评一位叫阿道夫·维莱特的画家,讲到他的艺术魅力体现在一种美妙的结合上。比如维莱特画一个人物,明明是欢快和无忧无虑的表情洋溢在脸上,可是你再定睛一瞧，还是发现了这个画中人物的一种（内在的）忧伤（气质）。

而后阿波利奈尔描述道："比埃罗们、克隆碧娜们[①]、幻想者们、有了美丽乳房的小姑娘们、捉了蛇来跳绳的蒙马特爱娃，还有您——维莱特，你们全部笑容满面，笑得那么甜美可爱，却'像爱神一样忧伤'……"（这最后一句，让我惊喜——自我 2011 年发行了一张名为《像艳遇一样忧伤》的专辑后，隔三岔五地总有乐迷留言发问："艳遇怎么会是忧伤的？"）

"像爱神一样忧伤"是阿波利奈尔从同胞诗人邦维尔的一首十四行诗《情侣漫步》借来的。爱神之忧伤，为何？爱恋者越是忘情，就越是觉得爱之虚幻，因为消逝是任何事物的命运。我与尹奈尔小姐谈到这点，她说想到一部电影的台词："死亡并非是真的逝去，遗忘才是永恒的消亡。"

…

经常会看到作家、评论家谈及某个书中人物，"就像是从陀思妥耶夫斯基小说里出来的"或者"在这个人物背后

---

① 比埃罗、克隆碧娜均为戏剧中的喜剧人物。前者是木偶戏里的，涂白脸，穿白袍；后者是一个机智灵巧的女子。

可以辨认出陀思妥耶夫斯基笔下那些苦痛心灵"，等等。记忆里，从卡夫卡到桑德拉尔、马洛伊·山多尔、索尔·贝娄，再到马尔克斯、J.M.库切、比拉-马塔斯，他们都如此描摹过。但几乎没有人说，"就像是从托尔斯泰小说里出来的"……而谈及其他任何方面时，他们俩总是双双登场的。

翻读《一本严格意义上的日记》，"陀氏情结"又出现了。作者马林诺夫斯基这样说："……我不能再怀有过去那种陀思妥耶夫斯基式的情绪……"他这么说，是因为之前有个女人，令他既"渴望"，同时又极力地想"回避"，但还是没有控制住自己……这所谓的"陀氏情绪"令他忧心忡忡而憎恨自己……眼下又有一个新目标出现，所以他暗下决心，不能再有这种陀思妥耶夫斯基式的 "强烈的迷恋加暗藏的敌意"了……对于这名新出现的女性，马林诺夫斯基在后面的日记里透露，自己与其说对她怀有强烈的性欲，毋宁说被她身上一种智性加人格魅力吸引。

...

不止一次在电影或小说中看到一个青少年主人公和自己的姨妈（或姑母）相恋……有次一位导演指导演员演戏，这名演员死活进入不了角色，他自己难堪，导演恼怒，对手戏演员崩溃，摄影师头疼……后来一个编外人士，来剧组探班的制片主任的老婆——彼时她正在附近边看热闹（实际上是监督丈夫，防他出轨）边打毛线——悄悄走近导演，在他耳边说了一句，导演犹疑了一会儿，把演员叫来在他耳边复述之。结果，演员像变了一个人一样，很快找到感觉，进入了状态……导演开心，兴奋地喊："通过！"当时打毛线的女人和导演嘀咕的是："让他想一想自己的姨妈……"

诗人、超现实主义者罗贝尔·德斯诺斯写过一首诗，也是因为"姨妈"的出现，既扎眼，又令读者感觉到某种出其不意的颤抖。这位善催眠的诗人将这首诗献给了超现实主义领头人安德烈·布勒东——

等待着布勒东

编织着期待

在那座帐篷下，我们的姨妈

已怀下了安静的侄子

这天空下又有谁

呼喊着他们的表兄

编织着寂寞的发丝

六把长矛，刺穿思想

等待着

布勒东

品味这首诗,有一种"团体式的夸张的寂寥"。"帐篷下,我们的姨妈/已怀下了安静的侄子",这侄子(按母亲的辈分来说),这个尚未来到苦难世界的忧伤的表弟(按自己的辈分来排),已经在天空下呼唤着相同命运的表哥了……

"二战"期间,罗贝尔·德斯诺斯是抵抗组织"子夜出版社"的成员,后来不幸落入盖世太保之手,在从贡比涅转移到布痕瓦尔德集中营的路途中,没有经受住折磨,死了。有人在他身上找到他写的最后一首诗《我多么想念你……》:

> 我多么想念你
>
> 我走了多少路,说了多少话
>
> 多么喜爱你的影子
>
> 我的心中只留下你的影子
>
> 我要做影子的影子,比影子还要虚渺千倍百倍
>
> 一天又一天追随你充满阳光的生命

雕塑家贾科梅蒂与摄影师布拉塞谈及罗贝尔·德斯诺斯时说:"他是友谊、博爱和慷慨的化身。"在布拉塞给德斯诺斯拍摄的一张照片里,后者那从不因孤独、贫乏和疲倦而失去的挂在嘴角的温暖微笑,让人难忘,他就像个深情而缥缈的远房表兄弟。

...

诗、乐、画、影……最妙者，是沉醉其中而无需"读"出一个"完整的故事"——创作者不（只）是个讲故事的人——作品之所以给人留下印象，是其具备"朝向未来"的想象和深意。人人皆可撷取一个幻象、一片深意，创造出新意。演奏者、歌唱家的"每次不一样"，也因每次他面对的聆听者不同，一个观众的一瞥便会影响他下一个音的波动。

听人讲，一位著名华裔小提琴演奏家每次登台，首先都会用极其冷静的目光"搜索"而后"锁定"任意一名女性观众，随之闭眼、凝神、酝酿、释放……整晚，一支支相同的曲子，焕发全然不同的色彩！十七世纪英国桂冠诗人威廉·戴夫南特爵士每次书写，也会想象今天是谁"藏"在纸张背后与他共情——闪躲和迎合——偶尔他还当真地"翻过去"瞧瞧，兀自一笑——不同面孔，异样的调性。

身为民谣歌手，我能领会演（唱）奏者不可预知的变化和灵动。民谣，民间之歌谣，其传统正是文学源头"风雅颂"之"风"。中世纪欧洲人对于民谣（Ballads）的定义和我们的异曲同工，"一种载歌载舞的文学形式"。猜想那些怀抱一把鲁特琴的中世纪漫游者，一路游吟，一路采集；弹拨吟唱，朝向未来。

...

　　"无论一种情感对于他来说是何等陌生，与他的性格是何等相悖，他都能以其想象力感同身受，能将自己变身为个性相远的角色，设想处于最匪夷所思的情境之中……"这是古斯塔夫·马勒的终生追随者、音乐家布鲁诺·瓦尔特对马勒的评价。简言之，马勒善于"变身"而进入另一个通道去感受、体会人类种种的情感遭遇。

　　由此想到画家库尔贝给诗人波德莱尔画像，他"埋怨"波德莱尔："你怎么回事？会变脸术吗？怎么每天看上去都不一样？这叫我怎么画……"另一位评论家直接说，诗人就像是从铁链苦囚队伍里逃出来的，十分善于变幻自己的面部表情……诗人、音乐家都有将自己化身为万事万物的本事，而万事万物也可以通过一曲音乐、几行诗句找到自我。


...


　　亚里士多德认为一个"漫游者"要囊括一切知识和思想，创立一个系"百科知识"(enkuklō)——这词是从希腊语

enky klo paideia 来的，即"包罗整个教育以及知识领域的事物"，同时，enkuklō 也蕴含"旋转、欣悦的""找到出路"之意。如此，我们对于尼采那句名言就更能深切体味了——

　　从步履中能否看出一个人是否步入正途，

　　那接近目标的人不再行走，

　　他翩翩起舞。

　　思考者，能让人联想到某个孤寂的漫游者——漫游者，但未进入，一切朝向虚空和开放……所以翩翩起舞者以及他的思想最后停留在何处，人们各抒己见，无法达成一致……然而由于人们（以不同方式）深入他的"飞跃的思想"，以至于最终看到他的（旋转的、起舞的）行为姿态，已成为我们行为的一部分……"成为"之际，必须"消失"，世界代替他们前行，漫游者（翩翩起舞的人）不见了。

…

　　让·加布里埃尔·多梅尔格曾师从十九世纪末著名印象派画家劳特累克，他汲取老师创作之精华又琢磨出了自己的风格。与老师一样，多梅尔格最擅长的也是画女人，但他画布上的女人全部都被他"拉长"了,每一位都有天鹅一样的脖颈,她们既是轻快优雅的,又是诱人和吊诡的……她们闪烁着渴望而别扭(故而有一股奇异的吸引力)的眼神凝视着男人和整个世界。尽管多梅尔格的画风被同行及绘画爱好者欣赏,但也有人士觉得俗气,比如诗人、戏剧家科克托对其画作就颇为不屑,认为这些长脖子女人很轻佻没档次,像挂历上下来的。

另有一些人知道让·加布里埃尔·多梅尔格,并对他感兴趣,并非因为他的画,而是跟一个叫弗拉基米尔·伊里奇·乌里扬诺夫的俄国流亡者有关!一部法国电影里的男女主角初次相遇,男子问起女士住在哪里,后者说了一个街区的名字,男子马上说,"哦,当年画家让·加布里埃尔·多梅尔格也住在那里,他有一个著名的仆人"。这个"著名的仆人"正是俄国革命家、流亡者弗拉基米尔·伊里奇·乌里扬诺夫——列宁。

原来当年列宁因为革命而出走他乡,颠沛流离,身无分文,隐姓埋名。不知怎的,他就进入了艺术家多梅尔格家中,做了一个仆人!他"脱胎换骨"低调行事,神不知鬼不觉,就连其主人多梅尔格也蒙在鼓里。谁想到一位革命斗士会在一个艺术家那里埋头做仆人!法国作家保罗·莫朗、哲学家皮埃尔·克罗索夫斯基、诗人兼达达主义领袖特里斯唐·查拉以及西班牙作家比拉·马塔斯,还有诗人雅斯贝斯都在各自的杂文、随笔、诗歌或虚构小说里提及过这则

"俄国革命家的仆人往事"。

有时候，列宁会随着主人画家多梅尔格到"圆顶咖啡馆"坐一坐，通常他一言不发，听那些不可一世的风流才子们高谈阔论——谈论女人、艺术、理想与革命。而对于这个额头突出、留着黑色山羊胡的矮个子男人，诗人、艺术家们都不认识，没什么兴趣，大家只知道他是多梅尔格的佣人。某天有位艺术家喝多了，用有些调笑的口吻称呼列宁为"女仆"，还问他："您每天是否只是做些清扫、换洗工作？"

"不！"

"那您还在做什么？"

"每天都在思考推翻俄国政府。"

听到这句话，风流才子们笑作一团，觉得此君肯定脑子有问题，打趣着说："我们也是这样，也是这样啊！"

...

文文去瑞典留学，我留言给她，说要是去法罗岛，请她帮我在伯格曼墓前献一束花。从《犹在镜中》开始，到《假面》《安娜的激情》《萨拉邦德》……伯格曼的很多电影都是在这个宁静而开阔的海岛上拍摄的。

法罗岛位于波罗的海，萧瑟，古朴。当地上了岁数的人都说着最古老的北欧语言,在一九九○年前,非瑞典公民要涉足此岛还不是很容易。岛上只有五百多位居民,现在看来,还有某种遗世独立的气息。

伯格曼在世时,一批又一批的世界电影人都想去法罗岛"朝圣",很多都被他婉拒,据说包括伍迪·艾伦。(早前他还专门拍了《内心深处》向伯格曼致敬呢!不过更早时,伍迪·艾伦与偶像在美国会晤过。)比起被拒绝者,李安就太幸运了,影迷们都看到过那张他紧紧抱住伯格曼,将脸贴在电影大师肩膀上哭泣的照片。

那是二○○六年某天,李安和"夺去了他童贞"(李安回忆年轻时看伯格曼《处女泉》的经验,就像被导演夺走了童贞)的伯格曼会面的场景。在法罗岛的伯格曼寓所,他们交谈了二十分钟,而后李安久久坐着,不肯离去,喃喃自语:"我听到了伯格曼的心跳。"

二十世纪六十年代,伯格曼把自己的"电影工厂"搬到这个与世隔绝的小岛上。他自由地起居、散步、取景、拍片,避开了原先在斯德哥尔摩的各种压力和干扰。大导演与岛上居民相安无事,岛民们不仅不会因为伯格曼的盛名而窥探其隐私,而且对外来打探伯格曼的各路人马都佯装什么也不知道。

每到夏季,伯格曼都会请全体岛民观看他的电影。

伯格曼曾说,拍电影对他来讲就好像事先有了一个乐曲,而后就和同事们一点点地配上乐器,而观影者渐渐地也就和片中人物一起成了电影里变动的音符。

文文到瑞典有一年多了。有天看她的微博,欣喜地看到一篇配了图的文字:"这是一片不小的教堂公墓,我们在墓园最偏僻的角落里找到伯格曼与其最后一任妻子的墓碑,他们身后是一片宁静的原野。我采了两朵小花(一红一白),放在伯格曼的墓前,是自己的一份敬意,也兑现对钟立风的承诺。"

…

江南的诗人朋友庞培、陈东东和杨键他们又要举办"三月三诗会"了,由此我想到《马桥词典》里的"三月三"……韩少功讲到马桥人在这一天除了家家户户都吃"黑饭"(用一种野草汁把米饭染黑,吃得每一张嘴都是黑污污的,传说能辟邪)之外,每家人还要把菜刀、镰刀、铡刀等拿出来磨,整个村庄磨刀霍霍之声响成一片,"满山树叶被磨刀声吓得颤抖不已"……听之悚然,完全将江南"三月三诗会"抹杀!

古老农庄,漫长的蛰伏期将过去,锈钝的刀具从沉睡中醒来,人与物,齐刷刷地勃发着凶(欲)念……这与后面作者写到的另一个字"肯"相关联……肯,表示意愿,许可,如"首肯""他肯干"等。韩少功说马桥人用"肯"字很广泛,不限于人，而是以它描述天下万物，比如：这条船不肯走，这一个月雨肯来，我屋里的柴不肯起火，这块田肯长禾，他的锄头不肯入土……大自然万事万物各有其生命意志，就好像那些刀，"若非有人紧紧握住刀柄，它们便会各行其是，嗖嗖嗖，呼呼呼，夺门而去扑向各自的目标——它们迟早要这样干的"。

…

从前有个瓦蓝教主。

尽管他是个圣徒，却从未真正皈依；他的慈善之心感动天地，四方民众唤他英雄，但他知道自己同样有私心，偶尔也会犯错。瓦蓝教主的相貌古怪，抑或说长得很喜庆：他个子不高，头却巨大，蒜头鼻，罗圈腿。最古怪的地方是，两只耳朵只有一只是招风耳！一次女王接见他，非常开怀："瓦蓝教主，您是真丑啊！"而后哈哈大笑，胸脯翻滚起伏。众朝臣从未见过女王如此放得开。瓦蓝教主冷不丁回应道："女王陛下，我打赌，这一生中，您只有这次没有撒谎。"对话完毕，两人惺惺相惜，拥抱痛饮，唱歌跳舞。

这位奇怪而喜庆的瓦蓝教主写了十卷本《回忆录》，在里面坦承自己是个矛盾的混合体：一个牧师，一个斗士；一个朝臣，又是一个阴谋家。他在传播福音书的同时也会展开对情爱的追逐；在谴责自己的灵魂应遭永劫的同时，又说自己拯救了其他人的灵魂。如此之人，能评说好坏与善恶吗？活脱脱一个充满幽默、善意而又狡诈、跳跃的存在。在人世间，他是一个满地爬滚又离地上升回旋的音符，瓦蓝瓦蓝的。

...

一个人，全神贯注地做某件事情的时候最迷人。

但我想说的是，还有一种"专注之美"来自天赐。众所周知，作曲家、指挥家马勒之妻阿尔玛·辛德勒非常具有诱惑力，她因繁花不败一样的情爱境遇，被称为横跨音乐、建筑、诗歌、文学四种艺术的情妇！她除了拥有令男人们无法拒绝的才华和容貌之外，还有一处极为重要但又极为低调、常被忽略的迷惑性，正是我所说的"天赐的专注"！她能把画家克里姆特、建筑大师格罗皮乌斯以及小她很多岁的诺贝尔文学奖获得者卡内蒂深深吸引住的因素之一，竟然是她天生的轻度听力障碍……因为听力不好，所以她聆听他人说话的时候，总是紧紧地盯住对方的嘴唇，她那样子专注迷人得不得了！所以众人皆醉，纷纷沦陷……有谁不喜欢有人如此专注地倾听自己说话呢？何况这个人又是个缪斯！

哲学家路德维希·维特根斯坦的小哥、独臂钢琴家保罗的妻子也有和马勒夫人"相类似"的"天赐"。她小时候得过麻疹和白喉病,视神经受到损伤,她与保罗相识时,几乎已是半个盲人了。然而她敏慧、果敢、温柔、自信,不管是弹钢琴,还是在家接待客人,从不磕磕绊绊(可见她平时是多么自觉、用心,以应对和熟悉各种事物)。她和人们说话的时候,总是无意识地、用美丽的黑眼睛深情地凝视对方的脸——这种专注的表情,人见人爱,保罗爱上她并与她结婚,就跟她这份"天赐的专注"有关。她叫希尔德·萨尼亚,为保罗·维特根斯坦生了三个孩子。

...

塞缪尔·富勒的《四十支枪》是一部"挺无聊"的电影,但有时"无聊"也很有功效。就是说某一刻你懒散、无所事事,于是很自愿又极自然地就陷入某种"无聊"之中,竟然也是那么惬意——无聊的惬意……又或者,你经历了一件特别无聊、没劲的事,但事后回想起那件"无聊往事",却是别有味道……

电影中,芭芭拉·斯坦威克饰演拥有"四十支枪"的一方女王——在那个天高皇帝远又危机四伏的小镇,有四十个持枪男人(西部牛仔)为她效劳。她的人格魅力以及飒爽英姿令人喜欢、爱戴。不仅这"四十支枪"，小镇上几乎所有的男人都爱慕她。那个老实又滑稽的浴室老板还专门给她写了一首叙事民谣，他时常抱着吉他对着澡堂子里光溜溜的爷们演唱，性感、撩人。但当歌曲快结尾时，浴室老板又将女王"唱回"到一名普通女子……

是啊，当女人陷入爱情，不管是女王还是女贼，终究会变成一个楚楚动人的家常小女子，使得人们为之陷落到无聊、懒洋洋的欲念之中。（奇怪的是，脑子里一直觉得本片叫《四十一枪》，校稿时，我重看了电影，才注意到，是《四十支枪》。为何一直觉得是"四十一枪"？想起来了，是莫言"作祟"，他有一部著名小说《四十一炮》。）


...


我们去电影资料馆，一口气看了六部经典电影，其中有《布拉格之恋》，多年之后再看，惊觉特蕾莎的扮演者朱丽叶·比诺什怎么那么鲜嫩羞怯！初次看本片并没有这种强烈的感觉。（那年比诺什二十四岁，两年前在莱奥·卡拉克斯导演的《坏血》中崭露头角，一举成名。）于是想到米兰·昆德拉原著小说里那个著名段落："她就像是个被人放在涂了树脂的篮子里的孩子，顺着河水漂来，好让他在床榻之岸收留她。"①当看到丽娜·奥琳饰演的萨宾娜出现时，又马上想到摇滚歌手何勇某次说起，他年轻时，身边的女性朋友都喜欢以萨宾娜自居，"因为这样一来，她们就觉得有理由乱来了"……电影里有一场萨宾娜在火车上的奇遇激情戏，由此引申出一句台词："火车是情欲的化身。"

观影结束，同伴问我，记不记得瑞士作曲家阿图尔·奥涅格的一部作品《太平洋231》……巧了，萨宾娜和陌生男子的那场火车艳遇，正发生在从巴黎驶往瑞士第二大城市日内瓦的途中！阿图尔·奥涅格是一位才华与情趣兼备的音乐家，他曾说："我一直热爱火车，就像其他人喜欢女人、收藏或者马。"他将其宣言写在《太平洋231》的谱子上。这也对应美国铁路公司的广告画面——两节前车厢，三对车轮，一节后车厢。

···

厄普："麦克，你谈过恋爱吗？"

麦克："没有，我这一辈子都在做酒保。"

这是约翰·福特导演的经典西部片《亲爱的克莱门汀》

---

① 引自《不能承受的生命之轻》，上海译文出版社，2003 年，许均译。

（又名《侠骨柔情》）里的一句台词。照一位资深影迷的说法，所有影片只要酒保一亮相，无一例外都是用一块干布擦拭着玻璃杯内侧。想想，好像的确是这样。不过看似无足轻重的酒保，实际上极清醒也顶用，多少形形色色的人事纠葛、情爱故事在他眼皮底下发生。

　　麦克的回答，颇有意味，仿佛对于爱情这东西，他已看得够够、透透的了，所以对他来讲，真没什么好"谈"的了。这句台词出现在影片快结束时，之前，好几场恋爱激情戏都在酒吧里发生又变成了闹剧。当然，麦克的确是个本分老实的酒保，从他与主角厄普（亨利·方达饰）对话时的表情看得出来，他没有心思考虑爱情，那太奢侈，他知道自己只是个无足轻重的小人物，一辈子在酒吧里干活，又忙又累，或许他心里还想：你们这些为了金钱和美色的角色们一进来，就打打杀杀的，连片刻的安宁都被你们搞没了，还恋爱……我有个小友这么说——恋爱充满痛苦，但一直单身吧也挺没劲的。

…

　　在《美国往事》里，相对于罗伯特·德尼罗饰演的"正面角色"，詹姆斯·伍兹饰演的"反派人物"更有看头，因为影片中那些黑色、不详、罪恶之"发端"都是这个复杂且耐人寻味的角色。导演塞尔吉奥·莱昂内讲，电影筹划期间，原本打算邀请法国影星热拉尔·德帕迪约来出演反派角色麦克斯，德帕迪约也欣然同意，后来莱昂内又觉得"整个故事里只有一个法国人不太贴"……而詹姆斯·伍兹之所以让导演动心，是因为在伍兹那张"奇怪的面孔"后面，他看到了一种"真实的神经质"。法国作曲家乔治·德勒吕的一张电影原声碟封面也是一张詹姆斯·伍兹的"脸"，那是他在奥利弗·斯通导演的《萨尔瓦多》里的形象。凭借本片，詹姆斯·伍兹获得第五十九届奥斯卡金像奖最佳男演员奖提名。

《美国往事》之后，我索性把塞尔吉奥·莱昂内的《革命往事》也看了。（本想一鼓作气，把《西部往事》也看了，结果那几天发烧了。）本片以《毛主席语录》"革命不是请客吃饭，不是做文章，不是绘画绣花……是一个阶级推翻另一个阶级"作为序曲；结尾是一个闪回，两个男人（男主角和背叛前的革命挚友）与一个女人相爱、奔跑、拥吻的慢镜头，伴随着莫里康内编写的感伤而宏大叙事的音乐。一些影迷认为，"两男一女"，不仅仅象征意识形态抑或性爱自由，这个"女人"，就代表全世界都想拥抱的"革命"！

相比塞尔吉奥·莱昂内的"三镖客"，这两部"往事"，有更多模糊、暧昧和令人回味的东西。因为模糊，所以真实；正因暧昧，所以真切。塞尔吉奥·莱昂内曾与记者谈及好莱坞"性格明星"，如亨弗莱·鲍嘉、理查德·威德马克、约翰·韦恩等,说他们是"铁板一块",可"镖客"里的伊斯特伍德不也差不多吗？只要他一出现,脸上的表情就写着"我能"……

但在两部"往事"里,我们看到了更多人的真实,那也是人性的缺陷、脆弱和幻灭。塞尔吉奥·莱昂内说,他在《革命往事》里,想说的就是:"言革命者皆惑也。"革命的激情与幻灭有如爱情……关于爱情,塞尔吉奥·莱昂内也直言不讳:"我年轻时主要是被女性美丽的身体吸引,对她们的智慧不感兴趣。"他之所以这么说,是一种自我保护,因为他清楚一切如梦幻泡影,所以,女人,一个过客——就像革命一样,"言爱者皆惑也"。

…

看过一阵子"铅黄电影"(Giallo Film),但很快也就没多少兴趣了。这类二十世纪六七十年代的意大利低成本电影,都有个套路,像复制出来的……铅黄片导演、演员均寂寂无闻,偶尔看到一两位熟悉的面孔,那是他(她)们在成名之前"接的活儿"。铅黄片以悬疑、恐怖、情色和谋杀的反转等特色来吸引观众,故事情节颇为曲折、惊险,片中人物常有心理疾病或精神错乱。连看几部铅黄片后,基本上都能锁定"凶手"就是我们所认为的"最不可能是凶手"的那个。此外，铅黄片的配乐颇有特点，其风格是二十世纪八十年代的电子乐氛围，弥漫着冷峻、诡异、简陋的调调，过时老套，轻松洗耳。铅黄之"铅"该是"重型"之意，是明着告诉观众，这可是非常"重口味"的，您自己掂量看或不看。

最后看的一部铅黄片叫《喋血之影》，电影后半段出现一幅油画，画面上有个红色恶魔从天庭疾速地俯冲下来，眼看就要捉住一个小孩；再仔细一看，那"上方"还有圣母玛利亚待着……不言而喻，罪犯与宗教有关。最后一场"牧师"戏：心灵折磨和往事追忆交织在一起……不过这部铅黄片的音乐呈现与以往大有不同，既庄重又阴沉，古典与电子交融在一起。

写到这里，我想推翻刚才的说法，因为我又觉得铅黄片其实还是蛮有意思的！甚至我还有重看《喋血之影》的念头，剧中人物——伯爵、医生、不法堕胎人以及她的智障儿子；男主角以及他在火车上遇到的女子，还有后者那位常卧榻的病恹恹的后妈……一张张面孔在夜风中掠过，迷雾重重。

…

睡前看了两则寓言故事。

一只蝎子要去岛上寻找它的配偶，它跟一只乌龟说，能不能驮它过去。乌龟心存戒备。蝎子再三说："放心,我绝对不会伤害你的。"乌龟就相信了。可最终蝎子还是没有忍住,在湖中央蜇了一下乌龟。

乌龟临死前问："你为什么要这么做？"

"你想怎样？我也没法子啊,这是我的天性。"

蝎子说的是真话,如果它真的和人一样阴险,一定会等乌龟把它送上了岸——自己不会被淹死——才下手。

一个法国人和一个比利时人在电影院看一部美国西部牛仔片。法国人打赌说,骑士将会从马背上摔下来,接着他承认自己看过这部电影；比利时人也承认自己看过这部电影,但他绝对不相信牛仔会第二次掉下来……

这则故事,颇有齐泽克的味道,让人联想到他说的那个发生在东德的著名的"红蓝墨水"的政治笑话。

…

卡萨诺瓦表示,不是诱惑者用谎言蒙蔽了女子的双眼使得她陷入诱惑之中,也不是诱惑者的引诱使得女子睁开眼睛发现了真实的自己,而是历代诱惑者不断地重复着谎言,谎言也就成了真理。然而即便如此,诱惑者们依然充满

"奥维德式的忧伤"。

《变形记》之前，奥维德写了一本《爱的艺术》。这本书既絮叨又文雅，既快活又伤怀。尽管评论家认为这是一本关于引诱、性魅力和欢愉技巧的指导手册，但读者看后马上明白过来，引诱即幻灭："贞洁，哦，那是因为她当时还没看上谁罢了。"诱惑者通过诱惑，既享受着爱情，也咀嚼着痛苦，这个过程既真实也虚幻。这期间，诱惑者与被诱惑者为了更加靠近对方，摘下一个又一个面具，有时候自己摘自己的，有时候也帮着对方摘除……到最后，尽管已经没什么可摘的了，双方依然觉得还有什么东西阻挡着彼此。更要命的是，那一刻诱惑者和被诱惑者都觉得自己的身份是那么模糊，究竟是谁诱惑谁啊？如果到头来真的没有面具可摘了，那我们如何生存下去？

···

一八八一年，奥斯卡·王尔德展开了他无限风光的美国之旅，这次旅行让他觉得自己完全就像个锡巴里斯人（古希腊的一座城市，此地居民以穷奢极欲闻名）。他写信通报朋友，称自己像个"年轻之神"一样自由飞腾！他说，因自己的魅力，各界名流争相与他会晤，沃尔特·惠特曼甚至亲吻了他！至于亨利·詹姆斯，"哦，不好意思，我对他兴趣不大"。他在信中继续报告，他差一点就和另一名詹姆斯——传奇大盗杰西·詹姆斯碰头了，后者专门派手下往他下榻的饭店送了一份赠礼。这礼物刺激得令他胆战！到底是什么礼物，王尔德卖了个关子，没说。

杰西·詹姆斯，这个传奇神枪手，在内战时就参加了反政府突击队，战后与兄弟一起成立詹姆斯帮派，十分高调地劫火车、抢银行、搞绑架，其作案手法、布阵、撤退、换血、藏匿、亮相……就像一名技艺高超的艺术家！他生前就有作家、写手以他为原型创作出多部廉价而风靡一时的小说。他死后（死于一八八二年），其尸首辗转各地被大批好奇的民众观摩、膜拜，幕后操纵者就像经纪人为明星举办巡演一样，风风火火，赚得腰包满满。王尔德说杰西·詹姆斯"差一点"就跟他碰了头，是不是当时大盗忽然心情涣散提不起劲？抑或又有一票大的要干？而他究竟又是出于什么动机差人给王尔德送去刺激得令人胆战的礼物？

"别枪击那个钢琴师，他已经尽力了。"王尔德的这个金句，莫非也令杰西·詹姆斯好不欣赏？

早年我看过好莱坞电影《神枪手之死》（布拉德·皮特饰演杰西·詹姆斯），影片从头到尾都弥漫着一股虚空、涣散的气息，很是诡异。导演似乎刻意让影像虚幻、重叠、变形，致使片中人被一股不详之气挤对、压瘪，陷入一个不明朗的地带,恍惚看到一个卦象:上巽下坎,风水涣卦……涣散开,危机来,事态渐次离散、不成形状……

电影接近尾声,厌倦了一切的杰西·詹姆斯在家中给墙上的一幅油画拂尘并把它扶正,他的手下(他的第一崇拜者)朝他背后开枪,他当场毙命。有影迷对此感到"难过",认为大名鼎鼎又恶名昭彰的家伙,竟然死得这么普通,太不值得……为这部电影作曲的是摇滚歌手尼克·凯夫,他的配乐为光影注入血脉之息,一股涣散的忧郁渗透观者的脊梁骨……电影最后,尼克·凯夫饰演的一个游吟歌者出现在酒馆里,拨弄着乐器,歌唱着杰西·詹姆斯的传奇人生,以及那个曾经懦弱的小男孩最终是怎样杀了他。

…

整理日记本,二○一九年九月二十三日这天写道:

看《猎人的一年》,米沃什一九八七年九月二十三日的一则日记有点意思。他写道,当天收到法国诗人、作家欧仁·吉耶维克寄来的新诗集,是伽利玛出版社出的,"好色之徒,终于被年龄制服,写起有关甲虫、鲜花和流水的诗"……

由此我想到苏格拉底与克法洛斯(Kephalos,希腊神话里的伟大猎人,阿卡迪亚家族祖先)的一次对话。苏格拉底问克法洛斯,晚年的衰老使他感到压抑吗?后者回答,不,因为衰老是自然的,如果容忍它就能很好地承受这些。苏格拉底又问,那么性爱需求和情欲怎么办?克法洛斯回答道:"谢天谢地,我就像从一个又疯又狠的奴隶主手里挣脱了出来。"

但凡寿命够长的作家、诗人或艺术家,他们在接近生命尾声的年头,总会留下一些文字,发出一声长叹,很无奈,但又松了一口气:"嗨,终于摆脱这恼人的玩意了……"米沃什接着说,男人接近八十岁,这(性事)方面便有了重大改变,一些人开始向神性祈祷,朝向上帝;而欧仁·吉耶维克则向自然祈祷。

记得在巴拿马的小说《乐师:上帝,保佑》中,一位在情欲面前一次次败下阵来的男人抱怨上帝:"人身上的欲望如果是罪恶,可这不也是您老人家创造的吗?没有性的演奏,我无力、无感,更无望。"①

---

① 编者注:巴拿马的小说《乐师:上帝,保佑》是作者虚构的,读者们请注意,本书好些地方作者都有这样游戏的处理。

...

当摄影师维加（Weegee）按下快门的瞬间，囚车里两个相对而坐的罪犯不约而同、迅速地用帽子遮住了脸……于是这张名为《被捕了！》的照片成功了！这两张被各自手中的礼帽遮挡得严严实实的脸庞，我们见不着，但奇怪的是，一旦脑海里闪现《被捕了！》，我坚信自己看见了他们的"脸"！

就是说，挡住他们脸的帽子，没有遮蔽效果，反而更是一种穿透，带观众穿透进去，清晰地看到他们的五官！这种穿透感，是照片本身的幽默感和滑稽带出来的，那是一种由狼狈、局促、倒霉而引发的滑稽感。这两名罪犯的个头、穿着（黑色风衣与锃亮的皮鞋）以及姿势（都用右手拿着礼帽挡住脸部）都一模一样，恍如一对倒霉透顶的双胞胎。

由此我联想到超现实主义画家马格利特的一幅名为《鲁莽》的油画，两个看上去一模一样的中年男子——手缠绷带、平头、八字胡、红领结，同时伸出左脚以"稍息"的姿势严肃地并排站立着，远景是蓝天和雪山。观看这幅画，再看标题"鲁莽"，幽默滑稽感袭来。我们试想，假如画家抹去两人中的任意一个，画面一定就没有神秘的喜剧感了……马格利特说："单一，不会唤起它与所有其他生灵共有的东西，也即他们的神秘。"

...

  镜头后面的著名摄影师维加是个行动敏捷、一触即发的"暗夜巡游者"。他出生于奥地利一座名叫兹洛克齐的小镇（现属波兰），为了讨生活，不到十岁时就和父母及三个弟兄移民美国。传记作家说他们一家刚到美国定居在纽约东城的贫民区时，"过着比老鼠稍微好一点的生活"……为了贴补家用，维加没上几年学就出来打工了。他做过餐厅洗碗工、糖果小贩、码头工人、戏院里的默片（小提琴）演奏员，还租过一匹小马驹替骑在马背上的小孩子拍照。后来，也许是遭受到什么伤害或有什么难言之隐，他要自己变成一个"没有过去的男人"，就彻底地断绝了与家人的联系，偶尔提及兄弟，也称他们只是过去"三等客舱中的几个同伴而已"。

  之所以对《被捕了！》印象深刻，除了上述提及的幽默滑稽感之外，还有独一无二、一触即发的纪实性！奇怪啊，维加获得犯罪的消息怎么这么灵通？每次到达事发现场，他按下快门的速度甚至比警察还要抢先一步，几乎就和罪犯、肇事者同步！他的镜头捕捉一如饿虎扑食，血淋淋的，"新鲜"无比。

  维加是艺名，他原名叫亚瑟·菲利格（Usher Fellig）。人们都觉得他太诡异了，仿佛有神灵附体（Weegee 和灵验牌Ouija

发音完全相同)。且看维加的作品名称:《他们的第一桩谋杀案》(1941)、《死尸与左轮手枪》(1940)、《持枪歹徒被不当班警察击毙》(1942)……毋庸置疑,维加对城市突发性的悲剧事件特别感兴趣,(难道仅仅是他?日常生活中,人们感兴趣的、经常谈论的,不都是某某地方的灾难和死亡吗?)诸如家庭暴力、离奇争端、精神失常都是他的拍摄项目,流浪汉、脱衣舞娘、荒诞剧场的演员与观众也是他的常拍对象。维加最擅长"描述"的就是"赤裸的城市",这也成为他第一本摄影图文集的名字。这本书一出版,就有电影制片人投资拍摄了同名电影《赤裸的城市》。

拍照时,维加极少用自然光源,当他神不知鬼不觉,忽降事发现场,突然用闪光灯将眼前的一切打亮,那光亮刹那间划破无边的黑暗,城市里所有隐藏的幽暗就裸露了出来。他的作品呈现出辨识度极强的表现主义风格,所以上述作品《被捕了!》,实际上是另一种裸露!人一旦摘下面具,反而无人识得了。

…

不知不觉中读完了保罗·莫朗以香奈儿的口吻(与香奈儿对谈,记录下她的话语)撰写的《香奈儿的态度》。一如译者段慧敏说,阅读这本书就像倾听香奈儿亲自讲述她一生的精彩与跌宕。她的大胆、可爱、直率可以与阿娜伊斯·宁相媲美。香奈儿援引一位伯爵夫人说的话来表达她自己的心声:"……我所知道的一切,都是通过做爱学来的。应该由情人教会你这些,而非你的丈夫……"

香奈儿谈及自己经历的过往,科克托、毕加索、吉罗杜、迪亚吉列夫、萨蒂、斯特拉文斯基、邓肯、阿波利奈尔、胡安·格里斯、法尔格、莫迪利亚尼……这些时代骄子依次出现;她智性、慷慨、率真以及她那只有巴掌一样大的诱人脸孔将每一个人都深深迷住。而在一些不经意间,她又会冒出一两句让众人陷入深思的话语,比如她说:

> 世上所有的不幸,都源于自己什么都不肯放弃。
>
> 一个人的智慧在于他强烈的感受性。
>
> 他(俄罗斯芭蕾舞团创始人迪亚吉列夫)寻找着天才,就像一个流浪者在街头寻找烟蒂。
>
> 应该以纯真无邪的眼光来看待珠宝,如同坐在一辆疾驰的车内欣然见到路旁一株花朵盛开的苹果树。

画家毕加索赞美说,"香奈儿是欧洲最有灵气的女人";音乐家萨蒂却认为,"香奈儿是全巴黎最简朴的人"。实际上,两者并不矛盾,灵气、简朴都源自内心、精神;此两者内部都包含了对方的存在：越灵气越简朴，越简朴越灵气。

...

一个忧郁又活泼的女子，她有独自沿铁路散步的喜好。在她很小很小时，某日，她和孪生哥哥被一个女人带出了门。女人一手抱着她，一手推着童车里的哥哥，一行三人走在铁路上。而后女人算好时间，把两个孩子放在了轨道中央。

一声汽笛，火车驶来，危急时刻，火车信号员看到了，他以生命为代价，一把把小女孩抱了起来，又一脚把小童车踢到铁轨外边。

火车信号员和妻子生了七个孩子，女子依稀记得那个男人的模样以及他那七个孩子的那张铺满毛茸茸玩具的大床。

那个把他们放在铁轨上的女人是谁？

是她父亲引诱过又将其抛弃的家庭女佣。

然而，一直以来，这个活泼又忧郁的女子从未在心里怀恨过那个试图害死他们的女人，有时甚至像感念那个火车信号员一样感念她。她觉得世间所谓的幸福太难找到。然而，当她每一次沿铁路行走，背对着太阳抑或迎着前方刚刚爬上来的月亮，一股异样的毛茸茸的幸福感就爬满了全身。

她总会想起那张她短暂停留过的铺满了毛茸茸玩具的七个孩子的大床。

…

翻读《论邪恶》。

尽管一则则、一例例分析、挖掘，然……邪恶，无解。

"她们在性上的吸引力，能致使男人做出与性无关的错误行为。"作者这句话很像是黑色电影的注释。"黑色角色"也会"错误"地认为，"性"有时反倒会给人一个清醒的头脑；而真正具有"杀伤力"的、让人做出错误行为的，是"过量的爱情"，它能把人的头脑冲昏。这其中，纯真和邪恶同在吗？

"过量的爱情"中难道就不包含性吗？

…

他笔调节制而欢快，性格热情，但胆子不大，是个夜游爱好者，喜欢夜访好友。有一位不愿透露姓名的单纯的女士甚至养成了一个习惯：她只有在她丈夫与他的交谈中才能入睡。所以他在夜游时会接到这样的信息："来聊聊？

×××又睡不着了。"

他感到痛苦。

他一直在写一本很难完成的叫《打赌者探戈》的书，因为他首先跟自己打赌：完成不了！之所以这样做（跟自己打赌），是因为借此他就有了新的策略：既然完成不了，那我还写《打赌者探戈》，只不过是写怎么写不成《打赌者探戈》。

如此一来，他又预感自己会赢。（输赢不都是自己吗？）他总是在夜游时进入"打赌"和"探戈"的世界，不管怎样，他觉得这对夫妇朋友给了他很多写作上的灵感和支持，有那位女士在场聆听（其实只要他们一开始交谈，她便马上入睡），他俩交谈的质量特别高，有如一对探戈舞者欲拒还迎或者就像一个赌徒遇到好运气。

一旦他们停下说话，女士便马上醒过来，向他——而不是她丈夫——投来埋怨的目光。他的朋友明白他的写作通常会以笔误的方式展开，所以他感觉到妻子那埋怨的目光别有深意。


...


菲利普·索莱尔斯这样谈及其父："他既十分快乐又十

分忧愁。"一个真实而又戏谑的男人形象呼之欲出！通常说到某人性格，要么说他很快乐，要么说他特别愁闷；或者他一度快乐，后来为了某事而陷入痛苦……两者基本不会重叠。

二十世纪五十年代，法国记者皮埃尔·德卡尔格采访画家乔治·布拉克，当他走进画家的工作室，眼前的布拉克高大魁伟，他觉得就像是大刀阔斧劈出来的一尊雕像："他看上去不快乐也不忧愁，但他是又快乐又忧愁的人。"

"我决定成为画家这件事，就像决定呼吸一样自然。"乔治·布拉克跟记者朋友说。同时他又讲，每次作画对他来讲都是一次冒险，因为他通常不知道"它"会如何收场……德卡尔格认为，布拉克有另一层意思，那就是当他开始创作时，自身内部那个"陌生的自我"开始蠢蠢欲动……这个"陌生人"比"我自己"更加真实，也更具冒险精神，所以，"他"会走向哪里？

"忘记物体，只观察它们的关系。抹去思想，绘画就完成了；真实存在着，人创造了谎言。"通过布拉克这句绘画格言，再次看到菲利普·索莱尔斯父亲真实戏谑的形象。快乐忧愁，谎言真实，在同一个圆圈里滚动，时常融为同一种。听过一首歌曲，居然也是既不快乐也不悲伤的那种——

　　　　从黎明走出来的一个捕风的汉子，
　　　　一身茉莉色，

他是个忧郁的欢乐者。

我们打了个照面,都有点惊呆了!

心情像螺丝在一点点拧紧……

(《乌鸦旅店》夜曲第 11 号)

···

夜里读松尾芭蕉的《奥之细道》,枯淡,静心。

一幕幕场景如影像,一段段行程似幻觉。读着读着便睡了去,梦里戴了顶斗笠,披了件蓑衣,一路小跑,跟在芭蕉先生和曾良后面。

眼下,松尾芭蕉和随行者曾良要去一个叫"那须野"的地方。天色将晚,又下起了雨,他们就在附近一农家借住一宿。第二天早晨,他们再出发,要横跨一望无际的旷野,前途迷漫。

路上,他们碰到个割草的男子,还有一匹良马在近旁低头食草。那男子虽为一介村夫,但通达心善:"如之何其可也?此处草原,歧路交错,过客初来乍到,往往迷入歧途,可骑此马,马至停蹄处,放回可也。"

芭蕉先生和曾良君谢过男人,借马骑行,后面两位小童随马奔走。不久,他们就抵达了一个村庄,"即系租金于鞍座,放马归"。

那两名随马奔腾的快乐小童,其中一个是女孩,叫"阿重"。芭蕉先生说,女孩子叫这个名字的似乎很少,她长得伶俐优雅——"名叫阿重,岂非瞿麦花瓣,八重之重。"

"芭蕉",顾名思义,芭蕉树,乃一名弟子在诗人居住的草庵外栽种了一棵,诗人就采用了这个名字。芭蕉先生外出旅行,喜徒步,偶尔也骑马。他说自己的旅行创作曾受到鸭长明《方丈记》的影响。

鸭长明是日本十二世纪的贵族,中年后遁世隐居在东京郊外日野山上一间不足一平方米的草庵内,"与明月清风为友"。在隐居的日子里,鸭长明平心静气地书写着人世各式各样的劫难,不悲不喜。他认为自己唯一的享受就是一夜酣眠,唯一的期待是季节的变迁,无怨恨也无恐惧:"我把人生交与命运,不求生,也不求死,我像一片浮云,无所依、无所恋……"


…


偶得一本戴望舒的旧书,内有一篇文章专门介绍一位叫阿亚拉(Ramón Pérez de Ayala)的西班牙诗人。看完我认为,他与同是以西班牙语写作的博尔赫斯有关联。戴望舒这篇文章首发在一九三二年五月的《现代》杂志上。戴说，阿亚拉的文学生活最早是从诗歌开始的，而后创作小说，并一举成名。

不仅仅是说博尔赫斯的写作、成名和阿亚拉有着相同的轨迹——诗歌起步，小说成名；且看，阿亚拉一连出版了三部诗集，均是以"小径"为名：《小径的和平》《不可数的小径》和《浮动的小径》，这不能不让人猜测，博尔赫斯是受到阿亚拉的启发而写出著名的《小径分叉的花园》。

博尔赫斯迷恋老虎，他的小说和诗歌、幻想和梦境里总有老虎出没……奠定阿亚拉西班牙文坛巨匠地位的他的几部重要小说中，有一部是《老虎胡安》(Tigre Juan)。阿亚拉出生于一八八零年，年长博尔赫斯十九岁。

...

出门，到底带哪本读物？

好几次外出，就是因为书没带对，导致整个旅途我都感觉不对劲。有时，有意带一两本趣味轻松的，可是旅途刚开始没多久，就读完了！有时，故意带上较为晦涩的，好让途中的自己多点思考，结果因为诸多不顺，再读着那书，头都大了。出门人，最希望轻装上阵，总不能背一个书架，呼哧呼哧地行脚吧？

有人说，出门在外，满眼山水，目之所及，不也是一种阅读吗？何必执着于一本书呢？但也有人，只是忽然有了外出的打算，既没有跋山涉水的激情，也没有寻亲访友的计划，就像小说人物一样，即兴跳上一辆绿皮火车或邮递马车，去到一个地方，找一家旅店安顿下来……要是这样，按照剧情，他的行箧内应该有一两册读本。再看，随后那几天，他在旅店里，没有动静，除了一个傍晚，他和几个野孩子踢了几下皮球；一个早上，和一个女士聊了几句，说到正在读的书。

前些天去了一个叫"利川"的山城。

这次我果断得很，没有犹豫，带了纳博科夫《黑暗中的笑声》。

逗留这座美丽山城的几日，同伴们爬了一座座山、领略了一处处美景，而我基本上就在旅馆里没出门，好像被这本书催了眠，像看了一场电影。

纳博科夫这个"毒舌"，恨不得全世界的作家都被他嘲笑、攻击过。

他说，海明威是不可救药的幼稚；福克纳是玉米棒编年史；加缪、洛尔卡、卡桑扎基斯、D.H.劳伦斯……是一批被吹起来的作家；伍尔夫、托马斯·曼和其他数百位作家一样，属于二流。连乔伊斯、陀思妥耶夫斯基他都没放过，他说乔伊斯的《芬尼根守灵夜》一文不值,呆滞、堆砌,是伪民俗歌谣、冷布丁……说陀思妥耶夫斯基写的"敏感的谋杀者和富于灵魂的妓女"叫人无法忍受……这份被纳博科夫抨击、讥讽的长而又长的名单里,没有托尔斯泰。

话说年轻时的纳博科夫,在巴黎,有天上街,遇到一位让他动心的女士,他没有多想,直接迎上前去:"你好,安娜·卡列尼娜。"

《黑暗中的笑声》里,有位男士(小说第二主角)问一个名叫"多丽安娜·卡列尼娜"的女演员怎么会取这个艺名:"是因为读过托尔斯泰的书吗?"

"兔儿时代? 没有,好像没有读过。你问这个干什么?"女演员一脸疑惑。

...

哲学家、思想者们的学术理论让人费解、头疼;但他们本身,一个动作、一丝笑意,随性家常,看着使人松弛。这是我看一部雅克·德里达的纪录片时的感受,随之一些他的"思考"又飘了出来——

他离开了他的房间,迷失在楼梯上……

为了不被诱惑而去诱惑……

(《马刺》雅克·德里达 )

镜头里,德里达说,有人问亚里士多德的一生是怎样的,"可以这样讲:'亚里士多德是一位哲学家,他诞生,他思考,他死亡。'剩下的纯粹是道听途说"。

德里达一头银发,穿着简洁讲究(他说为了拍摄才这么穿,平时居家不是这样),回答每个提问之前,总要思索一会儿,绝不轻易就某一问题快速给出自己的定论,就如同哲学……一切都是某种趋向,一个启示,一个邀请——欲把住,却飞去。

...

哲学家身上散发着平心静气,让人安宁放松。就如卡内蒂所说:"思想者的头脑里,充斥的不是思想,而是云彩,它们在空中飘,它们降雨,滋润贫瘠的国度。"

采访者问德里达:"这一屋子的书都读过吗?"对于学者、作家、读书人来说,这是最常见的提问,曾有人将各式各样的回答集结起来,五花八门。有的被提问者明显有些急了,他这么回答:"我一本也没读过,不然我留着它们干什么。"有人则说:"比这还多,先生,比这还多。"还有更加"狂妄"的:"您知道,我不读书,我写书……"有一次本雅明也被问到这个问题,他冒出一句:"你会每天都用到自己收藏的瓷器吗?"也有人说,就像女士们喜欢买衣服、买鞋子一样,她并不是天天穿着它们上街,偶尔打开衣橱、鞋柜,看一看,抚摸抚摸也就满足了。

相比之下,德里达的回答很坦率,他说书房里这些书他也就读了五六本,不过这五六本他是反复读的。采访间隙,哲学家的妻子出现了,她迷人大方,目光和丈夫一样笃定。此刻德里达恰好谈到"眼神",他说随着年龄改变,人的所有身体机能都会老化,唯有眼神不会变苍老。在另一组镜头里,家里出现另一位老人,是德里达的哥哥,怀抱着三四岁的小孙女。他告诉采访者,他们并非成长于一个知识分子家庭,要是问雅克·德里达的天赋来源于哪里,他也说不清,即使追溯祖辈也难弄明白。

德里达的哥哥说话时,他怀中的女孩眼睛睁得大大的,异常安静,好像进入了自己的幻想,也好像在仔细听大人讲话,她一直把小手放在爷爷的手上,让他握住。偶尔老人边说边抬起手,比画一个手势,很快,小女孩又将自己的小手放在爷爷的手心,让他重新握着。她的小表情里也略带一丝懒洋洋的哲学的趋向——欲飞去,却把住。

...

> 有些东西比一切外部世界都要更远,但它也比任何
> 内部世界都更近⋯⋯应该把这条线折起,建构一个耐久
> 的区域,使我们在其中得到安顿,勇敢地面对事物,坚
> 持,呼吸——总之,思考。折叠这条线我们就可以成功地
> 依靠它生存,并且与之同在:这是一个生与死的问题。
>
> ——吉尔·德勒兹

德勒兹这一叙述,正是中国古人所讲的:"道在天地之间也,其大无外,其小无内。"以诗之语境牵动出来的这条"折线",就成了《易经》里的六个字——"明象位立德业",以内心之境应对外部之力⋯⋯人在其中化为道,可变形,可隐去,死生为一⋯⋯

维特根斯坦认为哲学家最要紧的就是放弃发展理论、教授学说,直接获得一种清晰的技术和方法,"找到一个真正安稳的所在"⋯⋯这也与德勒兹那条人们居住其间的由折线建构的区域类同。维特根斯坦再次肯定,这个方法一定是对的:"我的父亲是个生意人,我也是生意人(我想要我的哲学像做生意)——把一些事情搞定,把一切事情安顿好。"

...

　　贾木许导演的《咖啡与香烟》由十多个断想式的小故事组成，每集两个角色，有的故事里偶尔会冒出一个第三者，电影道具当然就是咖啡和香烟。故事叙述尽管"无调性"，但能从人物的对话、行为里牵扯出一些暗示……

　　有一集是两位摇滚歌手汤姆·威兹和伊基·波普出演，就扮演他们本人。导演将（音乐）同行之间的"较劲"和"不服"刻画得真实又滑稽。两位歌手朋友在咖啡馆碰头，一见面，相互"比拼"的架势就"起来了"。趁对方不注意时，他们都会查看咖啡馆点唱机里有没有自己的歌曲；他们在逼仄的座位上伸胳膊、跷腿，试图化解尴尬；他们都装模作样地说把烟戒了，接着又吹牛，戒烟之后状态极好，还嘲笑那些戒不掉的烟民……可话音一落，他们忽然话锋一转，汤姆·威兹先开口："戒烟的魅力在于，既然我戒烟成功了，就可以犒劳自己一支了。"

　　"是啊，既然，既然戒掉了，那就抽一支吧。"伊基·波普顺口说。

　　就这样，两人即刻吞云吐雾了起来。汤姆·威兹接下去又加了一句："这种感觉就像珠宝并不是真的。"伊基·波普点头，彼此心照不宣。他们有一搭没一搭地聊啊聊，忽然伊基·波普说可以介绍一位鼓手给汤姆·威兹，后者马上颇为不爽地发问："你的意思是我专辑里的鼓不行呗？"

一位音乐史研究专家说，要是音乐家之间没有"较劲"存在，那么音乐生活一定会缺少很多东西，甚至整个音乐史都要重写。贾木许只是让汤姆·威兹和伊基·波普动动嘴皮子，借此表达他们各自的不服气。要知道，一七〇三年，音乐家亨德尔和一位叫约翰·马特松的作曲家同台演出，上演的是后者的歌剧《克娄巴特拉》，约翰·马特松在里面饰一角色，亨德尔是现场指挥兼弹古钢琴。约翰·马特松为了彰显自己多才多艺，唱着唱着，忽然疾步走到乐池想取代亨德尔！

两个年轻的音乐家早就相互看不顺眼，一场决斗迫在眉睫。亨德尔哪是可以被轻易推开的人？他当场发飙！两人各自拔出佩剑逼向对方，约翰·马特松出手快，先刺一剑，凶险啊！幸运的是，剑刺到亨德尔外套的一枚金属纽扣上！旁人无论从哪个方向看，都感觉与要害部位近在咫尺。奇怪的是，没多久，两个音乐家又和好了，两年之后亨德尔推出歌剧处女作《阿尔米拉》，还特邀约翰·马特松担任男高音演唱者。

与亨德尔同时代的巴赫也有一次类似的"凶险"经历。那天巴赫和一个叫盖耶斯的年轻音乐家因为争论一个和声问题而拳脚相向，巴赫气得拔出匕首就朝对方捅去，可是接下去发生的事出人意料：捅刀子的人倒在了地上！再接下去发生的一切更有趣:巴赫一骨碌从地上爬了起来,没事人一样弹奏起幽默、诙谐又乐观的曲子《咖啡康塔塔》。

...

火柴、香烟和打火机——
火柴:退潮时,划亮它,一个涨潮的人的脸。
打火机:某小姐香闺闹鬼,它躺在一个形象的夹缝中。
香烟:欲言又止。

...

《巴黎,十九世纪的首都》中出现的密谋者,瓦尔特·本雅明(好像)是从马克思在一八五〇年发表的一篇政治评论说起的,随后又将波德莱尔、乔治·索雷尔、儒勒·拉弗格、爱伦·坡的诗歌、文本穿插其中,将密谋者一一"揭露"。诗人们迂回、隐蔽以及预言家般的"纸上行动"就像那些"革命的炼金术师"的秘密活动。所谓"革命的炼金术师"是马克思发明的,指的是那些密谋者和革命家。他们善用"变幻术",将自己的面相忽隐忽现,有意无意地制造出一些引人入胜的"不和谐音"（仿佛接收到的一个暗号，以此又控制住另一些激情与冲动）。

在本雅明看来，密谋者类似波西米亚人，随时在一起突发事件、一则传言抑或一个闲逛者的俏皮话里获得某种飘忽不定的思想和真理。文章中，本雅明借由波德莱尔的一首诗引申出密谋者的地下活动，以此指出闲逛者、革命家、诗人都深谙"移情术"，并陶醉其中，一如商品陶醉于周围潮水般涌动的顾客——"文人、闲逛者，走进市场，美其名曰走走、看看，实际上呢？找买主。"

…

二〇一九年十一月二十六日上午，乘坐上海至绍兴的高铁，翻看《剩下的世界：瓦伊达电影自传》，困意袭来，合眼欲睡。不知是自己的脑中人谈话，还是周边乘客说话（或乘客手机的声音），声声入耳：

"生活，说起生活，都是假的，已经过去了的。"

"那，怎么会呢，当前的生活你觉得不真实吗？"

…………

"他什么都知道但就是什么也不懂，你呢，是什么都不知道但什么都懂那么一点。"

"你旅游是为了什么？就是为了去敲定一下那里的地盘吗？"

"不，不是，我怕我老不出门的话，会被人笑话……"

"你肯定不相信一见钟情，对吗？我也不相信，但有一次在一个车站等车，有个男的，他上车之前，瞥我好几眼，看得我都发毛了。"

"你说你能摸得到痛苦，这我相信，但你说你一旦摸到痛苦就不痛苦了，这个我不太信，就好像我一摸到你，你不可能就没了啊！"

"你这人太厉害了，你故意把自己藏了起来，结果你出来的时候，就真的变了一个人，但大家不还是一下子就认出了你吗？"

"是啊，你之前他妈的是谁，不是也没人提了吗？"

醒来时，（或者根本就没睡着？上述谈话，历历在耳……）已到绍兴北站，下了车，在站内上了"BRT 号支线"列车前往八字桥，忽然发觉书落在高铁上了，颇觉可惜，因为买来都还没好好看，就带在路上随意翻了几页。

…

在"BRT 号支线"上，想起瓦伊达的几次回忆。一九四四年德军占领波兰，瓦伊达十七八岁，那时他躲在克拉科夫的亲戚家里，几星期都不能出门。有天得知国家博物馆正举办日本藏品展，痴迷绘画的他没有错过。这是他人生中第一次参观此类画展，也是他建立起自己艺术审美的重要时刻——那天他看到了葛饰北斋的《神奈川冲浪里》、歌川广重的《大桥安宅骤雨》以及喜多川哥麿的美人画，而后这些艺术作品深深烙印在瓦伊达的脑海里，化为了他的精神财富。

　　到了一九八七年，已享誉世界的瓦伊达继导演费里尼、伯格曼之后获得了日本最高奖——京都奖（此奖有"日本诺贝尔奖"之称，是颁发给科学、技术和文学领域有重大贡献人物的国际奖项），他拿出全部奖金三万五千美元（他说这之前他已拍了二十多部电影，还有众多的戏剧和电视剧，但从来没挣过那么多钱），又在接下来的数年里不停地奔波筹款，动用所有人脉和资源，在自己的家乡建立起一座日本艺术博物馆。他想象着，在这座新式的日本建筑前，也有一个年轻人——跟一九四四年的他一样——走了进去，而后获得养分……书中提及同是波兰裔的导演罗曼·波兰斯基几次，好像都是替瓦伊达或其他朋友办了他们不能解决的事情，包括拉赞助等，可见波兰斯基导演功力之外的人脉、社交能力以及热心好意……

　　"回忆和记忆有什么相似之处？"我又想起丢掉了《剩

下的世界：瓦伊达电影自传》的上趟车旅中，耳边回荡着的没完没了的谈话："只要去回忆，保准就会找到原本没有的东西……"我怀疑，那本书我根本没带上高铁，只是某次去书店或哪位朋友家里翻了翻。


···


人生：一连串无意义的巧合或一连串有意义的不凑巧。

不对！你说，

不凑巧，恰恰是另一种巧合。

某一刻的无意义，正是意义之所在。


···


爬山，入一寺庙。

寺庙内有专门给香客预备的客房，他便住了下来，有意多待些时日。

一日他从山下归来，听闻寺庙来了些女香客，奇香妙语不断。他进入一间后房找东西，不得了，不得了！一位妙龄女香客正在洗澡。他慌了，腿脚却抬不动。女香客急忙用手捂住眼睛："去，去，你，快些去。"

"不好意思，不好意思。"腿脚终于松动，他退了出去。

他要下山那天，正好碰到我上山。他与我讲了撞见女香客沐浴一事。我疑问，浴女为何没有捂住身子，只是捂住眼睛？是不想看见这个他——一个冒失的闯入者，还是不想让闯入者看见她的眼睛？

他说了一句，带点自嘲，也颇有禅意："那是她眼不见为净。"

...

夜行火车，我在中铺。

醒来，天光大亮，感觉几个梦的碎片还随着火车的节奏晃荡。

车厢过道座位上，一个丹凤眼女子，捧着我的"茨威格"："半夜，你的书掉下来把我砸醒，我就再也没有睡着。"

"丹凤眼"说这话时既不是责怪的语气，也没有陌生人交换友情的意思，只是不露声色地叙述着"茨威格砸醒她"这件事。

我从铺上下来，去盥洗间时跟她说："这本书给你吧。"

"哦，谢谢。"她头都没抬。

......

梦把某人带去一个地方。

回来时,这个人感觉自己变小了。可醒来后,又感觉自己变大了一点。是梦本身忽大忽小,还是它能使人亦大亦小?

变来变去,梦自己没了。

不是没了,是梦自己有腿,跑到别处去了。某人变作两个人,争夺那个忽大忽小的长了腿的梦。

......

将懂未懂之间,住着诗。

诗,日常生活里闪现出的一道惊奇。

蹩脚的旅人,跟随一个走丢的音,

爬上斜坡,又滑了下来——

你的拥有和欠缺,是同一物,

在斜坡的滑音里。

...

　　"拨火棒在你那面,"猫对误入歧途的猫头鹰说,"拨一拨炉子里的火吧。"

　　"雨夹雪的日子又来了?"猫头鹰拿起拨火棒问。

　　"废话少问。"

　　"好吧,不过我还是要说清楚,去年那事不是我干的,我怕冷。"

　　"怕冷,怕冷就拨火啊!"猫脾气很大。

...

　　"我们所有能说的不过是我们没有什么可说。"

　　刚到 W 城的第一夜,从《巫师苏格拉底》内掉出来的这句话惊到了他,本来借着(无所谓什么)文字催眠,他就要睡过去了,可是此话仿佛道出了世间隐情。

　　"不存在者的存在,是存在者的不存在。"他调整了下靠垫,从"巫师"缝隙里,拾起来的是这句话。于是他更清醒了,但脑袋晕眩,他发现,此刻他存在着,但他既不是存在者也非不存在者!那么,明天还要和她相会吗?如果打了退堂鼓,会不会就不存在"存不存在"这一说了?

这个念头,使得他喉咙里涌出某种类似快乐一样的东西:"所有带来快乐的也将把快乐带走。"


...


刚刚拿到罗贝托·波拉尼奥的《2666》时,涌出一股文本之外的喜悦,这是一本好看的大部头(重量级)著作,放在床头,夜晚读几页,入梦;早上醒来,以它作哑铃热身。

是真的,有一阵,我就是以《2666》跟浙江大学出版社的《维特根斯坦传:天才之为责任》(插图本)一左一右,举重健身的。

每次手捧期待许久的大部头,都像是行在途中,迎面扑来一片迷雾森林,令人望而却步。开始读后,迷雾渐散,随心所欲,走到哪算哪。这本波拉尼奥的作品,目前只读了第一部分——文学评论家。

笔调幽默,平淡之处闪出智慧。除此之外,还感觉到波拉尼奥以折中欧洲、拉丁美洲以及西班牙文学的方式创造出了属于他的语言风格。四位不同国籍的著名学者为了研究一个重要而鲜为人知的神秘作家而走到了一起。三男一女,彼此一见倾心:友谊的光彩,爱情的印记……遭遇的情感、经历的事件,发酵起来,形成真诚的荒谬。

尽管我们看到法国学者和西班牙学者都上了英国女学者的床,但极自然,并没有什么不对的,更没有半点不洁感。以往读到某些小说,作者似乎是故意引诱读者进入某种欲望的幻觉。而在罗贝托·波拉尼奥这里,情感、欲念就像影像般优雅掠过。后来美丽的英国女子离开"受伤"的两位,又与意大利学者好上了,也是如风而至,遇水而流。

法国人让·克劳德和西班牙人曼努埃尔·埃斯皮诺萨,这两位年轻且充满魅力的学者,竟然让我联想到卡夫卡《城堡》里土地测量员 K 的两位助手!两位学者虽然不像K的两名助手那样插科打诨不干正事,但也属于荒诞派,处处充满娱乐精神。他们和《城堡》里的两个助手一样,也总是形影不离,有时就像是一个人!这么一来,你也许会问,那么英国女学者丽兹·诺顿和《城堡》里那位多情、浪漫又颇有几分心计的弗丽达,是不是有几分相似呢?

意大利学者皮埃罗·莫里尼坐在轮椅上的形象,温暖、可靠。他的低调沉稳、亲切热忱仿佛是其他三位(孩子气十足)的老大哥。

今早醒来,平躺床上——呼哧呼哧——我再次以两本重量级的书当哑铃,一股清澈的快感在心中升起,而后闭上眼睛看见他们四人初识的情景——

克劳德推着莫里尼的轮椅，埃斯皮诺萨走在左边，诺顿倒退着，走在最前面，满怀她青春的活力，笑得很迷人。

关于文学，诺顿的一个说法令男士们一惊："读书直接和快感联系，而不是直接联系知识。"

...

有个旅行作曲家很怕风。

不管居家，还是外出住店，要是有人去找他，走近他房间，听到的第一句话就是"关上门"。以此我们也可得知，此人要么是第一次登门拜访，要么是个很讨厌的健忘鬼。若是后者，第一次，可以；第二次，忍着；第三次，作曲家肯定不是说"关上门"，而是直接吼道："滚。"

这个作曲家不得不旅行，只有行旅归来，才有新作诞生。

他在旅途中做些什么呢？收集素材？猎艳逐爱？放空心绪？统统不是。说了你或许不信，他只是走向天地间，徘徊于旷野，进入空山——感受风……

只有风才能给他无尽的灵感。

是的，他只是受不了在任何空间里的风，嗖嗖嗖。

夜幕降临，坐上密不透风的马车，作曲家又外出旅行采风了。

行至半途，忽然出现一帮持刀挡道的劫匪。马车夫和随从吓傻了，不敢动弹；作曲家倒是很镇定，没事人一样。"保命（创作）要紧，钱财乃身外之物，你们要就拿去吧。"

　　很快，劫匪们就抢完了他的财物，正准备一哄而散，作曲家以一种严厉的老将军式的口吻喊道："回来，关上门！"凶狠的匪徒们居然都乖乖地听了话，转回来，将马车门关得严严的。

…

　　那年夏天我在 S 城演出。Q 在某报社工作，那天她从外地采访回来，拖着一个行李箱来到我演出的场所和另外几个朋友会合，看我演出。那是我初次见到她，也许是途中疲累，话不太多，偶尔走神，待回过神来，眼神依旧透亮。

　　我觉得自己喜欢上了她。

　　但你或许不信，我喜欢她，是觉得她那个行李箱很好看。我在想她拖着行李箱，一个人在外地的样子。

　　演出结束，友人陪我吃宵夜，微醺，尽兴。后来大家摇晃着告别。Q 上车时，我又看了看她的行李箱，我猜测里面除了衣物、日常必需品，也许还有几本有趣的读物：松尾芭蕉、《风格练习》、《本人，我》，或许还有乔治·摩尔的某一本。

寂寥的 S 城之夜,我睡睡醒醒,脑中浮出一个画面——

夜幕降临的海边,远处有个箱子漂浮着。有个人单脚站在箱子上,时而摇晃,时而静止。我认为他的晃动或静止完全是受箱子里的什么东西(或人)所控制。当我想把我的想法告诉身边人时,她却早已走掉了。接下去的旅程,我郁郁寡欢,因为几本旅途读物放在她的旅行箱里,她忘了拿出来给我。

在这个 S 城的夜晚,我想起那次在海边,也许是我太专注于海上漂泊的那个箱子以及上面的单脚站立者,而没留心她当时的情绪变化,以至于她不告而别。想想,真是懊悔死了。耳边响起一句斯特林堡戏剧《朱莉小姐》里的台词:"哦,你也许东奔西走,但你的回忆都是在行李箱里,包含了懊悔和遗憾。"

又过了几年,在另一个城市和 Q 不期而遇,她听我讲了这个"海上旅行箱"的故事,别有深意地说了句:"也许那海上漂浮的箱子不是真实的,但导致箱上那个单脚站立者或摇晃或静止的箱子里的东西是真实的。"

...

行至江南,恰逢梅雨季。

梅雨，古时也叫霉雨，李时珍《本草纲目》记："梅雨或作霉雨，言其沾衣及物，皆出黑霉也。"若有若无的雨丝里，我走入一个评弹场馆，观众寥寥，氛围奇佳。台上一男一女，男的弹三弦，女的奏琵琶。女演员唱法烈性透亮，苦闷心事、欢快之情和盘托出；男声委婉低回，如同细雨般绵密，渗透着此地的阴性气息。场馆侍者递给我一个潮湿的唱本，希望我捧捧场点出戏，我跳开《宝玉夜探》《描金凤》《白蛇传》《玉蜻蜓》《珍珠塔》这些名段，而点了《杜十娘》。

过了几天，到了扬州，参加瓜洲音乐节。

演出现场在森林湿地公园。演出当日，梅雨依旧，轮到我上场时，雨停了，而暮色降临，台下有观众喊"像艳遇一样忧伤，像艳遇一样忧伤"。我对着麦克风说，好，就唱这首歌，也把它送给一位女士，杜十娘。

冯梦龙《杜十娘怒沉百宝箱》的故事就发生在离舞台不远的瓜洲渡口。演出结束，想到白居易的一首词："汴水流，泗水流，流到瓜洲古渡头。吴山点点愁。思悠悠，恨悠悠，恨到归时方始休。月明人倚楼。"

...

夏天已过，秋天却还没有来，这时节出门（去贵阳）使他想起弗罗斯特的几行诗——

夏天其实是一场误会，

那些树木和流云就是误会的言辞。

我承认我迷恋。

我对树木的迷恋多于石头。

丰美的，不仅仅是花草和异性的嘴唇……

季节转换，思绪涌动。仿佛有话将说未说，有人欲走还留。听到一首歌，歌者之叙述如情人之手从他脊背缓缓滑下，感情饱满，舒缓得当，在该停留的地方做了停留，而后继续游走，带他进入另一个时节。

事情办妥之后，当地友人带他爬了黔灵山。上山前友人说，山上猴子多，其野性丝毫不逊于峨眉山的，定要当心。有一次，友人曾亲眼看见，一位丰满的女游客先被一只猴子上了身——可能见她胸前鼓鼓以为定藏有吃的——后来一跃而上又扑去三只在她身上，一通抓、挠、抢、摸，搞得她害怕、气愤又羞臊。

爬到半山腰，友人领他在弘福寺作了停留。

在五百罗汉齐刷刷的注视下，他在罗汉堂走了神又转了几圈。而后继续上山，果真猴子们出现了，几个模样俊俏的女香客或许也听说过此地猴子的野性，看上去既害怕又好奇,有意撩逗它们,但又知道分寸,猴子们更是跃跃欲试。

　　站在黔灵山山顶,一阵风吹来,吹走了夏天的误会,吹来了树木和流云的言辞。他想,如果每趟旅程都有如一曲乐音的起伏流转,那他肯定会"走调"——丰美的,不仅仅是花草和异性的嘴唇。


···


　　"人都到齐了吗？"一个新来的女士在舞台上现身说法,"你们,都要学习漂亮女士那样关注自己的曲线、内衣以及下车和上马的姿势。"

　　拇指琴捅了捅我:"她这话什么意思？跟我们刚才的演出有关系吗？"我没有理会拇指琴,听那女士继续演说:"当然咯,我是另有所指,刚才那位假……"

　　近来我迷恋上假声(一种很普遍的唱法,但透露一个秘诀,只要练习好"假声切分音",偏头痛、噩梦、盗汗都会远离),为此展开了一次小型巡演。拇指琴是我的老搭档,为我伴奏,我们相当默契,但他也总叫人气恼,比如正当我做着美梦,他会突然把我搞醒,跟我探讨与情人约会最终是不是要把面具上的胡子刮掉……

　　当然现在这个梦,也是拇指琴搅黄的:"醒醒,该出发去下一站了，我的假声兄弟，这次是坐马车去。"我很生气，又开始了盗汗和偏头痛，尽管梦中人的内衣、曲线我碰触到了，有一种诗的顺滑、骨感和恍惚。

...

结束了与星城朋友的相会，我买了张去攸县的车票。

对于这个县城，我一无所知，只是在长途车站看到这个地名，而"攸"字，疾走的样子，叫我遐想。想到《周易》"坤卦"有一句"君子有攸往"，不管三七二十一，买了车票就出发了。

抵达，落脚，上街。

攸县不大，走着，走着，到了洣水河，听说它的源头是中华先祖的安息地炎帝陵。

沿着洣水河任意漫步。

对面山上有座高塔，一缕白黄的烟雾在它周围袅袅婷婷。我想也许明天可以早些起来，登上高塔，瞭望全城。这时，一辆旧得有点不成样子的大巴车悠悠驶来，经过身边，车上的扩音大喇叭传出撕裂、含糊的声音，反复说着晚上有马戏团表演，就在洣水河附近的县城广场上。一阵窃喜：此趟值了，好吧，"君子有攸往"。

走着走着，有些累了，看到路边有家"水边咖啡馆"。我迈腿进去时,见一男一女在门口吵了几句,女的说了句绝情狠心的话,男的头也不回就走了,那句绝情狠话搞得我哆嗦了一下。咖啡很香,心情大好,口袋里装着一本在长沙淘的《孤灯夜话》——那段外出的日子,吴藕汀先生的文字让我得到安宁。

···

当我打开日记本,眼前又浮现两只曾在途中遇到的羊羔。

它们是走散或迷路了吗?脑海里,那对男女又出现在那部"消失"的电影里——他们是在寻找各自的"过去"时邂逅的——他们都觉得自己是"没有过去的人",于是敲定,一旦找到了自己的过去,马上就分道扬镳。可是,倘若只有某一方找到了呢?找到者是一走了之,还是帮着另一个继续找?

一个游戏。

他们在寻找过去的旅程中"变了心"——他们不想继续探寻自己的过去了,至少并不急于寻找了,他们享受着合二为一的"现在"。而"现在"对于"未来"不就是"过去"吗?

我是在从宝鸡去往扶风的路上看到那两只羊羔的。

动了念头去扶风，并非因法门寺，是"扶风"二字令人浮想联翩。此二字让旅者幻想产生极致的快感，李白诗句中的"大鹏"是庄子《逍遥游》里的那只神鸟吧？大鹏一日同风起，扶摇直上九万里。

当晚下榻扶风老城一家旅馆。临睡前，那两只在长途汽车窗外忽隐忽现的羊羔再次出现。我预估，接下去的旅途里兴许还能碰到它们，就像前不久碰到那对爱人，他们的相遇、结合和那部"消失"的电影一模一样！或者他们也看过那部电影？那两只掉队的羊羔，很像海子《给 B 的生日》里面的那两只——

天亮我梦见你的生日，

好像羊羔滚向东方——那太阳升起的地方。

黄昏我梦见我的死亡，

好像羊羔滚向西方——那太阳落下的地方。

秋天来到，一切难忘。

好像两只羊羔在途中相遇，

在运送太阳的途中相遇。

碰一碰鼻子和嘴唇——那有爱的地方，

那秋风吹凉的地方，

那片我曾经吻过的地方。

······

坐地铁时，脑子里忽然闪出两个词——水手和打字员。

鬼魅似的，这两个词在脑海里翻腾。倘若它们各自到来，我会觉得好些，可它们好似下了决心要集体在我脑内安营扎寨。

忽然，一个卖唱人的歌声传来，他是和着磁带里的原唱一起唱着毛宁的成名曲《涛声依旧》："带走一盏渔火，让它温暖我的双眼，留下一段真情——谢谢——让它停泊在枫桥边……"

歌者还未露头，歌声时断时续，乘客们反应不一：有的伸长脖子探寻音乐之出处；有的闭上双眼，无动于衷；有的则直接从座位上起身，站到车门旁，做好到站停车时一个箭步冲出去的姿势。

终于，卖唱行乞者出现了。

一男一女，腿脚都有毛病。

男的，走在前面，是主唱，身上背着音箱，头上戴着耳麦，右手挂着拐杖，左手提一纸袋，一路走一路唱，碰到有人给钱，总会专业又礼貌地说声"谢谢"。之所以说他专业，是因为他不管说了多少声"谢谢"，不管是在哪个乐句说的,都不会因此乱了节奏,歌声依然,就像没有间断过一样。

女的,下肢成簸箕形,需双手支撑着地挪动身子向前走,装钱的纸袋放在腿上,每经过乘客,会稍作停留,腾出双手举着纸袋向乘客投去期待的目光,她负责"清扫"主唱——没顾上——遗漏下的……

"月落乌啼总是千年的风霜,涛声依旧——谢谢——不见当初的夜晚……"路过我面前,我顺手将买地铁票时找给我的两枚一元硬币投到他的纸袋中,他不失时机地在歌唱的同时表示了感谢,继续向左右乞讨,歌声不停。随后,他身后的女人经过我,又向我举起了纸袋……真奇怪,那男主唱仿佛后脑勺长了眼睛,边唱边知会她:"这一张旧船票——给了——能否登上你的客船。"

女人立即会意,点头对我表示谢意,快速离开。

到了站,乘客快速上下,车门关闭,歌声渐渐消散,脑子里的"水手"和"打字员"终于消停了。但我也明白了,它们孪生兄弟似的纠缠我一阵,就像是体内的两个自己在打仗,一个幻想漂泊,一个哪里都不想去。后者还像一个小说里的人那样嘲笑前者:只有缺乏想象力的人才有漂泊的需求,手持一张旧船票能去到哪里?

......

　　不知道是因为梦的纠缠还是淅淅沥沥下起了雨,他醒了。

　　醒来时,梦随着雨水,就流了出来……有个电话从总机(服务台)转给他,接线员是个女的。接还是不接?

　　他想继续入睡,把梦延续下去。

　　但他很快明白,他的醒来,是梦见自己醒来了。

　　那就请接线员小姐把电话接通吧,看看这大半夜的到底是谁找他。雨越下越大,他真的醒了。

　　夜半,床上,听雨倒也惬意,权当这雨是从梦中下出来的吧。

　　睡前,他想到一个故事。一位旅者(是他自己吗)有一个无法解释的癖好——收集数字17。任何与17相关的东西,都会令这位旅者"抓狂"。就比如他读书,要是随手翻到第17页,他会马上给人打通电话;去住店,如果拿到的房卡是17号,他会给一个"仇敌"写情书;又比如,他去买东西,恰好消费17块,他会约一群朋友去跳水。有次他去一个朋友家,朋友说他那对双胞胎刚刚在上周过了17岁生日。听到这句,他猛地起身,掉头就走,朋友全家一片茫然。

不过在过去的时光中,他真正碰到 17 的机会也不是很多,今天他下榻在某旅店 16 号房间,半夜,雨越下越大,电话铃声响起,他拿起话筒听到对方说,她是 17 号接线员:"有个您的电话,要给您接过来吗?"

…

录音棚里的气氛总是欢快的,可录《送行》时却不太对劲,感觉进入一片灰蒙地带,眼看一场凄风苦雨涌来。忆起二十世纪九十年代初来北京,随风漂泊,茫然无绪,一堆堆无用的激情……一次演出,结识几位体育大学的学生,说寝室里正好多出一个床位,不由分说,热情地把我拉了去。

有天上午,天色黯淡,同学们都去了教室。一会儿闪电,闷雷,霹雳,下起瓢泼大雨。无聊的我掀开课桌盖板,看有什么读物,被刻在盖板内的一首诗吸引。不失时机地,又一声惊雷,我觉得被击倒了——

你说,你要走了,

去寻找远方的阿波罗,

你说,你送送我吧,你是我唯一的朋友。

我不送你,你回来时,再大的风雨,我也会去接你。

你哭了，为什么啊？

回来时一起看孩子们打仗，好吗？


你走，我不送你；回来，再大的风雨，我也会去接你——眼下凄风苦雨，这诗意着实让人有点难过。

自此，这首诗就留在心里，有一次一个灵感涌动就将它谱了曲。过了些年，读梁实秋，知道了此诗出处。他在《送行》一文中提到，他最欣赏的送行，是他一个朋友说的那样："你走，我不送你；你来，无论多大的风雨，我也要去接你。"

梁实秋先生的这个朋友是谁？是真有其人，还是假托有这个朋友，来梳理自己的人生感悟？录完音，我又回想，究竟是谁把这首诗刻在书桌盖板里边——记得当时问过寝室里的同学，他们都说不知晓——也许他是读过梁实秋的这篇散文吧，而后他借着这句美好的"送辞"写了这首诗……追忆完毕，灰蒙散去，一切重新变得明亮。这个过程就像一场瓢泼大雨，把周遭的一切清洗得干干净净。


...


那年住德内大街，隔三岔五就坐上 409 路公车前往中国现代文学馆和对外经贸大学中间段的一家音像店淘碟。

港台、内地、欧美，艺术、通俗、烂片混杂，每次都有一种"掘地三尺"挖不出"宝贝"就誓不罢休的劲头。因为很多碟片都是盗版，所以这间碟铺很隐蔽。老板是个女士，碟铺外面就是她的服装店，各种服饰琳琅满目，几个女店员叽叽喳喳，除了正常销售服装有可能还起掩护作用——服装店和碟铺之间是一条很窄的过道，人进去，一闪，很快就消失——预防相关部门突击检查。我们每次去淘碟，都跟搞地下工作似的。

女老板态度和气，有一次问我是不是搞电影的，还主动帮我选了一些刚刚到货的艺术片，其中有美国波普艺术家安迪·沃霍尔的一套实验电影。

《口交》片子不长，半小时多，有天和朋友几人在我租住的房内看，结束之后，画油画的C君非常疑惑："啊，这怎么回事啊，这就完了？"他觉得片子出了问题，又回看了一次，依然不是他想象的那种，很不爽，有种上当受骗的感觉，不吭一声，拍屁股走人。这部电影基本上就是一个男人脸部的持续特写，没有台词对白。此男人正在接受另一个男人为他口交。

《睡》从头至尾，就是一个男人睡觉的状态，六小时。

《帝国》八小时片长，拍摄的是纽约帝国大厦从天黑到黎明八小时之内的变化。

试问，有谁有耐心将安迪·沃霍尔的这些实验电影从头到尾看完？有人觉得安迪·沃霍尔的这些影像作品，适合在美术馆放映，就像看画展一样，观众随性观赏，经过，驻足，离开……又掉头继续看它几眼，撤！

...

年轻的刘半农在上海时，曾为包天笑当主编的一份报纸撰稿。

有一次，包主编拿到刘半农新交的稿子，读着，读着，就皱起了眉头："开头写得很不赖，后来就不晓得写到哪去了。"而且这次刘半农急匆匆地问包主编预支稿费，说是上北京当路费。通情达理的包主编自掏腰包先把稿费给了刘半农。因为报社老板不讲情面，曰："绝对不能破例！"

早前"她"与"它"一律都写作"他"，是刘半农首创了"她"与"它"。包天笑回忆，那之后，他就再没有和半农君见过面了。他还想：那时半农急急忙忙，稿子写得虎头蛇尾，是否因某个"她"在他心里作祟？

北上之后的刘半农，一帆风顺，考博士，留学法国，在归国的轮船上写出诗歌《教我如何不想她》①。

_____

① 正是在这首诗里刘半农首创了"她"。几年之后，这首诗被语言学家赵元任谱成曲，成为"民谣先声"而广为传唱。

要是那一次,刘半农没有及时拿到路费,也许就错过了一次绝佳的北上时机,那么与之相关的一切是否全都要改写了?

刘半农早年在上海写那些小说,言情的、滑稽的、探案的、鸳鸯蝴蝶的……一律署名"伴侬"。到了北京,当他加入由陈独秀创立的《新青年》之后,果断地就把两个"旁人"一并削掉了。

坚定的做派,就像他为了北上,必须先把稿酬拿到手!


...


没想到,这次天问诗歌节开幕式的"舞台"是漂浮于洱海上的一条小船!

回味当时的船上弹拨——摇摇晃晃——颇有几分醉酒的感觉。我们去到那条有音响设备的小船上表演,是另一条摆渡船将我们送去的:一对白族男女,男的撑篙划船,女子唱起白族歌谣,歌声动情曼妙,飞向云霄,唤来天边鸟群。

忽然,岸边一位女诗人惊呼:"蛇,有蛇。"

一条春天的小蛇仰着脑袋,游走在白族歌曲里优雅地消失。

春风拂动,船儿晃荡。

很快,我就掌控了它的"律动"。

这份天然的"摇晃"使我获得了一种快感,随着它的晃荡,流动的节奏汩汩而出。

…

葡萄牙:风浪,海盗,Fado(音译法多,意为悲歌)。

无需听懂唱词,法多歌者演绎的是死生为一的狂喜和悲愁,怅然若失之际恰恰也是恍然大悟之时。

法多是怎样诞生的?

有人说它起源于葡萄牙当年的殖民地巴西,是那里黑人的兰杜舞曲之延伸;也有研究者认为它的来源是十六到十八世纪,那些长期在风浪中漂泊的水手、海盗,由于思念家乡、怀念情人而弹拨起弦乐唱起的一种悲切、哀怨的情歌。

坊间还流传,十九世纪,一位名叫玛丽亚·塞薇拉的葡萄牙妓女,和她的吉卜赛母亲(其父是谁,连她母亲都不知晓),在里斯本经营了一家小酒馆,就是她唱出了 Fado 的雏形。

玛丽亚·塞薇拉的歌唱和她本人一样使人迷醉。一位贵族出身的斗牛士对她一见钟情,但由于男方家族横加干涉,终酿悲剧,玛丽亚·塞薇拉因感情遇挫导致精神失常自杀身亡,享年仅二十六岁。

...

　　侦探小说家阿加莎·克里斯蒂的丈夫是位考古学家。

　　有次她以幸福而略带炫耀的口吻说："对女性而言，考古学家是最理想的丈夫人选。因为你岁数越大，他对你越感兴趣。"

　　在阿加莎·克里斯蒂的随笔集《告诉我，你怎样去生活》中，她提及丈夫与猫的蹊跷缘分。如此侦探小说家的丈夫肯定也是很喜欢猫的，在其漫长的考古生涯中，也会带上一只侦探一样的猫，考古发掘吗？

　　今天，二〇一五年一月十九日。

　　怪怪，我怎么感觉这个日期有些特殊呢！

　　查了查，原来是爱伦·坡的生日。这位推理、侦探小说的开山鼻祖，他那篇神秘的、哥特式的《黑猫》令人不安——所有的黑猫都是巫婆伪装的……好莱坞经典悬疑片《披风男子》里的男主角，导演直接就将他取名杜宾，他和爱伦·坡笔下的同名人物一样也很会探案，但他又是一个情种，被一个"革命少女"爱慕，又被一个情欲撩人的少妇吸引。不过尽管他风流不羁，却也很懂得分寸。影片结尾，他留下悬念，全身退出，留下爱伦·坡的几行诗（写在酒馆欠条单上,钱"革命少女"替他还了,87美分)——

> 很久很久以前,
>
> 在一个海滨的国度里,
>
> 住着一位少女,
>
> 你或许记得,
>
> 她的芳名叫安娜贝尔·李,
>
> 这少女活着没有别的愿望……

...

成为一名歌手之前,莱昂纳德·科恩是一位备受瞩目的文坛才俊。他曾说,自己只是一个作家,被两三个女子爱着,而她们永远不可能拥有他。这之后,他开始写歌谱曲,进军歌坛。

某天一大帮作家、诗人、艺术家聚会,科恩非常兴奋地跟他们提起一位刚刚冒出头来的美国歌手,当时一屋子人对此人似乎并没多大兴趣了解。科恩当即跑去唱片店买来两张大碟《重返61号公路》和《卷席而归》,让大家见识见识。

就这样,满屋子荡漾起了鲍勃·迪伦的歌声。可即便如此,屋子里的作家、诗人依然不为所动,他们觉得,这歌声是有种横空出世的味道，可也并不是那么吸引人。科恩不受他们左右，自个沉醉其中。

忽然，他关掉音乐，宣布："我要成为加拿大的鲍勃·迪伦！"

多年之后鲍勃·迪伦接受采访，记者问他如果能脱身自己做一阵子别人，他愿意做谁，迪伦的回答是：莱昂纳德·科恩。

终于，这两位都想成为对方的人物有机会碰头了。

当时莱昂纳德·科恩前往美国参加一个音乐节，鲍勃·迪伦作为东道主在科恩演出当天前去拜访。在场人员回忆，当时他们会晤的气氛实在吊诡——迪伦来到现场，可主办方的一名工作人员挡住他，不准他进入科恩的休息室，这让迪伦很恼怒！这个不知趣的家伙一定是整个现场唯一一个没有认出鲍勃·迪伦的人。当时两位明星都有点刻意"端着"，场面颇为尴尬，还是鲍勃·迪伦率先打破沉默："您，在这感觉还行？"

"怎么说呢，有些地方你不得不去。"

他们两人尽管都曾想成为对方，媒体、乐迷也时常将二人相提并论，但他们的音乐风格、表达方式却截然不同——鲍勃·迪伦的歌词比普通流行歌曲的歌词要深刻很多，但整体来讲，接受起来不算费劲，是传统的布鲁斯和乡村民谣的延续，曲调、歌词、节奏都是很接近"人民"的；科恩呢？在他的歌曲里，我们能听到古老的欧洲文化传承，能品尝到探戈、深歌、吉卜赛人的那种漂泊，其修辞隐晦却精准，耐人寻味。这两人相互激赏也暗中较劲，但不可否认的是，二者都代表了流行（人文）音乐的高水准。如果说迪伦的音乐属于"人民"，那科恩的就属于"人性"吧。

···

"你选择音乐，是因为很喜欢它？"

"不，不全是。"

"那？"

"我是一个逃避者。"

"逃避者？怎么讲？"

"有时我以它来逃避说与看。说话是误会的开始；而眼见，正如人们所说的那样，不见得为实。"

"所以，你认为选择了音乐，就等于省去了很多事？"

"有这样的意思。音乐也是说和看的延伸——音符省略对话，律动引来画面。"

"是不是还有别的原因？正如佩特所讲，任何艺术都渴望获得音乐的属性。"

"没想那么多。但我觉得在逃避过程中必须有某种东西作为凭借和依托，而这种东西最好也能用来藏身……某种神秘的暗示。"

"藏身,暗示？"

"对,藏身和暗示是'逃避'这一运动的隐藏的节奏,使得逃避出效果及转机。"

"逃避是一种快乐？"

"岂止是快乐,还是一种略带感伤的满足,在音乐里你能说出秘密,但又不会暴露自己。"


...


巴托比书局有猫三只。

但那次我们去到巴托比,只见到两只:"小白"和"被单"。

那只始终没有出现的猫,它的名字比"被单"还奇怪,叫"被单"我都觉得够怪异、别扭的。

那只没露面的猫叫什么,实在想不起来,但记得书局管事小朱介绍了这几只猫,当他说出——外出未回的——它的名字时,我们都笑傻了。

时隔很久,好几次我都想给小朱打电话问那只猫的名字,又觉得打通电话单为这事有点怪异。这名字当时真是让人笑喷了!怎么办？我特意找出了艾略特的《给猫取名》:

为猫取名字是件麻烦事

可不是一项简单的消遣

一开始,您应该会想,我这人真奇怪

因为我告诉您,一只猫应该有三个不同的名字

…………

一种任何人类的研究都不会发现

只有猫会知道但它绝不吐露的名字

当您看到一只猫沉浸在思索中

我跟您说,这总是出于同一个原因

它陷入了深不见底的思考

思考,思考,思考它的名字

它说不出又说得出

说得出又说不出

神秘、难以捉摸、奇特的名字

…

猫,

一个做梦者,

它的哲学就是让自己睡觉和让别人睡觉。


一个电影里的角色,快醒来时,

说了这句梦话,

很快,

他又睡着了。


...


从巴托比书局出来,上街,跳上 15 路公交车,到了西秀寺。

按照小朱的提示,先找到西秀寺里面的书城,再穿过书城旁边的居民楼洞,就能看到几排专门卖旧书、旧物的小铺。小朱还说他们这里旧书老板要价都比较狠,完全可以照着他出的价对半砍。

在入口第一家旧书铺找到两本清末民初侦探小说家程小青的《霍桑探案集》。我在旧书网看到过这个群众出版社于一九八六年发行的版本,价格不低,心想,如果店主要价每本六十元以内,我可以接受。

我问店主怎么卖,店主说十块一本。我很清楚这已没什么好讲价的了,但想起小朱跟我说过的话,就试探性地问："还能便宜一点吗？"店主打着毛线，看都不看我："我要的不多。"我便乖乖交了钱。

柯南道尔的福尔摩斯探案故事，最早的国内译本就出自程小青之手。他译着译着，很自然地，就起了自己也来创作一部有本土风格的"福尔摩斯"侦探小说的念头。他笔下的侦探霍桑既有儒家的中庸也有墨家的兼爱。由于程小青长期生活在上海，他的侦探小说非常具有二十世纪二三十年代沪上之情调，十里洋场风云变幻，有看头。

程小青有一部悬疑小说叫《断指团》。光看这书名，就令人感觉到恐怖、血腥、战栗。小说发表四十年后，一个夏日，程小青坐在自家院子里的一张帆布折叠床上纳凉，一不小心，左小指在框架交接处被轧去一节，痛彻心扉。后来程小青写诗记其事，他的一位老友和之："不期断指能成谶，四十年前旧事新。"

...

孙犁的文字，平实简练，无花招，读着读着，自己的心气也安稳了下来。夜里翻开他的《耕堂读书记》，关于《聊斋志异》《三国志》《金瓶梅》《庄子》的解读，不拘一格又落到实处。读着读着，不觉已渐黎明，安然入梦。

陆灏《听水读钞》内有十多幅他的忘年交相赠的墨宝,这些忘年交中有冯至、施蛰存、柯灵、张中行、金克木……他说,书中插入名人墨迹十余页,就好像演唱会请大牌明星做嘉宾助阵撑腰。在这些墨宝中,也看到了孙犁先生的。他的字,就像他的文章,朴讷平实,没有书法家的天马行空与玄妙飘逸,但朴实中也是潇洒自如,不同凡俗。孙犁的墨宝:

> 我不会写字,一见好纸就更拘束。这是老毛病了,改也改不掉。只好又把这张信笺糟蹋了。陆灏先生一笑。

> 孙犁

> 一九九六年四月

孙犁的《曲终集》内有一篇似散文又像小说的文字《忆梅读易》。文章里,他关于"易"的读解,是平实的妙语——"易,就是变易之易;就是轻易之易;再说得浅近些:易,既然是卦,就是世事和人事,都容易变卦之意。"

他在这篇文章里回忆了一位叫"梅"的女子,说自己于她有愧,但回顾一生,觉得这些都在《易经》里:"也可能是因为我的变卦,才促成了她目前的幸福生活。"

这天本来要去赴约的,早早就约好了时间和地点,坐地铁到半途,伸手摸到衣服口袋的《曲终集》,很自然地,就打了退堂鼓。

...

在一家旧书店看到一本陈梦家的诗集,二十世纪九十年代出版,印数一千五百册,定价十五元;封底脱胶了,但粘好不影响书品。去付款,店主是个戴眼镜的中年人,模样清癯、略怪。他看到了脱胶:"你再挑一本吧。"

"书架上只剩这本了。"

"那就没了。"

"那就给我便宜点吧,八块,怎么样?"

"我给你六块。"

曾在钱穆的书里读到陈梦家和赵萝蕤的故事:"有同事陈梦家,先以新文学名。余在北平燕大兼课,梦家亦来选课,遂好上古先秦史,又治龟甲文。其夫人乃燕大有名校花,追逐有人,而独赏梦家长衫落拓有中国文学家气味,遂赋归与。"

钱穆所说的校花就是赵萝蕤。后来这对才子佳人的命运让人唏嘘。一九五七年,陈梦家因不赞成废除繁体字实行简化字而被定为"右派";"文革"期间不堪凌辱,自杀了。赵萝蕤不堪刺激,精神分裂,直到"文革"结束,才渐渐恢复;后来她翻译了惠特曼的《草叶集》和艾略特的《荒原》。

"陈梦家脸皮薄，死了；我脸皮厚，活下来了。"赵萝蕤说。

一九四四年秋天，陈梦家由费正清和金岳霖两位教授介绍到美国芝加哥大学讲授"古文字学"，其间他要编写一部中国青铜器图录。赵萝蕤说，流散在美国各地的祖国瑰宝无以计数，陈梦家除了从博物馆、古董店搜寻之外，每一位私人藏家他也不会放过。

有一天，好莱坞最著名的影星之一爱德华·罗宾逊接到一封邮件，他很惊讶：一位中国学者、诗人想去拜访他！为此他觉得自己很有脸面。

爱德华·罗宾逊除了是名演员，还是个大收藏家，陈梦家从某处得知，这位好莱坞巨星藏有贵重的、极具研究价值的一器。赵萝蕤在回忆文章里还说，普通的中国影迷也许对爱德华·罗宾逊不是很熟悉，但只要说由杰克·伦敦的小说《海狼》改编的同名电影是他主演的，大家就都知道了。


…


半夜淅淅沥沥下起雨，遂起来读《艺林散叶续编》。

这本郑逸梅的"散叶"封面题字是吕贞白。逸梅先生的《艺林散叶》中有一则："吕贞白和吴湖帆通信，后者积存成册，颜之'白贴'。"

雨一直下,继续读"续编",看到两则关于郑振铎的,一则是他与好友刘哲民的闲谈,一则是他写给刘的一封信。

信中,郑告知刘在青岛的生活:"风景甚好,所住地方,窗外是大海,日夜可听涛声。"而后郑振铎有感而发:"住在这样的好地方,不愁没有灵感写不出东西来。"而郑逸梅先生记录下的二人闲谈,颇有一种不祥气息。

有一天,郑振铎问刘哲民,人怎样死最痛快。

刘无从回答。

郑说,人最好从飞机上摔下来,死得最快。一语成谶,一九五八年十月十七日,郑振铎访问阿富汗,飞机坠毁遇难,享年六十一岁。


...


读完格非的《雪隐鹭鸶》,我立即决定去东单书店把《金瓶梅》拿下!(以前好几次去东单书店想买都没买,因为想不好到底是买词话本还是绣像本。)又想,长时间没去,恐怕被人买走了吧。到了之后,高兴,不仅还在老地方,就连伴之左右的书都没变——钱锺书的《管锥编》和金性尧的一本大部头。没有犹豫,直接将它从"金钱"中间抽了出来。

踏实了,装进背包,蛮有分量。

在 111 路公交站等车时,想起胡洪侠在《非日记》里记买《金瓶梅》的遭遇,好笑。二十世纪九十年代,他和朋友在广州街头遇到好些"金瓶梅"卖家,清一色女人!他们和其中一位讨价还价,最后十五元搞定。

胡洪侠与朋友留了心眼:交钱时不忘检查,看看是不是"真货"。查完,窃喜,真的!女人很自然地又把他们"验"过的书拿回,说给他们好好包一下。"南方人服务就是周到啊!"胡先生和朋友感叹道。

女人包好后,往他们手里一塞,急速进入一家店铺。

两位买主顿时觉得有问题,马上撕掉严严实实的包装——几本高考资料和一本老革命家文选。胡先生的朋友大吼一声:"追!"

可是往哪追?简直就像一片树叶消失在林子中。

他们站在烈日下刚才交易的地方,看见这一溜卖"金瓶梅"的女人,和早前一样依旧冲他们微笑,根本看不出哪个是刚才跟他们进行交易的:"她们长得差不多,黑黑的、矮矮的,眼睛凹着,颧骨突着,嘴唇厚着,扁扁的胸藏着,脏脚上穿的是拖鞋……"

111 路驶来,我上去,后面正好有空位。坐定后,拿出大部头翻翻过过瘾。

车过几站,上来一位老太太,遂有一位年轻妇人起来让座,老太太客气推让。让位者说:"您这么大岁数,理应让给您。"

老太太说:"我年龄不大,才七十二呢。"又亮开洪亮的嗓门说了些什么,就是坚决不落座。让座者也就不坚持了,车内回归寂静。

突然,没有任何征兆,老太太大声朗诵起歌颂伟人的打油诗,车里的人都惊呆了。朗诵结束,她又高唱革命歌曲一首。唱完,车子又到一站,下了好些人。她神色自若地走过来,跟我坐在同一排。

车缓缓行驶,忽然,她很严肃地问我:"小伙子,你在看什么书?"我一惊,连忙把书收了起来:"哦,没看没看。"不知怎的,我好像有一点心虚,又感觉苗头不太对,起身,从老太太前面走过,提前下了车。


⋯


这次在一家旧书铺买到吴藕汀的《药窗诗话》。前一年在长沙青山书店淘到《孤灯夜话》。"诗话"和"夜话"中间,是在贵阳,偶入一家书店,买到《鸳湖烟雨》。不同时间、地点"偶遇"同一位作家的著作,有点像不紧不慢走路,心里想,不用着急,总会去到要去的那个地方。

吴藕汀的儿子吴小汀说父亲写文章从未想过要发表,但父亲痴迷读书,心细,碰到有用的资料和想法就记录下来。上千篇文章都是写在香烟壳子、传单、废纸的背面，还有两千首诗作是写在别人寄来的信封上，多年过去，很多纸片早已发了霉。加上吴藕汀先生完全是因为个人喜好而写，没想到给别人看，故字迹有些潦草。吴小汀整理其父作品，一本本出版，一定很花心思。

吴藕汀先生晚年曾说，他的一生可以用十八个字概括：读史、填词、看戏、学画、玩印、吃酒、打牌、养猫、猜谜。关于"养猫"，藕汀先生的一篇《猫债》，读起来饶有趣味。

吴先生的这套由中华书局出版的书，目前我还差《戏文内外》《药窗杂谈》《十年鸿迹》没买到。我相信，往后旅途中，我还会有好运气的。


...


叶兆言说他祖父常通过一个人在书店的表现看出其性格。

西谛先生（郑振铎）一进书店，立刻"六亲不认"，把带去的朋友忘得一干二净。张中行，一本好书还未从书架中抽出，另一孤本又被他迅速瞄上了！王伯祥，他是一迈进书店就要发牢骚："根本就没有书嘛！"这时候，叶圣陶就会跟这位老友抬杠："怎么没有书，那这书架上是什么？"

叶兆言的《陈旧人物》篇篇好读,看着看着,感觉书内这些文人雅士便栩栩然走出来,年代陈旧,灵魂鲜矣。

叶兆言回忆,他祖父在文化大革命后期,每周都会去看望王伯祥。那时候订阅《参考消息》是一种行政待遇,他祖父每次去王家,必带上最近一周的报纸,两老翁谈天说地一下午,回家时,祖父带回上一周拿去的报纸。少年叶兆言经常陪祖父去看望王伯祥先生,"那种闲情逸致,如今年代不会再有……一个八十多岁的老翁,每周一次,挤公交,去看望另一个八十多岁的老翁"。

"文革"初期,有天王伯祥坐三轮车回家,与车夫一路聊天到胡同口。车夫无意间问起王伯祥的收入状况。

王一怔,在那个敏感时期,他不敢如实说出,就将实际工资打了一个折扣。可是即便如此,车夫仍然非常愤怒:"你坐车,我拉车,这已经很不公平了,你竟然还拿那么多钱!不拉了,你自己走。"

王伯祥默默下车,从胡同口走回家。叶兆言说,王老说起这事,并无取笑,他是研究历史的,看问题总有独特的眼光。王伯祥说:"车夫的话一点不错,所以就会有革命。"

叶兆言说因为当时自己还小,对王伯伯说的话半懂不懂的。

回到文人在书店的情景。

施蛰存先生回忆从前在旧书店总能碰到西谛先生。有一次他找到一本《秋风三叠》，西谛从他手里拿去一翻，不容分说："这本书你让我买吧……"

另一次施蛰存在书店碰到阿英。后者大喜："你来得正好，借我一块钱。"原来阿英挑了一大堆书，老板要价五元，他还价三元，老板坚持不能低于四元。无奈阿英口袋里只有三元。施蛰存不仅给阿英凑足了书钱，还多给了他五角。五角是坐公交的车钱，不然这么一大堆书阿英先生怎么拎回家啊？

阿英抱着一大摞宝贝书，快意十足，怀抱俏佳人也不过如此吧？

...

一位老友要搬离京城，有些藏书不方便带走，叫我去看看有没有需要的。我迅速赶了过去。到了，他却说，他多少知道我的阅读偏好，为了省工夫，已经给我打包整理好了。哎，这真令人扫兴，我多想自己一本本找、一本本选，但凡爱书人都希望迷失在寻找书的丛林吧！他这个做法，简直就是让一个渴望自由恋爱者忽然得到了一场包办婚姻！嘻，包办也算说得过去，总算拥有了。结婚之日，恋爱起始。

老友看穿了我的心思，作为补偿，他叫我帮他一起收拾另外一些还没有"去处"的书籍。我就帮他在凌乱的书堆前挑选整理,有几位爱书人是我们共同的朋友,这几本给A,那一堆给B,另一捆给C,那一套给小D……这一来,我也当了一次"包办"者,有点过瘾。

在这过程中,我又"抓"到了几本自己中意的:陈西滢的散文、俄国人写的康德传记、鲁文·达里奥的诗文集、日本女演员高峰秀子回忆录,还有一本法语版的关于"拷问和刑罚"的书。

我敢保证,我为小D挑选的那套书,她定会感谢我。几年前的某天,老友召集大家在他家聚会,聚会结束后我同小D一起离开,在路上她跟我说,她太想把那套书据为己有了……但小D很长日子没露面了,没人知道她去了哪里。

还有些散书,老友往窗口探了探头,看看有没有收废品的,打算直接处理掉。后来他一想,离他家五六站远,有个社区图书馆,他说,把这些书拉过去放到图书馆外边的台阶上,给需要的人拿去。说干就干,搞定之后,我们没有马上撤退,而是佯装在周边闲逛,看看这些书籍的命运如何。结果,不太是我们所想象的那样。

…

要是在友人家中看到自己也有的书,会有遇到熟人一样的心情,拿书在手翻翻看看,开心。这次到了 S 城,好友几个在可扬家做客,他亲自下厨做炸酱面时,我在他书房逡巡,书香气息里隐约飘浮着女人香……

在沙发一角看到陆灏的《看图识字》,我又像偶遇老友似的拿起翻了翻,可扬折了页的那篇是有关康德、钱锺书和侦探小说的。钱锺书做学问之余,喜欢读侦探小说,消遣放松。陆灏谈到阿加莎·克里斯蒂、多萝西·塞耶斯和钱德勒的探案小说都是钱先生的至爱。这篇文章的最后一个"段子",是从侦探小说引申到英国女人的,你可以记下,作为聚会谈资:一个法国人在沙滩上看见一个女郎,上去就跟她做爱。一个过路人看见了,跟他说,这个女人已经死了。"啊,"他很是惊讶,"我以为她是个英国女人呢!"

"炸酱面做好了!来吃吧!"可扬喊道。


…


乔伊斯的《尤利西斯》弗吉尼亚·伍尔夫看不上……有人记录下伍尔夫女士的一句评论:"就像是一个大学生令人作呕地抠着他的青春痘!"刻薄,不留情面。但抛开评论,仅看这句子本身,很有意思,有一种快意。同行恩怨,文人相轻,换个角度,就变成了大家喜欢谈论的好玩的八卦。

彼时,乔伊斯的这本大作没有出版社有"胆量"出版,一个熟人把它交给伍尔夫夫妇,他们经营了一家家庭作坊式的出版社。弗吉尼亚·伍尔夫看了样书,书中一些赤裸裸的语言令她脸红,此书已经超出她忍受的范围:"简直就像克拉里奇酒店里抠着青春痘等生意的擦鞋童一样无聊!"

不管是"猥琐的大学生",还是"等生意的擦鞋童",相同的是,二者都是在"抠着他的青春痘"。

两个版本,双重快乐。

...

尽管《巴托比①症候群》的作者以托尔斯泰悲剧性的"客死他乡"为结局,但整本书的基调却很愉快,充满着某种低调的温柔,"诉说着生而为人的渺小和事物终须失去的短暂"。作者让一个个"巴托比"登场,他们都深谙"无"的奥妙,所以都被"无"所吸引,放弃写作,丢却名声,自此过上了"消失了自身"的生活。

---

① 巴托比,美国作家梅尔维尔创造的一个抄写员的名字,此君不喝酒也不喝茶,更不谈论自己是谁或从哪里来,而有人交代他去做一项工作时,他一概如是作答:"我宁愿不做。"西班牙作家马塔斯将文学、艺术史上那些不愿动笔、放弃创作——思想高深却低调的作家、诗人和艺术家统称为"巴托比"。

我觉得恩里克·比拉-马塔斯应该把"无"的老祖宗——老子也写进去。这位周朝图书馆馆长，给世人留下五千言后，骑一头青牛，缥缈自如地消失在了函谷关，是多么绝妙的巴托比形象呀。

…

《后天的人》是一本脱俗又奇特的小说。

开始我感觉小说里的叙述者（可能）是位女性，"她"以写小说的方式追忆自己的叔叔和婶婶，怀着某种对叔叔的依恋。看着看着，原来叙述者是个男的，和我所感觉的恰恰相反，他对婶婶怀着依恋！我这是怎么读的啊！"难以排遣的近乎是初恋般的情愫，这是属于我一个人的小秘密。"

叔叔的性格冷静，如雕像，但冷不丁会冒出一些惊骇众人、无从解释的怪语。"它碰丢""七里坝哈"，等等，使寻常的环境、正常的氛围变得怪诞、突兀。就像在一个乐队里，一个乐手突然兴起，接二连三奏出几个怪音。不知道叔叔为何动不动就会这样反常，但看叔叔的诗歌习作，却是趣味浓浓又带一丝幽默的——

听妻子说

那位英柯波斯 即将踏浪而来

远方大海的浪尖上 他飘然而近

但见身躯微摆 款款而行

至此

万事皆休

她的脸上未曾有过如此红晕

这春宵，我啜着睡前一杯酒

遥想他的背影，消隐于海滨的英柯波斯


还有一篇《洗衣歌》——


近日婆娘听信了小道消息

说是播磨二童子最可人意

这两个童子

心血来潮腾空飞去 晒的衣服干了

腾云驾雾该多惬意

腾云驾雾，就为了让那几件衣服干爽有什么可神气

近日婆娘

倚在阳台衣杆上呆呆望着天空出神

这种婆娘

我才懒得搭理

是不是很无厘头又有些幽默？整体气氛还弥漫着感伤，跳跃的无厘头感伤。读完日本作家诹访哲史的《后天的人》，有如参与了他设计的一个游戏，以荒谬和趣味作为掩饰展开了悲伤的叙事。故事隐约也连贯，像音乐，只闻其声而不见其形。最后，叔叔不知所踪，婶婶车祸而亡。叙述者以写小说的方式追忆着往事，仿佛在某个边缘、不确切的时间地带——后天，拾得一些零碎的舞步。

...

有次住店，吃早饭时，一对认识不久的旅行夫妻叫我给他们推荐几本有趣、耐看的读物，丈夫递来笔，妻子找来纸。不知道他们是不是开玩笑，他们相当认真地跟我说，这趟旅行结束就要离婚了……我边写边想他们是不是蒙我的时候，妻子又加了一句："写一两句你的读书心得。"丈夫呵呵了一下。我记下来给了他们，回到房间，我自己也留了一份并进行了一些调整和补充。

1.亨利·米肖《厄瓜多尔》——作者落笔轻盈，一个真正的艺术家，也许就是这样一种人，他暗自发力使得"一切"变得轻盈，以至于全部抹去，不留痕迹。

2.韩少功《马桥词典》——一则则"民间"叙事，以轻巧、诡谲又迷醉人的节奏吸引读者深入"词语"内部……活泼的大自然的生命和意志……

3.维特根斯坦《哲学研究》——作家比奥伊·卡萨雷斯回忆,早年博尔赫斯曾与他讲到维特根斯坦的《哲学研究》,某次博氏还随口读出该书第203则"语言是由诸条道路组成的迷宫"……之后是不是博氏的《沙之书》就诞生了?不管二者有没有确切的联系,毋庸置疑的是,凡事越简洁越迷人。

4.约翰·凯奇《沉默》——与其说约翰·凯奇是一位先锋音乐家,毋宁说他是一位哲思者:

我无话可说

而我正在说它,那就是诗

就像我需要它……每一个存在物

都是无的回声

5.《晚来的离婚》,一位以色列作家的小说,朋友老K极力推荐,我目前还没买到。

6.胡文英《庄子独见》——有关诠释庄子的书籍,独爱这一本。与其说独爱这一本,不如说独爱胡文英对于庄子其人的概括:"庄子眼极冷,心肠极热,眼冷,故是非不管;心肠热,故悲慨万端。虽知无用,而未能忘情,到底是热肠挂住;虽不能忘情,而终下不了手,到底是冷眼看穿。"

7.高罗佩《中国古代房内考》——中国学者李零介绍这本荷兰汉学家的作品时说,这是一本非常正经也非常严肃的有关于"中国古代性与社会"的著作……是一本影响和改变了西方世界对中国之了解的经典。

...

夜半醒来,莫名压抑。

开灯,翻开钟叔河的《书前书后》,读到一篇《永井荷风与〈鹑衣〉》。

很快,压抑消失,困意袭来。

《鹑衣》是十八世纪日本俳句诗人横井也有的随笔集。钟先生说日本文豪永井荷风一辈子都喜欢这本书,每逢心绪有所不安,就捧起《鹑衣》,如此心情得以平静。

永井荷风在一九一八年的《断肠日记》和一九二七年的《荷风随笔》中都提到了俳句诗人横井也有的《鹑衣》。因为《鹑衣》的巨大诱惑力,他时常忘记了服药、用餐,还忘记了按时去授课! 在他心思很苦闷的那些年,这本书从未进过书柜,除了在他的案头,就在他的手中或枕边。

钟先生写道:"直到一九五九年去世前,老年的他(永井荷风)偶尔外出,坐在车上,手里还是拿着《鹑衣》。"

......

近几年去他家,基本上他都是近距离面壁着。

有时他哼哼唧唧,拉着小提琴,是勃拉姆斯的午夜小调;有时看着墙上一个斑点,发呆;有时对着墙壁打乒乓球,能连续不停打上三炷香的工夫;有时在墙上画线,测量身高;有时面壁,打一套他自己发明的螳螂拳……有一次,看见他在墙上画了一扇虚掩的小门,有风吹来,蓝色的。另一次,他主动邀请我去他家:"你想玩什么,我都可以陪你。"他指的是上述种种。

"墙上的斑点",伍尔夫的我看过,印象深刻;小提琴,他的哼唧哼唧我受不了,勃拉姆斯的午夜曲也让我不舒服,会让我想到一个走光的女子曾给我的严厉一瞥;打乒乓球或测量身高,我无感。一路下来,我表示只对他的螳螂拳比较感兴趣:"愿意教我几招?"

"没问题啊。"

但是,他又说,他要先带我去看看那扇虚掩的小门,跟我研究一下,门缝里那缕蓝色的风是如何形成的,这点很重要,它和小提琴、勃拉姆斯、墙上的斑点、乒乓球、身高、螳螂……都有关联。

## 沿途化身

诗人、游荡者莱昂-保尔·法尔格总在不同地方幽灵般出现,但没人抓住过他。当然这样的人,别说是我,恐怕就连他本人都很难"遇"到,因为他常"分身",有时一下子幻化出好几个"自己"。当他疲累,想"幻变为一"时,"替身们"可不干了,都说,"我是真的,我才是真的"。

但有一次,绝对不是"替身们"代他出场。

一九四三年某天,毕加索约法尔格在大奥古斯丁路上的一家加泰罗尼亚人开的餐馆吃饭,两人举杯,开怀笑谈……猛然间,诗人觉得不对劲,没有一点征兆,他的下肢突然就瘫痪了!自此,这个土生土长的巴黎人卧床不起。想想,宿命又感伤,如此钟情行脚的人……四年后,法尔格便去了另一个世界漫游。

莱昂-保尔·法尔格生于一八七六年,是二十世纪初法国文学杂志《新法兰西杂志》(即著名的伽利玛出版社前身)的创办者之一。伴随着法尔格——一晃而过的影子——出现的是纪德、马塞尔·普鲁斯特、保尔·瓦莱里、亨利·德·雷尼埃、夏尔·佩吉,还有雅克·里维埃和瓦莱里·拉尔博这些文人雅士。法尔格的性情与后两位更为接近,因为他们都较为孤寂、散淡,并没有一门心思像是负有使命感那般献身于文学,他们只是将其视为一种游戏,一种智性的活动。

但法尔格是这群文人当中最博学也最怪诞的,是一名富有魅力的健谈者。他的思想、想象力令人着迷,其渊博的学识加上永不停歇的街头漫游、发掘,使得他拥有无穷尽的谈话"底料"。同代人回忆,他的这一宝藏(底料)就像织布机上的那根主线,法尔格不断地在他个人思想的网格上来回穿梭,日新月异,所以人们听到的他的话题永远充满惊奇而不会落入空洞和无趣。

法尔格说,他的真正职业是——闲逛。

从他出版的书籍的名字我们便可窥其一二:《幽巷》《巴黎的步行者》《按照路过的说法》《灯下集》,等等。法尔格写诗作文不为发表,他在纸上落笔,就像一个资深宅男忽然有了上街的欲望,就想出门走走、瞧瞧,在人流中忽闪一下。法尔格承认,他偶尔也会为了取悦两三个朋友或某个女人而作诗一首,因为他说自己也不能免俗,喜欢听旁人的恭维,但是他绝不会因此而上当!

所以这个特立独行的散漫者,实际上又是很清醒的。

他最喜欢信步闲走，与朋友相约会面，即使坐上出租车了也会突然在中途下车，这停停，那看看，与陌生人聊聊天，又对一个丽人的背影迟疑片刻。

刚刚还说法尔格写作不为发表，他在这方面较起劲来却无人能比——有次他的一本诗集终于要下厂印刷了（因他本人散漫一拖再拖），可是他突然要求出版社马上停止，因为他突发奇想，要把书中许多"三点省略号"改成他新近发明的"两点省略号"，没有半点商量余地！

在一本"左岸译丛"系列书里看到一张莱昂–保尔·法尔格的照片，我觉得与其说他是个诗人、作家，不如说他是个歌剧演员呢！（他的模样多少有点悲情的喜剧感，这么说吧，就算根本不知道照片上的人是谁，乍一看他，保准会让你产生好感并笑出声来，尽管他是极其严肃的。）据说他从少年时代就开始秃顶，但脑袋四周却一直留着头发，最长的一绺顺势绕了回来，很有型。另外，他贵族式的鹰钩鼻令人"敬畏"，眼神犀利又难以捉摸：温柔、古怪、诱人，带一丝敌意……这一丝敌意，不是真正的敌意，而是像歌剧演员进入（复仇般的）角色中时所流露出来的某种悲怆。

再看，那风度翩翩的德彪西式的大胡子微微盖住了他的嘴，正因如此，让人觉得那地方是宝藏，能源源不断倾泻出高亢、动人的美声！的确有人说他的嗓音富有金属感，就像能拉出绝妙音调的乐器，而他说话的时候（思想和身体都沉浸其中）喜欢来回踱步，伴着简洁有力的手势，表情微妙而丰富，具有一种夸张的讽刺精神。这么看，说法尔格是个歌剧演员似乎也没什么问题。

难得的是，自中风瘫痪、被禁锢在床上后，法尔格依然还有"分身"的本事。一九四六年，刚刚出版了小说《恺撒的情结》的二十六岁青年作家让·迪图尔声称自己不止一次在街头遇到过法尔格，在巴尔贝斯大道、双叟咖啡馆，还有那家诗人和毕加索用餐的加泰罗尼亚人餐厅。他对朋友们发誓："不会错的，绝对是他——法尔格先生，尽管一不注意他就消失了。"

然而当让·迪图尔到了蒙帕纳斯大道法尔格家中拜访时，却看到这个著名的街头游荡者老老实实待在床上。迪图尔说："……我感到命运将我引向了我渴望属于的世界，而我之前并不确定他的这份实实在在的存在……他（法尔格）伸手够向回忆——就像人们在床头柜上摸索香烟、水杯或安眠药——一下子就变幻出另一个奇异的世界，是的，仿佛连我自己也成了另一个人。"

陷入回忆的人，并非紧紧拽住过去不放，恰恰相反，他通过"另一种回忆"朝向了未来，使一切变作新的、未知的……就像某位哲人所说，所谓青春，就是不断遗忘那些稍纵即逝的欢乐时光。

"让我们忘记已逝的幸福吧,"法尔格接着那位哲人的话说,"这样我们就能永葆青春。"这位善于分身的漫游者、生活的歌颂者,人们在他的诗行里读不到任何皱纹。

# 诗意消失者

阿瑟·克拉凡,一个极具传奇色彩的诗人。

他一八八七年出生于瑞士,自称爱尔兰人,持英国护照,会多国语言。这个停不下来的漫游者,也是个千杯不醉的痛饮者。在游历了二十多个国家之后,他觉得灵魂深处沾染上了数百座城市的诱惑、声调和色彩。他认为,要是在一处滞留太久,就会被愚蠢淹没,所以唯有一直在途中,他才觉得自己是正常的。

令人吃惊的是,这个大量读书、整日思考的家伙,一度还是欧洲重量级拳击冠军头衔的保持者。他曾在巴黎一边创办文学刊物《现在》,一边开办拳击训练班。没错,他正是用收徒弟赚来的钱贴补他的文学事业。

他就像一条变色龙(一条巨大的变色龙,克拉凡身高两米,体重一百三十公斤),经常用假证件伪装自己。但有一个身份,他并没吹嘘,是货真价实的——他是奥斯卡·王尔德的亲戚(王尔德妻舅之子)。

"每一个伟大的艺术家都应该有颗挑衅之心！"阿瑟·克拉凡的这一说法颇像一记他在拳击场上的重磅出击。他以好几个笔名发表观点犀利、具有攻击性的文章，他出手之狠曾惹得包括阿波利奈尔、布勒东、罗伯特·德劳内在内的很多作家、艺术家不开心，乃至与他为敌。但他似乎早就有了终极打算。

一九一六年，巴塞罗那，某拳击赛场。

阿瑟·克拉凡对峙前世界冠军杰克·约翰逊。这场比赛之所以轰动一时，是因为克拉凡作了弊！他为了一笔旅费，和幕后操纵者达成协议，比赛到第六个回合，诗人不经对方挥拳，佯装摔倒，失败！全场观众看在眼里，大呼猫腻。就在整个赛场一片混乱、嘈杂之时，这条"变色龙"从侧门偷偷溜走了。

诗人拳击手去了哪里？

他从比赛馆侧门溜出来后，便与妻子米娜·罗伊（英国诗人、艺术家）会合，从蒙特塞拉岛登船，穿过风暴肆虐的海洋抵达墨西哥。当时这条船上挤满了来自世界各地的逃难者、冒险家、戏班子、淘金者、难民及政治流亡者。比较可靠的说法是，后来在墨西哥避难时被斯大林派出的职业杀手干掉的俄国革命家托洛茨基也在这艘船上。

在墨西哥，阿瑟·克拉凡受聘当了一名体育老师，与妻子过了一段波澜不惊的生活。有天夫妻俩萌生出去阿根廷定居的念头，可当时所有积蓄加起来只够一个人的路费。

克拉凡决定自己搭乘小渔船先行一步，而后妻子乘客船，两人相约在瓦尔帕莱索港口会合。

一九一八年的一个上午，米娜·罗伊在码头上与三十一岁的丈夫告别，她目送载送丈夫的小船漂向大海，在海天尽头，小船渐渐无了踪影。至此阿瑟·克拉凡杳无音信——生不见人死不见尸。

命运无常，但这种离奇的人间蒸发，乃属少数。当时米娜·罗伊已有身孕，为了寻夫，这个美丽女子带着肚子里的孩子跑遍了整个拉丁美洲，没找着人，又回到墨西哥，在一个个监狱里搜寻……她深信，自己的丈夫块头那么大，无论什么地方都不可能将其隐藏！所以在很长一段时间里，米娜·罗伊坚信这不过是丈夫与她玩的一个把戏。一九一九年四月，米娜·罗伊生下了她与阿瑟·克拉凡的女儿，取名法比安娜。再后来，米娜·罗伊写下了关于夫君的感人至深的回忆录《巨人》（*Colossus*）。

诗人、拳击手、漫游者、体育老师……头衔如此之多的阿瑟·克拉凡，他还自称是个江洋大盗！他承认有那么几年，完全是靠从路易斯安那州的一个珠宝店盗来的东西过活的。但如果只给他留一个身份，一定是诗人，尽管他发表的诗作极少。这个从来不按套路出牌的诗人，从没有通过找关系、混圈子在《法兰西信使》或《诗与散文》这些权威杂志上发表诗作，他自己创办了一本排版粗糙、纸质很差的

《现在》杂志，身兼数职——既是社长，又是编辑和撰稿人。

前面提到阿瑟·克拉凡的挑衅和攻击令一些"大人物"头疼，闹得最凶的一次是他在《现在》里发表了一篇中伤"文坛领袖"阿波利奈尔的文章，首先他论证"领袖"是犹太人，接着又拿"领袖"与画家玛丽·洛朗森的情爱故事开涮。这一下，他可就惹了大麻烦，不仅引得阿波利奈尔要跟他"决斗"，一大帮阿波利奈尔的拥趸也拥向《现在》杂志社对他进行控诉。阿瑟·克拉凡倒也干脆，在下一期《现在》专门发表了一封公开信，向当事人和抗议者道歉。这次事件之后，《现在》停刊——《现在》永远地成了"过去"。

这封公开信与其说是道歉，实际上更是一种游戏般的对话，语言讥讽，有人认为"尖刻得不亚于剐人心"。但也有人认为，阿瑟·克拉凡的叫板体现的是大无畏精神，表明他敢于向权威挑战。选取一段阿瑟·克拉凡的道歉信：

　　虽然"阿波利奈尔"这把剑伤不了我，但鉴于我没有什么自尊心，所以我向全世界宣布，我错了……阿波利奈尔不是犹太人，而是一个罗马天主教徒。同时为了避免未来可能再次产生误解，我要强调我所说的这位先生有个大肚子，长得有点像长颈鹿，不过更像犀牛……关于玛丽·洛朗森……我实际上是想说，她是那种需要有人掀起她的裙子，然后在她多姿多彩且戏剧化的生活里引入天文学研究的女人……

在法国作家亨利-皮埃尔·罗什(特吕弗电影《祖与占》原著作者)的小说《维克多》里,阿瑟·克拉凡有几次特殊登场。杜尚回忆,小说完全还原了当时的场景:在纽约,一个独立艺术家沙龙展上,拳击手诗人应邀给美国观众演讲"未来主义"。观众群里有不少是热衷于收藏二十世纪艺术品的女收藏家,她们见到这位演讲者进场时醉醺醺的,不修边幅却也极度自信,看上去就像"一头受围猎的狮子"!

当时阿瑟·克拉凡刚刚抵达美国尚未下榻,手里还提着一只行李箱。他登上讲台,放下行李箱,突然箱子自动打开,里面的脏衣服以及各种私人物件散落一地。于是他开始演讲,说天气实在太热,就脱起衣服来……"好像决意要脱得一丝不挂似的。"罗什写道。诗人的演讲既吸引人又粗俗,时而还带出一些侮辱性,加上他一件件地脱衣服,导致台下女士一边尖叫一边捂住眼睛,有个别女人甚至晕了过去!保安们迅速赶来,强行(试图)给这位壮汉穿回衣服,以便让他继续"体面"地演讲。随后警察赶到,要以"扰乱治安及风化罪"将他带走,幸好画家毕卡比亚的妻子加布丽埃勒女士当场支付了处罚金……"多么有意思的讲座啊!"这场闹剧结束后,杜尚说。

阿瑟·克拉凡也许感知到自己不久就要于人间消失,

所以,他才随心所欲,毫不在乎《现在》或未来……除了杜尚,文学家安德烈·萨尔蒙、诗人布莱兹·桑德拉斯和画家毕卡比亚都是这条巨大"变色龙"的朋友和拥护者。"尽管他胆大包天、粗俗色情,但谁也无法忽视阿瑟·克拉凡的那种骨子里的诗意!"布莱兹·桑德拉斯说。

关于阿瑟·克拉凡的离奇消失,有人说是遭遇了巨浪狂风,小船失事沉没;也有人说,他搭小船在海上漂流时,忽然听到一声"呼唤",他便再次上了贼船,后与团伙在边境海岸遇到了骑警,在冲突中中弹丧命;还有人说,那天他和妻子告别,上了渔家小船,悠悠漂荡,忽然一个猛子扎了下去……

"这是个值得赞扬的诗意粗俗者,Acta est fabula（拉丁文,"剧终了"的意思）。"安德烈·萨尔蒙说。

我把阿瑟·克拉凡的故事写出来发给在途中的朋友尹奈尔看。她给我回复,说这便是旅行与漫游的不同吧:旅行,通常是为了回来;而漫游者的命运,也许正是这般离奇不明的消逝。漫游者消融于水色、残阳、风声、枯树之影、独角兽之梦……最终成为自己某首诗里的一个隐喻。

## 杀死模特

有一阵子了，每晚入睡前我都在想着"苏丁"，想着写一篇关于他的小文，该如何开始、怎么继续。每晚都有不同的开头，在那一刻都觉得不错，但延续的时间都不长，因为很快就在颇有几分得意的状态下入眠了。第二晚，想要找回前一晚的头绪以作延续，但苦于前一晚的开头早就被前一晚的梦吞吃得一干二净，无奈，只得重新起头。好在很快就又有了……只不过和以往一样，又在颇有几分得意的状态下，睡着了。如此反复许久，终于明白自己被自己蒙骗了，哪里是想写一篇关于"苏丁"的小文，完全是以这种方式为自己的入睡铺出一条幻觉之路，其意义和效果如同默默数数一样。

今早醒来，忽然觉得这件事应该有个了结了，夜夜如此，翻来覆去只琢磨一件事，不仅乏味，连梦的质量也会大打折扣。于是回想昨晚临睡前"苏丁"是怎样到头脑中来的，苦思冥想，只有四个字——杀死模特。

柴姆·苏丁，这位一九一一年抵达巴黎的立陶宛犹太艺术家,是个不合时宜的人。他画作里的扭曲、变形和疯狂令人不安。在这些令人产生不安情绪的作品里,又有常常被人忽略了的真实。能捕捉到这种变形的真实的人,一定有着天生的敏感与孤傲,有如此品性,难免被世俗当成一个怪人。

苏丁,他画画,就是为了揭露。他要把生活中看到的悲剧画得更加具有悲剧色彩,绝不呈现所谓的"和谐"和"美好"。他也不画孩子,不画漂亮的东西,"这些东西都太可爱了"。他热衷于单独地画一只耳朵、一个鼻子、半张脸或某种怪物。有人以艺术来接近、迎合世界,他却相反,用绘画来隔绝世界。当时有一位评论家说他的画笔就像一支诱发灾难的魔笛!可灾难哪需要诱发?它无处不在,也不停歇,是造物主的游戏规则使然,只是人人不敢太过直视而已。苏丁的做法是:勇于面对,将它放大!

出现在苏丁画笔下的有厨娘、女佣、餐厅里做鬼脸的侍者、迷路的醉汉、面包店老板、烟花巷里最丑陋的妓女……有一次他画盘子上、叉子间的几条鲱鱼时,忽然蹿出一只老鼠,迅速偷走了一条,他继续作画,完全不受影响。有人说苏丁是继凡·高之后第二个创作无产阶级画作的人,这令苏丁很恼火,尽管他也欣赏凡·高,但他不喜欢别人将他跟凡·高进行对比。有一次,他实在受不了旁人又拿他和凡·高一起来说事,于是就来了一句即兴调侃,说凡·高就像"一个打毛衣的老处女"。

柴姆·苏丁不作画的日子，就揣一本陀思妥耶夫斯基的《白痴》、马拉美诗集或雷蒙·鲁塞尔的《非洲印象》去艺术家云集的园亭咖啡馆闲坐。虽然不合时宜，但全然无害。笑的时候，他总是会用手捂住嘴巴，这个动作一直到他死都没有改变。后来他成名有钱不再过苦日子了，却依旧钟情花柳街最丑陋的妓女。这与其说是他的个人癖好，不如讲是他的爱及同情心的体现。他猛烈又温柔地跟她们做爱，付给她们很多钱，回家后心满意足地睡觉、作画。有一次，苏丁的经纪人兹博罗夫斯基先生带他去马赛一家一流的妓院，可刚进去没多久，苏丁忽然就不见了，经纪人慌了，派人分头寻找，最后在一家最低廉的妓院找到了他。问他为何跑掉，他的回答是，第一家太华丽、太舒服了，不够"味"！

当时苏丁租住的公寓在屠宰场附近，有次他直接买了一头开了膛的死牛回家挂起来，对着它画了很长日子。血污满地，其恶臭使得邻居呼吸困难，导致怨声四起，最后有人报了警。沉浸在创作中的苏丁，央求警察让他再画一会儿。

人们从苏丁不太讲究的生活习惯，说到他的形象也有些不堪——肥厚的嘴唇、发黄的牙齿、凌乱的头发……所有这些，导致他不太可能吸引到漂亮女孩。但是我在一本杂志里看到过一张他的照片，鼻梁高挺，眼神笃定，非常帅气、有魅力。这仪表和气质绝对不输文学爱好者们公认的具有明星相的塞林格、加缪，或者布勒东、阿拉贡！

那时候的吉吉过着动荡不定的生活，还没拥有曼·雷为她量身定制的那把举世闻名的超现实主义杰作——《安格尔小提琴》①。一个冬夜，寒风凛冽，雪花纷飞，狂欢了一晚的吉吉和一位女友又无处安身了。怎么办？她们想了想，可以去找一个相识的俄罗斯雕塑家，请他收留一宿。在风雪中，她们走了许久，终于走到雕塑家寓所。在门前，两个女孩听见雕塑家情侣在激烈争吵。在门口冻得蜷成一团的她们不敢敲门，担心屋内的女人会更加愤恨：两个女孩深更半夜到一个男人家里，总是没有什么正经事。

好在这时，住在雕塑家隔壁的苏丁回来了，她们急中生智问他说，可否收留她们过夜。灯光昏暗，她们没有看到苏丁的表情，他没说话，直接把她们让进了冰冷的画室。哦，对了，我想起来了，就是接下来苏丁做的事使我对他念念不忘，以致每个夜晚以之代替数数进入梦乡。

首先，苏丁不动声色，砸碎了屋内所有画框，外加两把椅子，为两个冻僵了的女孩生起炉火。吉吉后来回忆，这是她漫长的流浪岁月中最温暖的一夜。她往后的慷慨作风，一定和这个夜晚有关。不一会儿，这个看上去木讷又粗鲁的男人，变戏法似的从厨房给她们端来一碗吃的，里面还

---

① 先锋艺术家、诗人、超现实主义者曼·雷的人体摄影作品，照片中的模特吉吉的裸背上绘有小提琴音孔，以呼应画家安格尔。安格尔痴迷音乐，是业余小提琴手，其琴技曾得到音乐大师李斯特的赞赏。

有肉片呢！他自己却没有吃。

炉火暖暖，肚子饱了，姑娘们的身体热了，困意袭来。可他的寓所兼画室只有一张床。苏丁还是没说话，用眼神暗示她们睡床上，自己则躺在一个角落，背向她们。几分钟之后，两个女孩听见了他的鼾声。

写到这，"杀死模特"这四个字清晰地出现了。

是怎么回事呢？

苏丁每次作画，都像一次谋杀！他在每次动笔之前，总会面向画布退后三四米远，想象、思考、酝酿、权衡……渐渐地，有了感觉，于是他将激情消隐，将狂热冷却，真的就像一名精准、冷静的刺客，以绝佳的速度和姿势，猛然间将画笔像匕首一样直抵画布……在苏丁看来，绘画就是一次胸有成竹的出击——杀死模特，以赋予她新生。一幅作品的诞生，看上去是一个全新的呈现，实际上在其背后，是创造者杀死了从前的固执和成见，使得艺术生命勃发，不再原地踏步，老调重弹。

# 反韵诗人

一次旅行,我结识了朋友 B,颇觉有缘。当时 B 身边还有一位异性 A,他们的关系常使我迷糊,我时而感觉他俩是一对恋人,时而又觉得他俩跟我一样,也属旅途偶遇。一次无意间我看到 A 笔记本上的一句"爱情絮语"……多年后,我得知这是法国诗人保尔–让·图莱的句子——

爱情

就像一间破败不堪的旅馆房间

所有奢侈品都摆放在

大堂里

在皮埃尔·蓬塞纳主编的《理想藏书》(余中先、余宁译)之"法国诗歌书目"里有保尔–让·图莱的《反韵集》(又译《反对音韵》)。这个条目的介绍文字是保尔–让·图莱描写一个西方旅人游历中国的诗句:

你任凭茶叶或鸦片

把你在仙乡摇荡

你搭乘邮轮返航

从震旦①回还

　　我读到过《你从震旦回来》，诗人以"音调觅（迷）路"般的方式叙述着孔雀、浪子、布袋戏、水仙花、不贞的新娘以及旋转的宫殿、消逝的白昼和谜一样的民间丽人：在某个月圆之夜，他们曾许愿。

　　等我再读图莱的一些诗歌，发现他其实并不怎么"反韵"，反而既注重行文韵律又讲究词句音色。也许他只是"反"所谓的唯美、浪漫而"发明"了某些属于自己想象的韵脚？在传统的叙事中豁然亮出奇异的超现实意境，既是含蓄又是袒露，既是记忆又是遗忘。有一个图莱的后辈说过一句极具孩子气的话："我现在给你推荐一首保尔–让·图莱的诗歌，如果你不喜欢，那么我们的关系就到此为止吧……"

　　如此乖僻任性，让我想到奥地利作家罗伯特·穆齐尔。有个好心人跟穆齐尔"报喜"，告之某某人很喜欢他的《没

---

① 震旦，印度对中国的称呼，有黎明、曙光之意。青年保尔–让·图莱曾在印度游历，获得异国情趣。

有个性的人》。穆氏冷冷问之："那么此人还喜欢谁的作品？"他言下之意是如果这个人同时还喜欢他看不上的作家，那么他宁可不要此人的喜欢！

事也凑巧，就是一开始我说的那次旅行中写的一首歌，居然与"后辈"推荐的那首图莱诗作有着奇怪的暗合：旅馆、浪荡者、老板娘、醉酒、六弦琴以及凋败的爱情——

您是否记得，那个客栈

是否记得，我有几度风流

当时的您，身着白色的凸纹布衫

人们说，这是圣母玛利亚


一个从纳瓦拉来的流浪人

我们弹着吉他

啊！我多么喜欢纳瓦拉

还有爱情凋零的幻象，清凉的酒饮


朗德省的那个小旅馆

是我魂牵梦绕的地方啊

我还想再去看一看

裹着深色头巾的旅馆老板娘

还有那些紫藤编织的花环

二十世纪六七十年代的一些欧洲年轻人，结束了小酒馆通宵漫谈步行回家，十分自然地你一句我一句朗读出《反韵集》里的诗句：

　　　　从前，在巴卡拉

　　　　有一个金发的巫婆

　　　　她让所有男人一个一个地在爱情中丧命

　　　　在审判她的法庭上

　　　　主教命令她一一交代

　　　　而他却因她的美貌

　　　　提前将她宽恕


　　或者：

　　　　自从你的日子，只在你的嘴里留下一点灰烬

　　　　不要等待……人类的梦和海的幻想

　　　　如此相似


　　再或：

　　　　远处

巨大的风琴,沉默着呜咽

时间失去了味道

无一丝涟漪


　　保尔-让·图莱生前寂寂无闻,死后多年,一拨狂热的小众读者才开始传颂他的诗歌。渐渐地,人们感觉到这样私下(近乎隐秘地)谈论他的诗歌是一种幸福。图莱富家出身,可他幼年丧母,被寄养在叔父家长大。这位音乐家德彪西、画家劳特累克的终生朋友一生动荡漂泊,是个快乐的忧郁者,生活对他来说就是一出无情却有趣的戏剧。他的《反韵集》是在他死后,经由他的朋友们搜集整理才得以出版的。还是那个诗人后辈说,如果有两个人,在旅途中或一家有一位神秘老板娘的客栈里偶然碰头,而他们恰好又都喜欢《反韵集》,他们会把这样的相遇定义为某种意义上的贵族相会、骑士碰头。

# 看电影的人

我记得有一个拥有非凡记忆的人。

他拨弄着乐器讲述的故事包罗万象——

可是,我走了神,去到了另一个地方,

记忆渐行渐远。

但,这又有什么要紧呢?

倘若乐器还在我们手中。

——弗希索

我在一位十九世纪意大利作家的日记里看到一则逸事:民间作曲家列奥波德·弗希索(化名)费尽心力,花了数年工夫谱写出一出爱情喜剧正准备展开欧洲巡演。运气不好,一直为他摇旗呐喊、撰写评论的作家朋友,陷入了一场情爱悲剧(还要时刻提防被情敌追杀),所以毫无心思动笔。

作曲家心生一计,以评论家朋友的名字(名义),自己亲自撰写。结果,谁都没想到,作曲家"作文"上了瘾,写作水平完全超过了谱曲，就此改了行，成了一名读者喜爱的作家。他的成名作《情敌：昼与夜的对话》就是通过这个倒霉蛋评论家朋友跟他的诉苦、抱怨、忏悔……写成的。就在我的电影手记《魔术师和他的女人走了》出版之际，编辑和我商量要怎么介绍这本书，我马上就用到了弗希索这一着，并署上了他的名字。①

### 看电影的人

文/弗希索

钟立风的这本书虽然关于电影，但跟我们所看的影评很不同。在他漫游式的手记里，我们仿佛潜入了一个——过去的抑或尚未到来的——梦中。这是一本由影像牵引出来的艺术随笔集，迷人、诗意，也家常。作为一名弹拨手，钟立风行文的笔触不自觉地就流露出音乐的调性，洋溢着节制的欢愉和忧郁的气质。

在这本"电影书"里，我们会邂逅一些影像之外的人、事、物：齐特琴（Zither）、瓦塔赋、陀思妥耶夫斯基、卡鲁索、威廉·布莱克、骑马盗汗鸡、罗伯特·穆齐尔、锯琴、罗伯特·瓦尔泽、夏尔·古诺、《木偶葬礼进行

---

① 编者注：细心的朋友可能也会发现上述作者写下的故事，所谓的"十九世纪意大利作家日记"也是他的虚构。而"弗希索"正是音符4、7、5。

曲》、赫尔曼·布洛赫、《异苑》、《易经》、德拉克洛瓦、战地口琴手、出版社老板寄给卡夫卡的书……

在奥利弗·斯通的《野战排》里，他居然让我们"听"到了梅兰芳的一个"虞姬唱段"，那是关于月亮、碧落和亘古的时间；《出租车司机》里的罗伯特·德尼罗，一场滂沱大雨之后的独白，他又给我们（无比贴切地）"画"出了《易经》的"睽卦"之象；加缪在排演戏剧《误会》的那些"不曾存在的日子里"，通过钟立风的一个暗示，我们又得以看清加缪是如何遇到了那头"被捕获的牝鹿"——玛利亚·卡萨雷斯（演员，加缪终生的红颜知己）——她正从马塞尔·卡尔内《天堂的孩子》里忧郁地跑掉。

一只叫"维庸"的乌鸦，快活地飞进他的视线——这只乌鸦也是爱伦·坡的那只。他指出，来自伦敦的"流浪者"乔治·奥威尔在巴黎游历期间，正是借用弗朗索瓦·维庸的诗集作为"巴黎风貌大全"导航图。那个叫"摸人"（toucheur）的城市游荡者（他热衷于围观断头台，每次有人头落地，他就一阵哆嗦，情不自禁地摸碰一下旁人的屁股），据钟立风分析，也许一代代人文漫游者都偶遇到过。

此外，在书中我们看到，C.S.路易斯及他的那只隐形猫，"吟唱女人之神圣奥秘"的诗人雅克·奥迪贝蒂，作为一名招魂师（用法术和秘密纸条与死人对话）的泰戈尔……从意大利作家阿尔贝托·莫拉维亚到法国歌者芭芭拉的"节奏"涤荡，德裔导演道格拉斯·塞克在布拉格某间咖啡馆撞见的卡夫卡（不久之后，卡夫卡就去世了），以及他在片场背诵给演员们听的 T.S.艾略特的某首诗作。

通过《西线无战事》一举成名的作家雷马克面对两位好莱坞超级女明星（其中之一是"蓝天使"玛琳·黛德丽）的猛烈追求，他和我们一起打赌下注，猜测最后作家选择了谁。伊丽莎白·泰勒通过她饰演的某个角色走进了庄子的（白驹）时间之后，玛丽莲·梦露淘旧书（伸手入河流抓鱼般）淘出了贝托尔特·布莱希特。里尔克诗集里有一位神秘女子的唇印，说出来，你也会大吃一惊！而法国性感小猫碧姬·芭铎的父亲竟然也是一位诗人，钟立风"找"出他的一册《散装诗》，发现其竟然获得过法兰西文学院的一个奖项。钟立风还从贾木许的电影《离魂异客》里看到了布莱克和博尔赫斯的"相同的另一只老虎"，在尼尔·杨的电吉他里"烧穿了黑夜的森林和草莽"（卞之琳译）。对于美国作家约翰·奥哈拉的一部著名小说（改编成电影《巴特菲尔德八号》），钟立风指出，它的主题思想是马克斯·恩斯特在他某些艺术作品里呈现的：女人的赤身裸体，比哲学家的学说更具智慧。在《魔术师》中我们还读到一个黑色电影里的"蛇蝎美人"

口中吐出的一句话,好似布莱希特的某个哲思:"假如我所拥有的,我不能传递,那我也不会喜欢。"

钟立风通过一部部——经典却不太为大众所知的——电影,引出的一则则或优美或离奇的故事,又在我们眼前幻化成一幅幅生动的影像,迷人流动。电影,本来就是一门包罗万象的艺术门类,而导演正是一个魔术师。一部好的电影,当我们从里面出来,会发现自己变了,心里生出爱意,会让我们重新感知生活、渴望生活。

虽然在这本书里,作者让我们与诸多影像之外的妙人趣事相遇,但归根到底,所有这些又都是由于电影本身的魅力,是他所钟爱的导演——维斯康蒂、卡萨维茨、布努艾尔、沟口健二、侯麦、约翰·休斯顿、梅尔维尔、拉乌尔·沃尔什、巴斯特·基顿、安东尼奥尼、贾木许、特吕弗、哈内克、约瑟夫·罗西、今村昌平、塞缪尔·富勒、朱尔斯·达辛、萨蒂亚吉特·雷伊、戈达尔、乌尔默、弗里茨·朗、查尔斯·劳顿等一百多位所演奏出的爱欲之乐。上述诸多导演都不约而同地提到过,是音乐教会了他们如何拍摄电影——音乐最重要的要素是节奏,而电影如果少了节奏,则无人观看。

# 穿墙镜像

亨利·卡蒂埃·布列松说他是通过阅读乔伊斯、洛特雷阿蒙、兰波、普鲁斯特、科克托、尼采、阿拉贡、圣西门、蒙田和司汤达等人的作品之后才了解摄影之奥妙的。难怪有人形容这位摄影家会在拍摄过程中幻化成一个文学人物，还说他有着小说家马塞尔·埃梅笔下《穿墙人》中的杜蒂耶尔一样的魔力！布列松有着纯真湛蓝的双眸，闪烁着迷人的笑意，他步履迅捷灵动，稍不留意，就钻入人群消失不见了。

布列松并不想通过摄影证明或揭示什么，他呈现，呈现俗世的、人性的。当然，通过一道光影、一次曝光，也埋下伏笔，布下线索。这位摄影界的"穿墙人"，无准备，无安排，悄悄来去，水波不兴。他这般低调行事，是个性，也是对周遭人群的尊重。布列松认为事实不见得有趣，重要的是看事实的焦点。

有人问："什么是你最重要的主题？"他一语中的："人，及其生活，脆弱短暂、危机四伏的生活。"他还直言，对于经常被问及的一个问题"您自己最得意的作品是哪幅",他毫无兴趣回答,因为他感兴趣的永远是下一幅——未完成之作:"曾经的成功是最无足轻重的事,一切都应该重新评估!"

有一次布列松为画家巴尔蒂斯拍照,两人聊天,后者说很讨厌被人称为大师、艺术家……他提到比利时漫画家埃尔热创作的系列漫画集《丁丁历险记》,每当阿道克船长侮辱一个人的时候,他就说那人是个"艺术家"。布列松接过话茬,说当有人说他是二十世纪最伟大的摄影师时,他就极度不安,因为他觉得,成为一个时代最伟大的人是件恐怖的事,这说明他很快就要完蛋了。

超现实主义的"客观偶然性"也给了布列松深刻的影响。眼前生活,瞬间即变,每个人都在寻找属于自己的出路,一千个人就有一千种方法。人之所以融入生活,是因为他彻底忘掉了自我。在布列松的作品里,诗意是一切事物的内在本质,这本质就是他借用的一位红衣主教的话:"世间万物皆有其决定性瞬间。"

在布列松人像摄影集《内心的寂静》里,我们看到了画家胡安·米罗、亨利·马蒂斯、乔治·鲁奥、弗朗西斯·培根、乔治·布拉克……诗人艾吕雅、雅克·普雷维尔、庞德、勒内·夏尔、聂鲁达……音乐家斯特拉文斯基……艺术家杜尚、贾科梅蒂、索尔·斯坦伯格……作家阿兰·罗伯-格里耶、桑塔格、阿瑟·米勒、加缪、杜鲁门·卡波特、让·热内、米歇尔·莱里斯、勒·克莱齐奥（与其妻子）、朱利安·格拉克……演员玛丽莲·梦露、伊莎贝尔·于佩尔……导演维斯康蒂、罗西里尼、约翰·休斯顿……心理学家荣格，还有"俄罗斯叛逆两姊妹"莉莉·布里克和爱尔莎·特里奥莱（前者是俄罗斯诗人马雅可夫斯基的缪斯，后者是法国作家路易·阿拉贡的终身伴侣），中间还穿插着布列松在苏黎世、华沙、洛杉矶、墨西哥等地随机拍摄的普通人。

这些照片上的人物，看不出来任何摆拍的痕迹，这在专业上被称作"更自发的肖像"。不过就像画家作画一样，通过一抹（嘴角）线条、一个手势、一次失神……布列松总能瞬间捕捉到他们身上忽然"升起的灵魂"，被拍者的目光既没有迎合，也没有逃避，与他的镜头自然而默契地融合在某种温柔、感性和关怀之中。

为庞德拍摄时，布列松在诗人面前站着不动大概有一个半小时之久："在绝对的沉默中，我们互相直视着对方的眼睛，没有不适。"布列松强调，拍摄时忘记思考，因为镜头的作用不是寻找论点，也不是表现某种东西，而在你不需要证明任何东西的时候，片子自己就出来了。

在看让·雷诺阿的电影《乡间一日》时曾"瞥见"作为演员的亨利·卡蒂埃·布列松一眼，戏里他是一名神学院的学生，他与同样跑龙套的哲学家乔治·巴塔耶一起被主教带领着匆匆经过美丽的女主角（由巴塔耶妻子西尔维娅·巴塔耶饰演）的眼前……那时候布列松还未成名，但他已成为这位大导演的助理，拍拍剧照，搞搞勤务，也偶尔充当临时演员。在这本"寂静书"里，我们也看到了让·雷诺阿——"一条洋溢着生活喜悦又富于个人感情色彩的机智敏感的河流……"布列松形容。

布列松为雕塑家贾科梅蒂拍摄的肖像，如同雕塑家自己的作品，光阴流动，在最遥远的距离和最切近的熟悉之间，是一种永恒的循环往复。

《内心的寂静》里的加缪，并不是大众最熟悉也最酷的那张：竖着风衣领子，头发精准而随性地往后掠，眼神温柔中带着一丝调皮，嘴里叼着的香烟衬托着那张线条迷人的脸……加缪的美国出版人布兰奇夫人①正是借着布列松为加缪拍摄的这张照片为其定了调子从而展开美国图书市场的公关乃至争夺诺贝尔文学奖的运作。

相比于男士们的随性自在，布列松说给（有的）女士拍照多少有些麻烦。西蒙娜·德·波伏娃还很年轻时，布列松给她拍摄过一张她本人相当满意的肖像照；待她的形象（脸庞）今非昔比时，布列松再次接到拍摄她的任务。"此时

---

① 布兰奇·克瑙夫，美国克瑙夫出版社当家人，经她出版的作品曾获 25 个诺贝尔文学奖、60 个普利策奖以及 30 多个国家的图书奖。1957 年正是她为加缪争取诺贝尔文学奖而呼吁奔走之时，加缪前往斯德哥尔摩领奖所穿的礼服也是布兰奇夫人为其量身定做的。

她有些别扭,她在意她脸上的皱纹,唉,我该说什么呢?!"焦虑的波伏娃拉拉裙子,看看手表,不停地问摄影师:"大概什么时候能拍完我?"布列松说:"我也不知道,应该比看牙医的时间长点,比看心理医生的时间短点。"对于摄影师的幽默,女哲学家没心思回应。

书里也选取了那张著名的萨特的照片:雾蒙蒙的一天,哲学家和友人、建筑师费尔南德·普永现身距离圣日耳曼广场不远的巴黎艺术大桥一端。在远处,在雾中,隐现出法兰西学院的建筑穹顶,像个巨大且虚幻的鸟笼,前方有三两个人影穿过灯柱,朝虚无中走远。萨特和朋友的身影在画面的右下角,他身着翻毛领大衣,叼着烟斗,侧视,冷酷,充满魅力! 他对面的普永只露出半个脑袋和半个身子,更加衬托出萨特不动声色的(如同天气一样阴沉)存在的力量……

《内心的寂静》中还有一张照片似曾相识,名为《萧沆》。他安坐单人沙发中, 目光冷峻又透露出某种 (淡然的)不屑,头发竖起往后露出脑门,眼窝深陷,法令纹透着神情的严峻,松弛放平的手中拿着一支笔。萧沆?他是谁?想了半天,原来就是《眼泪与圣徒》的作者——E.M.齐奥朗。这位比叔本华还要悲观的"虚无主义塞壬"总以否定的手段来认识真理,以拒绝的方式寻找意义。他尝言:"我恨过自己的国家,恨过所有人,恨过整个世界,但最后,唯一剩下可恨的,就只有我自己。"

布列松借勒内·夏尔谈论诗歌"有人发明,有人发现"来讲述他的摄影,一张张面孔,一次次发现,我们是自己,但又忘了自己,我们一次次地穿越思想的镜像。

# 古典即自由

我刚认识徐纮时,他还在杭州农业局上班。

多年之后,我回杭州演出,中场时,我邀请徐纮上台当嘉宾,为大家演奏一曲古典吉他。待他抱琴坐好,我跟观众简单地给他进行了介绍。介绍时,我脑子里闪过一个画面,尽管这画面有虚构的成分,但又感觉每一帧都千真万确:一个早上,还在睡梦中的我,听到有人敲门,我迷迷糊糊去开门,原来是远道而来的徐纮。他目光炯炯,面含微笑,手上提着两瓶农药……

为什么会有"提着两瓶农药"这个画面?

是因为我初到北京,生活困顿,创作不顺,情爱失调,前途渺茫,以致生出悲观地想要"一饮了之"的念头?

应该不是这样。

那么是不是因为那个超现实主义意象:一把雨伞和缝纫机在手术台上相遇?于是,我想到:古典,农业;吉他,农药。

是这样吗?我的朋友徐纮,一个曾经长期跟农药、杂交稻打交道的人，另一个身份却是古典吉他演奏家、音乐教育者。

后来徐竑再到北京找我，已不是公干，他从农业局辞职了。

他想把更多的时间和精力用在音乐上。但他跟我说，他也并不是想取得什么成就，搞出什么名堂，只是纯粹地喜爱。辞职后的徐竑师从著名古典吉他教育家陈志。陈老师培养出来好几位世界古典吉他冠军，如王雅梦、杨雪霏、陈珊珊等。徐竑自谦天赋不高、岁数不小，只希望通过陈先生的点拨能有些进步和开悟。

徐竑每月一次（一次数日）从杭州到北京跟陈老师学琴，每一次都"下榻"在我租住的屋子里。每个月的那几天我都特别开心，白天我跟徐竑去听陈老师的课，有时晚上他也会跟我去我驻唱的酒吧听我唱歌。

感受着徐竑的古典吉他演奏，我潜移默化地学到了严谨、克制以及和声的丰富性。有时我新谱一曲，徐竑就研究我的和弦功能、节奏方式，他居然对应上了某种与中世纪曲调的关联。也是那时，我开始了文学写（试）作，一些像小说又像随笔，似断想也似寓言的文字，徐竑是第一个读者。

有时我从酒吧回来，徐竑已经入睡，我看到稿子空白处，有他写下的读后印象，他还帮我改了错别字。要是兴头起来，我就把他叫起来喝一杯，朗读新出炉的文字给他听。

有些段落，徐竑听得哈哈大笑。有时从酒吧回来，还未进门，便听到徐竑仍在苦练，情感饱满、得当，我就待在门口听上一阵再进去。这种感觉也相当奇妙，像偷听情人幽会。某次，徐竑弹了一首曲子，叫我以自己的感受命名。

"河面上的阳光。"我想了想说。

"你太厉害了。"他有点惊呆的感觉。

"被我说中了？"

"非常接近，是《月光》。"

我在徐竑的弹奏中，感受到一份轻柔、幻觉、抚摸、安慰，还有一些流动的碎片在忽隐忽现……在大小调转换的时候，是一束光亮，和煦而清凉。

我租住的是一个一居室，两人睡觉，一个只能打地铺。有时候我睡午觉，为了不影响我，徐竑就拿着吉他、谱子、脚蹬、节拍器到厨房去练习。琴弦的共振和节拍器的机械声，使我的白日梦多了几分愉悦和灵动。

一个下午，我去逛附近的方舟书店时，接到一位学表演的朋友老K的电话。他说他和女友逛街累了，正好在我家附近，想找我聊聊天。我跟他说，我在外面，家里有外地朋友借住，不方便。老K这家伙什么都知道，他说："是弹古典的徐竑吧？！没关系，总是听你说他，正好去拜会拜会。"

我见过老K女友。她谈到徐竑时格外开心。

老K说当时女友坐在徐竑旁边听他弹奏，被迷得不行,身子骨不由自主地往他身上倾斜。我觉得老 K 的话有些夸张,不过徐竑弹琴时的确很投入,很吸引人。他修长的手指在琴的品位上移动,真的像手指在舞蹈。随着旋律行进与节奏变化,他的呼吸声时轻时重,有一种不经意的诱惑力。那时老 K 和女友相处没多久,正处于火热期,所以老 K 的小醋意,我很理解。但是很快,严谨、苦修的徐竑就叫这一对恋人好好在房间待着,他自己拿起吉他和节拍器到厨房去了。

如今,老 K 早就和女友分手了。

老 K 说,那个有徐竑弹琴的午后令他和前女友都难以忘怀。差不多是这样的,徐竑去到厨房后,他们开始激情上演,跟着徐竑的弹奏,他们时而开心,时而悲伤;时而激昂,时而平静。渐渐地,徐竑(定然感受到卧房之动静)按照练习曲的难度,一点一点加快了节拍器的速度,滴答滴答……使得拨奏更加绵密、悲壮、铿锵有力。

房间里年轻的情侣,感应着徐竑弹拨的节奏变化,轻重缓急,步步紧随,一刻都没有落下,大有你来我往、你不停我就不休之阵势,最后厨房和卧房里的人,都仿佛历经了情感的千山万水,获得了高潮之后充沛的虚无。

徐竑悟性高,自制力强,整个人的状态却很松弛。

我见过与他一起学琴的同行,虽然用功刻苦,毫不懈怠,弹奏那些高难度的曲子没有障碍,但总感觉余味不足,只是将曲子弹了下来而已，灵动性不够，也无法让人产生更多的想象。徐玹的演奏深得古典精髓，极富画面感。对于专业技术，他很重视，精益求精，但当他进入曲子后，技巧即刻就成了情感的一部分。

如诗人作诗，诗之格律不仅不会限制他的情感释放，反而借着它更能抵达自由的境界。游戏的人也一样，严格的游戏规则，恰恰也是快乐的由来。每次听徐玹弹琴，仿佛都会有一些秘密等着你去揭开。

徐玹擅长弹奏一种叫"米隆加"的曲子，它是探戈的前身，节奏诡谲，情感饱满，将激情、狂喜与悲恸融为一体，似倾诉又像独白，集古典与自由于一身。阿根廷作家博尔赫斯有诗——

> 我想他会乐于知道，
> 他的故事，
> 如今在一曲米隆加里。
> 时间是遗忘，也是回忆。

## 霍桑或旅途采摘者

那个怪异的出逃者又出现了。

十月的一个黄昏,此君头戴油布帽,身着黄褐色大衣,脚穿长筒靴,一手拿着雨伞,一手拎个小旅行袋,与太太作别。他的脸上浮现着一种古怪的笑意,说要搭夜班马车到乡下去一趟。这男人本来就爱故弄玄虚,所以他太太压根没当回事,因为要是一拿他当回事,他就会更来劲。所以太太既不问他去哪里,也不问他何时回来,只是象征性地瞥了他一眼,那意思像是说去吧,去吧,玩够了,别忘了回家。

可谁都没想到,男人这一走竟是二十年!

要说他像大多数逃离者那样,带着诗性的晃荡,管它吉凶悔吝,自顾自浪迹天涯,我们除了羡慕一下也没什么好说的。可是他,这二十年哪也没去,不错,他是离开了家,但他逃离的终点,只是离自家很近的一条街上!

他何故如此?

标新立异?还是在逃避、恐惧或暗暗期盼着什么?他人届中年，生性疏懒，本分老实，夫妻感情也平稳。他这种行为算什么？成年人的玩笑还是孩童的恶作剧？与妻作别后，他从犹太佬那里淘来假发套和二手服饰，将自己乔装打扮，每天都藏在暗处观察太太的生活。在自己变老脱相，太太也发胖无姿色的某天，在人潮汹涌的街头，两人还被挤到一起，茫然交错，失之交臂。实际上，他离家仅仅一天，就不打算玩下去了……"不，"他一面裹紧被子一面喃喃自语，"我可不要一个人再过一个晚上了。"但是不知道又从哪里冒出一股奇异的固执的力量，使得这个超现实游戏一天天地延续下去。

"失踪后的第二十个年头，一天傍晚，威克菲尔德习惯性地朝他仍称为家的地方信步走去，他一声不响地踏进家门，仿佛才离家一天似的。"

纳撒尼尔·霍桑笔下的威克菲尔德的怪异出走，使得那些狂放不羁、义无反顾地奔走于天涯海角的逃离者黯然失色。然而，不管如何，最后他毕竟又像转了一圈又一圈那样，转回了家。这使得读者一直悬着的心，获得了一些安宁——

透过二楼起居室的窗户，威克菲尔德辨出一炉好火正闪着阵阵红光，天花板上印出一个奇形怪状的人影，那是善良的威克菲尔德太太！那帽子、鼻子、下巴，还有浑圆的腰身,活像一幅美妙的漫画。

　　一次途中,我把霍桑的这个短篇小说《威克菲尔德》讲给一位新朋友听。她说相比《红字》,她更喜欢这个故事,就好像……她话没说完,好似变了一个人,忽然兴奋起来,使劲地摇晃了我几下。我感觉她摇晃的是一棵树,或者说我恰巧上了树,因为我有一种摇摇欲坠的晕眩感。而后,我又仿佛听到咔嚓一声,一段想象的树枝折断了,倏地惊飞了一只、两只、好几只怪鸟……她说:"那我也给你讲一个吧,是我自己的。"我说:"太好了。"

　　她的秀气里有一种男孩的爽利,讲她的故事时,好像说的是另外一个人。她说大学最后半年,一次聚会,她认识了一个男孩,两人很快确立了恋爱关系。男孩内向,较沉闷,她说,别说她的家人、朋友不解,就连她自己都搞不懂为何会跟他好上。但是,她又说两个人在一起尽管不怎么快乐,但也不会烦心。我问:"如果在同一时期,遇到的是另一个男孩,那人也与你表白,你是否也会同意交往?"她想了想说,也许会的;过了一会儿,她又作了肯定,"会的"。我想到歌德笔下的某个女子说:"我爱你,与你何涉?"而在她这里,前半部分和歌德一样,后面的这个"你"可以是其他人。所以,爱是真的,但不一定非得和"你"有什么交集,只不过是借"你"充当一下爱的"载体"。

恍惚间,思绪里飞远了的一只、两只、好几只怪鸟又飞了回来。她感觉到我在想着什么,轻靠着我,我感觉那折断了的树枝,又重新长上了。一阵风,吹来几句哑语坠挂枝头,像追忆,也似祭奠。

她问:"你还想听吗?"

我说:"想啊。"

她说,那时候的她,有一种迫不及待要和自己告别的念头;也好像是想借助什么让自己来一次疯狂的逃离,逃离自己的过往、躯壳、灵魂……所有一切。可那时候小,无经验,不知道怎么才能(算)"逃离",于是……她没有说出来的,或许就是这个意思——当一个人无路可走的时候,只能运用起爱情来。

她继续说,不管怎样,一旦两个人在一起,总有情感产生,一种依恋或习惯,时不时地,也会体会到某种幸福的感觉。所以,即使毕业之后两人遥遥两地,也继续维系着恋爱关系,甚至都谈婚论嫁了。有天,她突发奇想,说要以一种从未尝试过的方式,去到男孩的城市,给他一个惊喜。

尽管她说是突发奇想,实际上也许蓄谋已久。

她接着说,如果一开始跟男孩恋爱算作一次自我突破,那么这次行动可算作这次突破的升级版。她的想法遭到母亲的强烈反对,但她主意已定:她决定不以正常的交通工具(方式)前往,而是把自己直接扔到路上,沿途搭车⋯⋯直到抵达男孩家乡。一南一北千里迢迢，做母亲的哪能放心？

她向母亲保证，搭上车之前，她会拍下车牌号以及与司机的合影发给母亲。倘若司机拒绝，她就换一辆车，直到遇到同意的司机为止。母亲无奈，只得同意。于是她把一头秀发剪得乱七八糟，再找来几身中性服装⋯⋯启程，上路。

白天黑夜，蛮荒野途；风雨晦明，突发事件。

我不再复述她在路上的种种遭遇。如此行路，不要说一个姑娘，就是对我来说，也是考验，我也肯定没有这个勇气。除了各种大货车、私人小汽车，她还搭过拖拉机、摩托车，甚至牛车、驴车。但她并不一味地急于赶路，每到一个城镇，她会停下来歇脚整顿，养精蓄锐。回想这一切，她说就像发生在昨天，很梦幻；通过这次冒险，她感受到很多。经过二十多个日夜的颠沛流离，很快就要到达目的地了，还差一天就能和男孩碰头的时候，她将自己彻底安顿，洗去劳累尘埃后，给他打了个电话，说这几天可能去趟他家。她跟我说，在外奔波了那么长时间，的确有些想他了，想得到他的安慰。但她电话中并没说明，自己是以何种方式抵达的。电话那头的他有些冷漠，说希望她暂时不要来了，为了不辜负父母，他马上就要出国了，所以⋯⋯

听了对方的话，她出乎意料地平静，说了声"那保重吧"，就挂断了电话，结束了这份恋情，结束了这段自我策划的逃离。她说,好奇怪,其实一开始她就想到了会是这个结局!"还会有比这更好的结局吗?"她又说,挂断电话那会儿,她觉得整个人都是空的,但这个"空",又让人好舒坦,仿佛把什么堵塞的东西都去除了……

你还记得刚才提到的那棵想象之树上坠挂的几句哑语吗?当她说完这些,我们起身离开时,它们便幻作几个疯狂的果子,被几个路过的梦的行旅者采摘走了。

# 电线上的鸟

一名失意苦涩、隐姓埋名的酒吧钢琴师，莫名其妙地，就被卷进命运的旋涡，成了个被亡命之徒追杀的无辜者。

然而就在影片结束之际，镜头定格在他脸上，我们恍惚觉得，他本人何尝不是一个"杀手"——一个"女性杀手"、一个"害羞杀手"——影片中有两个女子都因为他死于非命；他的确也是个相当害羞的男人，成名之后，由于紧张、羞涩、不安而不能正常面对媒体记者、聚光灯，他就特地去书店买来《如何征服害羞》和《我击败了恐惧》这样的心理学书籍。

可是，我们又看见他与隔壁女子相互调情，听见被窝里女人的声音："你这个浑蛋，谁说你害羞！"在黑暗中，他狡黠地回答："谁说害羞的人不能疯狂！"

查尔斯·阿兹纳乌尔（Charles Aznavour），这位亚美尼亚裔的法国国宝级歌手在特吕弗导演的《射杀钢琴师》里饰演钢琴师查理，尽管他的表演不动声色、波澜不惊，但某种无辜者的神秘味道，让人琢磨。

尤其是影片最后，斯人已逝，一切好似回归平静，他重回酒吧弹钢琴，酒吧里来了一个更年轻的女服务员（接替因他而死的莲娜）。当他们对视的一刹那，我们都为这小姑娘捏了一把汗，担心她会不会因为钢琴师也陷入悲剧命运。

尽管查理有点狡黠，但他是个谦谦君子，不过谁又能说得清命里的蹊跷？他那没什么表情的脸上总是浮过一些难以预测的东西。

命运的不可预测，正是这类悬疑和追杀电影的基调。特吕弗在这种基调里又放进了一些滑稽和荒唐，好似一段旋律，偶遇几个怪和弦，开始变奏。

影片开头，一个男人——钢琴师查理的亲兄弟奇戈——因躲避两个歹徒的追杀（奇戈与他们本是一伙，因奇戈独吞赃款，他们展开追逐），慌不择路，一头撞上灯柱，晕倒在地。正在此刻，一个手捧大束鲜花的中年男人经过——蹲下身去，放下花束，左右开弓噼里啪啦给了他几个脆亮的耳光——把他打醒，扶起他，还细心地给他掸了掸衣服。奇戈清醒过来，晃了晃脑袋，第一件事情就是把地上的花束捡起交给这位好心人，表示感谢。这一长串连贯性的动作，正是变奏出来的滑稽音符。

两个八竿子也打不着的陌路人开始了交谈。不出所料，话题是女人。

特吕弗的角色们都很喜欢探讨女人和爱情、忠贞与背叛。持花人一五一十、毫无保留地跟奇戈讲起了自己和妻子相识、相爱的经历，语气里洋溢着幸福感，他手中的大束鲜花自然是献给妻子的。

最后他说："我不认识你，我们或许永远不会再见，但也许正因如此，我才能坦白，有时候只有和陌生人才能敞开心扉。"

奇戈和幸福的持花人一直走到街角，互道再见：逃亡的继续逃亡，回家的继续回家。


变奏在继续。

两个歹徒闯进酒吧，绑架了钢琴师查理和他的女友——酒吧服务员莲娜——作为人质。

四人挤在一辆车上，大家又开始了关于女性与情爱的探讨。在这两个坏蛋出场前，奇戈就跟查理提及，这两个追杀他的人不是亲兄弟，但长得非常像。如此一来，喜剧感更是呼之欲出。

我又想到卡夫卡的《城堡》里，土地测量员 K 的两个助手，他们不是亲兄弟，胜似双胞胎，这俩家伙与其说是给 K 做帮手，毋宁说是专门给他帮倒忙、给读者提供笑料的。K 完全被他们弄得晕头转向："我怎样才能分辨你们？你们只有名字不同,此外,你们就像两条蛇那样一模一样。"

我的两位朋友,也常给我们带来相仿的喜剧效果。

他们是东北人,打小一起长大,关系极好,一个打鼓一个弹贝斯。他俩长得完全不像,但因长期在一起,行动、说话各方面相互影响,所以给人感觉酷似。所谓"夫妻相"不也正是这样吗?

他们的另一半,相互也很要好。我们尽管认识他俩很久了(基本都是在演出场合),可要命的是,在平常日,如果只有一位出现,我们根本搞不清"他"是鼓手还是贝斯手,据说有几次连他们的女友都没搞对。


回到电影,两歹徒绑架了查理和莲娜做人质,四个人挤在一辆车上,前往他们郊区的家找奇戈。两个绑匪,既是坏蛋,又是搞笑大王。

一开始是他们两人在对话,绑匪 A 跟绑匪 B 说:"开车注意点,不要只看漂亮妞,这次运气好,但总会出事的。"

B 回答:"这样更好,就算替我的父亲报仇了。"原来 B 的父亲是过马路被车轧死的,死之前因被一个穿短裙的女人吸引,走路没看车。"他就这样完了,这个色鬼,不过我为他骄傲!"

A 说:"我喜欢你父亲这样的,可谓'牡丹花下死,做鬼也风流'。"接着两人哈哈大笑。这时莲娜也加入了:"我认识一些好色的人,但是很有教养。"

两绑匪没有搭理莲娜,也许没注意听,也许他们认为好色不好色跟教养无关,继续你一句我一句地说个不停,感觉自己既是职业绑匪又是资深的女性专家,旅途漫漫,以幻想女人而聊以自慰。

"告诉你们我爸爸怎样说女人,"一直沉默不语的查理加入了,"他说看见一个,就等于已经看过了全部。"(这句台词,特吕弗在他另一部电影《黑衣新娘》里原封不动地用过。)

不知是两绑匪觉得此言有理,还是对这句话很不屑,他们听后哈哈大笑起来。笑声首先传染给了查理,他也开始大笑;而莲娜看到他们笑得如此欢腾,也被传染了,明亮青春的脸庞,在欢笑里越发动人。

镜头拉远,欢声笑语铺展在车水马龙之中……这哪像是绑匪和人质的关系,完全是几个好友开车去乡下旅行。


钢琴师查理的优雅、无辜,一如木偶之灵动。

就像他在酒吧里弹奏的那首曲子,冷冰冰,机械地流动,而生命的欣悦和生活的不安又在里面轮番滚动,智性的幽默里连接着遥远的童真。特吕弗说:"查尔斯·阿兹纳乌尔演着演着,整部电影就成了他自己的,低调果敢、谦逊害羞以及自我平衡,都恰到好处。通过他,我得到了一个诗的角色。"

因为查尔斯·阿兹纳乌尔,我想起了莱昂纳德·科恩的一段往事。

那时科恩出道不久,很年轻,某天他和朋友入住一家酒店,闲来无聊,就在酒店大堂抱着吉他轻唱起一首新作《电线上的鸟》。有几个迷人的欧洲女孩瞬间被歌声吸引,围了过来,但这位著名的情圣在当时还不太为人所知,只得跟女孩们自我介绍,说自己集合了查尔斯·阿兹纳乌尔和鲍勃·迪伦两人身上的所有优点。然而女孩们只知道鲍勃·迪伦,对查尔斯·阿兹纳乌尔是谁完全不知,这叫科恩颇为尴尬。

如今,查尔斯·阿兹纳乌尔九十二岁,莱昂纳德·科恩——这位曾经崇拜他的歌迷也已经是八十二岁高龄了,但是他们的艺术、人格魅力不减,就像埋在树下的老酒,醇厚芬芳。①当时科恩对那几位陌生女郎说集合了两位大师的优点,其中一定包含了害羞。

害羞总是和敏感、善意、好奇、天真、孤独等连在一起,也许还有疯狂!而这些又都和创作息息相关。害羞会给生活带来不便,影响社交,不过创作者大多都是乐于独处的人,独处时,精神、思想自由伸展,不受他人限制。

---

① 编者注:作者撰写此文时,两位均还在世。查尔斯·阿兹纳乌尔在 2018 年去世,莱昂纳德·科恩于 2016 年去世。

人与人,本来就是相互的迷宫……唯有"独处"才有可能沉浸于事物的神秘与奇迹中。就连不断给人们提供恐惧、残酷、悬疑的希区柯克也承认自己是个害羞的人,"这种小时候就有的东西,成年后难以摆脱"。《射杀钢琴师》是特吕弗根据美国作家大卫·古迪斯的小说改编的电影。据说,这位小说家也很害羞,写作之余热衷独自漫步,一走就走很远。一路上,雾中醉汉、背弃者消逝的面孔、情人的热泪、电线上的鸟……轮番滚动,灵动木偶,迷路音符。

# 旅客

逛书店时，晃过一本书的封面（装帧）很好看，湖蓝色的，恰好这时，约见的朋友到了，在身后拍了下我，我一回头，便直接把书放进了购书车里。这种"看封面就拿下"的做法，早年买（盗版）影碟时也经常有。西奥多·德莱叶的《格特鲁德》、雅克·贝克的《金盔》、亨利·柯比的《长别离》，还有乔治·克鲁佐的《乌鸦》《恐惧的代价》以及莫里斯·皮亚拉的《张口结舌》，等等，不少都是看封面、凭直觉买的。之前不知道这些片子的导演、主演、编剧是谁，后来都成了挚爱。回家后才发现，这本湖蓝色封面的书原来是《瓦尔特·本雅明：行囊沉重的旅客》。

作者弗雷德里克·黑特曼开篇即写本雅明生命中的最后那几天：在法国和西班牙的天然边界——比利牛斯山脉东部的小海港——旺德尔港，连他一共四个人（一对逃亡的母子和女向导丽莎小姐，后者是本雅明一位朋友的妻子），翻山、过境，而后他在波尔沃特小镇（西班牙海关所在地）一家叫弗朗西（Francie）的旅馆（三楼四号）自杀。尽管书名"沉重"，但在阅读过程中，颇有轻盈之感，这感受大概是本雅明身边的一些女性所带来的吧。最早读《单向街》，看到扉页本雅明的献词："这条街，叫阿丝雅·拉西斯大街，以她的名字命名，她作为工程师，在作者心中打通了这条街。"当我在《瓦尔特·本雅明：行囊沉重的旅客》中看到这位工程师出现时，就像本雅明初见她时，眼前一亮！

　　一九二四年，本雅明去意大利旅行，一日在卡普里岛一家商店邂逅了阿丝雅·拉西斯，后者在店内买杏仁，可她不会讲意大利语，售货员也搞不清楚她要买什么。正在这时，本雅明蓦地出现，站在她旁边："尊敬的夫人，我可以帮您吗？"女子大大方方地说："请。"当女子买了杏仁走出商店，本雅明步步相随，在路上，他继续搭话："夫人，我可以陪同您并且帮您拿着那包杏仁吗？"女子笑而不语，将杏仁递给他，结果笨手笨脚的逐爱者将那包杏仁掉落一地。

　　阿丝雅·拉西斯，俄国人，作家、演员和导演，与本雅明相识时已结婚并有孩子。眼光独到的她，一眼就看出这个猎艳者是位正派绅士，其儒雅和一点羞涩使她安心并抱有好感。后来她回忆，那天本雅明的目光给她以强烈的印象："眼镜片像探照灯似的把光投射出来。"瓦尔特·本雅明则认为，阿丝雅·拉西斯是他所认识的最出类拔萃的女性之一。总之他们的初次艳遇非常成功，尽管往后的日子，苦涩多过欢愉。关于这些,我们可以通过本雅明的《莫斯科日记》(一九二六年年底至一九二七年年初,本雅明逗留莫斯科时所记)获得相关内情。在这本日记的最后一段,本雅明写道:

> ……雪橇已徐徐启动,我再次当街拉过她的手贴在我的唇边。她久久地站着,挥着手,我也从雪橇上向她挥着手。她似乎转身走了,我再也看不到她。我怀抱着大箱子,流着泪,穿过暮色中的街道向火车站驶去。

回到卡普里岛,笨手笨脚的本雅明捡起掉落在地的杏仁后,就一直陪着阿丝雅·拉西斯走到她下榻的旅馆,在征得女方同意他日后上门拜访的请求之后,他立马告辞,潇洒而有分寸,一个旅途中的最佳旅客形象。

风吹哪页读哪页,随便一翻,似乎总有本雅明追逐爱情的场面。每一场艳遇,本雅明都表现得既热烈又得体。在一段西班牙的旅途中,也是在一个岛上——伊比萨小岛,本雅明邂逅了荷兰女画家安娜玛丽,无可避免,他再次迅速坠入爱河(女画家接受了其爱意,但没有离开丈夫和追求者在一起),留下诗句:

> 在你的臂弯里,
> 命运将永远停止与我邂逅。

不带任何惊恐，不带任何运气，

享受着更多的惊喜，

弥补着亏欠上帝的恩惠。


　　在阿丝雅·拉西斯出现之前，关于本雅明的前妻朵拉，好几位他们夫妻共同的朋友都描述过她的才智、外貌以及颇为复杂的内心：一个金发犹太女人，嘴的轮廓十分清晰，涂得很红的嘴唇放射出一种活力和生活的快乐；她（朵拉）是一个特别漂亮的、风度翩翩的女人，个子比本雅明稍微高一点，与人谈话时带着巨大的热情和鲜明的理解能力；朵拉曾是《文学世界》和《女士》杂志的记者，她首先热情拥抱了一个富裕的丈夫（马克斯·鲍拉克），然而又投入一个保证会出名的知识分子（瓦尔特·本雅明）的怀抱。朵拉自己透露的信息，多少暗示又预示了些什么，她说他们在一起有这样一种关系："本雅明需要一个能够在他自杀之前保护他的人。"

　　随手再一翻，当朵拉自己也有新的意中人时，瓦尔特·本雅明下一轮要追求的女性——雕塑家尤拉·科恩——也及时地出现了。尤拉是一位举止优雅、性情温和的女性，然而在其淑女的另一面却是机灵和搞怪，幽默与玩世不恭。我认为这种理性又顽皮的女子非常叫男人喜欢，尤其吸引那些放荡不羁的知识分子和艺术家，因为他们在一起，既能在精神上展开对话,她又会源源不断给他注入鲜活的生命力。瓦尔特·本雅明以歌唱爱欲的方式再次为心上人作诗一首《献给黑夜的十四行诗》,弗雷德里克·黑特曼点评,撇开对尤拉的爱不谈,这首诗从根本上反映了瓦尔特·本雅明作为一个热恋者,感情所能达到的强烈程度。我记住了最后一段——

在无数时辰之后,
他将柔和的光投射到我那犹如孩童的脸上。
照亮他吧,尤拉,
让你的光也把我的照亮。

# 音乐巴托比

《伸冤记》里的男主角曼尼（亨利·方达饰）与希区柯克其他影片的主角一样，在自己毫不知情、毫无防备的情况下遭遇厄运，陷入困境。但曼尼又与其他被诬陷的希区柯克影片（《西北偏北》《擒凶记》等）的主角不同，后者神通广大，无所不能，观众们丝毫不会担心他们能出什么大问题，到最后顶多是虚惊一场，排除万难，抱得美人归。然而曼尼……

曼尼是个低音提琴手。尽管生活清寒，但他们夫妻恩爱，日子也平稳。平常一晚，曼尼从演出的俱乐部回家，妻子疾病发作。翌日早晨，曼尼为了让妻子有钱看病，拿保险单去贷款。保险职员误认为曼尼就是那个连环抢劫犯，曼尼一走，他们立即报了警。就在曼尼刚要进家门时，警察将他带走，铐着他到数家被抢劫的店铺，让他在每家店内走一圈供店员辨认，结果大家都一口咬定，就是他。

曼尼百口莫辩。电影接近尾声，曼尼在绝望中祈祷，基督显灵：那个与曼尼长得相像的罪犯出现——再次行窃——被抓，曼尼这才被无罪释放。然而，由于之前突如其来的变故，妻子一下子就心理崩溃而被送进了精神病院。

唯独这部电影，希区柯克没有安排自己扮演一个搞笑得令人捧腹的过路人角色。他直接严肃地出现在影片开始之前："我是希区柯克，这是一个真实的故事，比所有虚构的故事还奇怪……"

曼尼的性格就如同他手中的低音提琴。

低音提琴在电声乐队里，最重要却最不显眼，就像海底暗流起伏涌动。低音提琴的稳重律动，配合着鼓点，衬托着键盘和吉他，不疾不徐，没有花招，稳步向前。可以这么说，乐队里要是没有低音提琴，就等于失去了支撑，就缺了绵密的厚度，使得其他乐器演奏出来的音符没了底蕴。

电声乐队里最抢风头的，除了主唱，就是吉他手或键盘手。他们的造型及个性就像他们手中的效果器一样，变幻莫测，凄厉时尚，操控着听者的耳朵。鼓手，也可以用他的力量和速度令乐迷疯狂、躁动。而低音提琴（贝司）对于普通乐迷来说，要是不注意，往往听不出来，它实在太低调了。我跟一位朋友讲起各种乐器的音色、效果和作用，他说低音提琴（贝司）真像文学界的"巴托比"。

乐手选择适合自己的乐器，反过来，乐器也选择乐手。

我们看到，乐队里的吉他手、键盘手，他们的个性，往往都是比较张扬、惹人注目的，就像他们手中的家伙一样魅惑人心。

鼓手大多比较乐观、积极、可爱,他们壮实,爆发力强,也颇受异性推崇。

我所认识的低音提琴手(贝司手),不说个个沉默寡言,但无一例外,他们都是比较沉稳、踏实和安定的,几乎没有花边新闻,自得其乐,待人和气。警察带走曼尼,在警车里和他有一段对话:

> "你在俱乐部里做什么?"警察问。
>
> "我在乐队里表演,我是低音提琴手。"
>
> "我猜在那里你应该过得很风光。"警察略有嫉妒。
>
> "什么意思?"
>
> "我是说女人和酒、跳舞之类的事。"
>
> "我不喝酒。"
>
> "哦,是吗?"警察不太相信似的。
>
> "我只是在乐队里表演。"

遭受这样突如其来的厄运,曼尼如何始终保持着绅士风度?他无辜又无助,实在搞不明白,如此厄运为何突然就撞到自己身上。但就在被冤枉、受指责、家庭遭受变故的整个过程中,他既没有怨天尤人,也没有愤怒反抗。法庭上,审判官问他是做什么的,他平静作答:"演奏家。"其沉默、忍耐衬托出影片后面出现的耶稣形象。

亨利·方达谈到《伸冤记》里自己饰演的这个角色说，初看剧本，尽管觉得这部电影不是典型的希区柯克风格，但音乐家的遭遇和承受力令他动容。凭直觉，他认为自己一定能演好，但他又谦虚地说："我并不是一个很有趣的人，这一辈子除了饰演别人，没有做过任何事，我是我演过的所有角色，所以我猜，我也是曼尼。"影片中，白天，曼尼在警局受审讯；晚上，他依旧要去俱乐部乐团演奏。他的弹奏，如同沉默如谜的叙述。

# Ranchera①

> 人们说墨西哥除了仙人掌、龙舌兰酒,还有一件
> 国宝——歌者瓦尔加斯。
>
> ——路易斯·罗萨莱斯

佩德罗·阿莫多瓦的忠实影迷,一定对查维拉·瓦尔加斯这位墨西哥歌者不会陌生,在他的电影里经常能听到查维拉·瓦尔加斯的歌唱。阿莫多瓦从小热爱音乐,尽管疏离于宗教,但他热衷用拉丁语唱弥撒,还喜欢唱格里高利圣歌这种单声部、无伴奏的罗马宗教音乐。学生时代,通过电台,他迷上了一位歌者,在她的歌唱中,他觉得自己摸索到了将要在电影里表达的精神。这位歌手正是查维拉·瓦尔加斯。后来当萤声世界的导演遇到这位歌者时,后者已经有二十五年没有在公开场合露面了,乐迷们也渐渐忘记了

---

① 一种墨西哥传统民谣。

当年红遍墨西哥的查维拉·瓦尔加斯。

阿莫多瓦笑说，墨西哥最好的龙舌兰酒都被查维拉·瓦尔加斯喝光了，于是她就到了马德里。实际上，就像是报恩似的，阿莫多瓦觉得自己一直在她的音乐里获取养分，如今他有能力帮助这位墨西哥国宝重返舞台了。

阿莫多瓦称查维拉·瓦尔加斯是一个"痛苦的女祭司"。

当她开始歌唱，听者瞬间就会被她吸入一个"法场"，她的悲伤具有穿透生命的力道，她的激情掩藏着永恒的喟叹，人们为之迷醉。舞台上，有时一声长调之后，她便陷入一阵沉默，仿佛跌进一个幽冥地带，人们会担心她会不会就此死去（她曾多次说到自己的终极愿望是死在舞台上）……然而，随着吉他手的一个清脆琶音，歌声再次响起，就像心脏重新开始了跳动，她带领所有聆听者重获新生。

阿莫多瓦请她在自己的多部电影里演唱了主题歌和插曲。资深影迷认为查维拉·瓦尔加斯的歌声，"就像是阿莫多瓦的电影的呼吸"。

查维拉·瓦尔加斯，与生俱来就是一个异类？

在《查维拉：女人别为我哭泣》这部传记片里，查维拉坦言，自己从未得到过父母之爱。孩提时她就显示出与众不同的男孩子气。她的一身雄性气概，令双亲觉得难堪，把她当成是从他们身上掉下的洗不净的耻辱。有天在教堂做弥撒,牧师当着所有人的面,叫查维拉马上离开教堂,说是因为她的模样会令上帝不快。种种冷漠和歧视,令还不满十四岁的查维拉被迫离家,独自闯荡。尽管磨难重重,但她始终觉得有一种神迹和艺术的力量在感召着她。

"我生来如此,并非是自己想要(学习)变成一个同性恋者。只要有爱,至于是哪种方式去爱又有什么关系呢?"

查维拉·瓦尔加斯将种种生命感受、体验放进她演绎的 Ranchera 中,其中包含了弗拉门戈(西班牙艺术)的自由、法多(葡萄牙民歌)的深邃和米隆加(阿根廷音乐)的试探。纪录片里的查维拉个子小小的,棕色皮肤,灰白色头发,表情警觉又活泼。一位艺术评论家说:"查维拉·瓦尔加斯可能是自萨福以降最著名的女同性恋者……"坊间议论,二十世纪五六十年代,墨西哥所有女人都跟她有关系。好莱坞明星艾娃·加德纳和墨西哥画家弗里达与她的情事最被人津津乐道。

"正因为爱情,人才有活着的感觉。"查维拉说。

帮助自己的偶像在马德里成功复出之后,阿莫多瓦又带着查维拉去了巴黎,在奥林匹亚剧院举办了更为轰动的演唱会。在这之前,法国根本没有人知道这块"墨西哥国宝"。阿莫多瓦不遗余力,拿出比宣传自己的电影更猛烈的劲头为自己的缪斯摇旗呐喊,还"命令"所有朋友必须自己买票捧场。阿莫多瓦说,查维拉这样级别的艺术家歌手实在太难得了,生活不会给你提供很多次这样顶级的享受艺术的机会。

　　"一个不争的事实是真理——做自己。"这是查维拉·瓦尔加斯留给世人的最后一句话。

# 鬼火

路易·马勒的电影《鬼火》，刚看时有点离调、涣散，慢慢地，由男主角身上散发并蔓延开来的这种感觉，逐渐地呈现出一种模糊的精确！男主角阿兰（莫里斯·莱内特饰），一个优雅体面的自行了断者，他的忧郁充满了性吸引力。这部电影有自传体小说的味道，阿兰的气质颇像导演本人。

马勒出身富裕家族，是个忧郁的公子哥（其母系家族的糖厂垄断了整个法国制糖业）。德国导演施隆多夫（彼时还是马勒的助理导演）说拍摄《鬼火》之前，路易·马勒情感受挫，整个人的状态接近崩溃，夜夜失眠，索性整日在日耳曼区的酒吧里买醉，身边的女人一个接一个地换。而就在这颓废之际，一个朋友给了他一本德里厄·拉罗谢勒的《鬼火》，他觉得小说里的主人公就是自己，于是他仿佛又"活"了过来，再次投入到电影的创作中。

"鬼火"这个译名，使我想起民间说法：一个将死之人，他自己并不知晓命不久矣。某夜赶路,他看见前方总悬浮着一团影影绰绰的火,与他保持着一定的距离,为他带路……果真,没几天他就因故而亡了。《鬼火》在美国上映时被翻译成《内部的火》,英国观众看到的片名是《生之时,又死之时》。

故事的发展与情节的转变,借着阿兰与情人、朋友们的会面、交谈而展开,无拘无束,和日常生活无异。话题散漫、开放,涉及文学、诗歌、人类学以及精神分析等。谈起东西方哲学的差异,一个角色说,"中国哲人们都是享乐型的……思想、美酒、琴瑟和女眷";另一人接着说,"可是中国没有色情小说,因为色情的概念是从西方宗教(原罪、善恶)里发展出来的"。大多数时候,阿兰只是沉默,不管什么话题,他都打不起精神,就像他早就看透生活的无意义,人与人之间的无法交流。

阿兰三十岁出头,因为抑郁而酗酒,在巴黎郊区一所疗养院接受戒酒治疗。其情人和医生都认为他逐渐摆脱了酒精,已经痊愈,可以出院了。在外人看来,他的确没问题了,极度自律,彬彬有礼。但他本人很清楚,自己是不可能"好"起来了。他从医院出来,回到巴黎,拜访朋友——这是他生命中的最后一天,他是在进行一次"漫长"的告别。翌日曙光中,他回到疗养院,在自己的单人病房里,合上一本还没读完的菲茨杰拉德的小说,拿出手枪,找准心脏部位,没有犹豫,扣下扳机。一部迷人的杰作。

与路易·马勒同时代的电影人,每一个都有自己的绝活。比如戈达尔,他总是在拍摄电影的同时又进行着对电影的探索与革新,使得其创作一直保持着先锋的姿态。他因此遭到非议,被指目的不纯,是在利用电影这门艺术实现自己在电影之外的想法……特吕弗,成为"新浪潮"的领衔人物之后,很快就变成了一个行家里手,拍出一部部雅俗共赏的电影,其转变和妥协,搞得戈达尔强烈不满,直到两人反目。

路易·马勒呢?尽管他也属"新浪潮"一员,甚至更早一步拍出了享誉影坛的"新浪潮"之作《通往绞刑架的电梯》[①],但他似乎更加从容不迫,没有目的性,不在乎艺术还是商业,也没有妥协不妥协,更没有为拍电影而喊出什么口号。他就像个全能冠军,不管什么类型的片子——商业的(《雏妓》《烈火情人》)、文学的(《与安德烈晚餐》)、娱乐的(《玛丽娅万岁》)、先锋实验的(《黑月亮》)、黑色的(《大西洋城》)、戏剧的(《万尼亚在42街口》)、战争反思的(《再见孩子们》《拉孔布·吕西安》)——都手到擒来,部部精彩,随性又精准地确立了强烈的个人风格。此外,他与雅克·伊夫斯·科斯托共同拍摄的海底探险纪录片《沉默的世界》荣获第二十九届奥斯卡金像奖最佳纪录片奖。

---

① 1957 年此片问世,马勒 25 岁,彼时戈达尔与特吕弗在《电影手册》写评论、拍短片,侯麦和夏布洛尔在研究希区柯克的专著。

《鬼火》还有一个特殊性，它是按照路易·马勒自己的生活样式真实呈现的。施隆多夫说到一些细节——疗养院阿兰的房间里，贴在墙上的玛丽莲·梦露死讯的照片、写在镜子上的一句话，等等，他都在路易·马勒自己的房间里看到过；马勒还把自己的一个旅行闹钟和祖传的旅行箱都拿到阿兰的房间。至于那幅油画，细心的影迷会发现，它在好几部马勒的电影里都出现过。

阿兰虽然自杀了，但我们会看到，他并非对生命（生活）无感；相反地，他留恋着生活的点点滴滴，时常涌出对人世的爱意。电影开篇出现在旅馆床上与他缠绵的（理想）情人、疗养院里的病友和护工、让娜·莫罗饰演的一个他过去的朋友，都因他的善良和低调的魅力，深爱着他。还有那个研究古埃及文明的老友，他们在家里、在街上愉快而充满激情地交谈着，哪有死神在他身边盘桓？专家妻子的出现，令我眼前一亮！扮演者是乌尔苏拉·库布勒，一位来自瑞士的舞蹈演员，是作家、诗人、音乐家、爵士小号手、翻译家、演员、工程师，也是天才鲍里斯·维昂的妻子！①

《鬼火》还有一个亮点是埃里克·萨蒂的钢琴曲。乐曲清凉、跳跃、性冷淡般的忽明忽暗，萦绕着主人公幻灭的心境，给人冰冷的暖意。

---

① 乌尔苏拉·库布勒是维昂第二任妻子。他的前妻米歇尔·维昂，离开他跟随了哲学家萨特。

# 镜中旅行

书是一面镜子,我们能从中看见自己。

旅行,也有镜子的功效:去旅行吧,它是一门深刻的学问,能使我们找到自己。

一次,我的朋友莫尤塔跟我说:"Z,太奇怪了,近些年我碰到好多人,好像都是从书里出来的!"我问他此话怎讲,他顿了顿,晃了晃脑袋,停止了说话。

他是不是觉得越往后自己或自己所经历的一切都不太真实,有如虚构?

没有虚构,哪里去寻找真实?

与莫尤塔分开后,我又到了一座北方小城。

那天和 B 小姐约好在小城一家旧书店碰面。一大早我走出旅馆,跳上一辆公交车前往。B 小姐是莫尤塔介绍我认识的, 他们的相识颇有戏剧性——因为一支墨西哥曲子!暂不赘述他们的奇遇了。事隔多年,我竟然也听到了那首名叫《夺魂曲》的墨西哥民谣,几个低音贝斯拨弄之后,小号吹响,缠绵又果断,旋律的走向就像催促着一个人上路,又好像恳求他留下,而他却径自走向镜子——抽出梳子,整理了下发型,眨巴了一下眼睛——苦笑了一下,钻进了镜子,又走了出去。

B 小姐比我先到,替我在旧书堆里找到一本外国诗集,里面有马克·斯特兰德的一首诗,她说:"这不正是你这样的'书旅人'吗?"

后来,不知道 B 小姐去了哪里。想起她说,最好的旅行总是存在于时间之外,这样,旅途中经过的岁月,仿佛就不会从人们的生命之中扣留。

这么说来,她的早到或忽然消失都是在时间之外发生的吗?或者干脆她就是马克·斯特兰德这首诗里某一句的样子——


我们在读我们生活的故事,

仿佛我们置身其中。

好像我们写下了它。

这幻觉一次次地闪现。

在其中的一个章节里,

我向后倚靠,将书推至一旁,

因为书中说,

那就是我做的事情。

我后仰身子,开始记述这本书,

我写道:"我希望走出这本书,

走出我的生活进入另一种生活。"

我搁下笔,

书中说道:"他搁下笔,

转身看见她在读

有关她坠入爱河的部分。"


一本不存在的书,我曾读到;一张不存在的唱片,我曾听到;一个不存在的你,我也曾遇见,而此刻,你从一个未讲完的故事里,走了出来。

走出来的当然不是 B 小姐,或许曾经是她?就好像,我们每个人的生活——确确实实的生活——真的是我们自己写出来的一样,只不过,一经讲述或进入回忆,真实也就一点一点地离我们而去了。这正是马克·斯特兰德在接下去将要说的——


书远比我们想象的准确得多。

我往后靠,看见你正读到

横穿街道的那个男人。

他们在那打造了一所房子,

一天一个男人从那里出来。

你一下子爱上了他，

因为你知道他永远不会造访你，

永远不会知道你在等待……


构成生活的是什么？

与其说是一桩接一桩的事件，还不如说是每桩事件之间的空、缺、无……B小姐忽然消失之前有没有与横穿街道的某个男人撞个满怀？

马克·斯特兰德笔下那个忽然冒出来的打造房子的男人，眼看着就要坠入爱河的你，掏出梳子消失在镜中的苦笑者……这些或许都不是幻影，而是一些散落的音符，各自离开之后，又渐渐地汇集到一起，成了一个新的曲式。


读书，就像照镜子，

是你又不是你，

于是你穿过了它。

——钟立风

# 脚步声阵阵

谱写或录制一曲之后，我就找来一本画册闲翻，像赶路累了，走到路边凉亭，歇一歇，极目远眺一会儿。可是有天拿起的是马格利特，发觉根本不能以此当凉亭休息，因为他的画作只会牵扯着人做梦一样继续谱写、弹奏下去。于是索性从书架上抽出某年在地摊上捡到的"国外现代画家译丛"之《马格利特》，看看此人究竟是怎么回事。

首先，马格利特身上那种优雅、节制以及类似道家所崇尚的"退一步哲学"颇为吸引人。他在作品里一边呈现一边隐藏，像是绘画界的"巴托比"。我还发现，他画作里的某些奇思异想恰恰来源于他自身的冷淡刻板。

看到他随性家常，上午溜出家门去购买一些杂物，下午又晃荡到某家咖啡馆坐上几个小时。另外他跟同行非常不一样，他既没模特，也无需巨大的工作室，通常他就在自己的寓所作画。卧室、厨房、客厅，包括妻子的化妆间都可以是他的画室。画累了，就牵着那条叫"娄娄"的狗去散步，路过小酒馆,喝一小杯。

这位比利时人的矜持和疏离,很像他自己画笔下那个戴圆顶帽的慧黠绅士,仿佛借助自我营造孤独,非常自得其乐。如果你想对他的作品进行一些阐释,他会说:"哦,你真比我幸运得多!"

小时候,马格利特就显露出他的怪异和才华。他甚至记得自己一周岁时,在家乡勒希纳斯,某天,有两个气球飞行员突然从天而降,他们穿着皮衣,戴着头盔,正在把梯子和放了气的气囊往下拉,一大堆乱七八糟缠绕在他们家屋顶上,两个造梦人……长大一些后,他常常跟一个比他大一点的女孩到一个废弃的墓地玩捉迷藏,有一天,在某个阴森恐怖地带,看到有个幻影人在作画!

马格利特十四岁那年,他的母亲在桑布尔河自杀,原因不明。人们将尸体打捞上来的时候,他看到死去的母亲的脸被睡衣蒙住了,到底是被水流卷成这样的,还是她害怕看见死神而裹住了眼睛?后来成了著名画家的马格利特,在好几幅画作里都将人物的脸孔用衣服覆盖,包括最著名的那幅《爱人》。

母亲的死亡,在小马格利特心里生出的一种奇特感要"盖过"失去母亲的伤痛,因为他觉得,自那之后,终于有人注意到他了!(哪个小孩不希望博得更多人的注意和重视呢?)他常常听到有人议论、指点他:"他,就是那个死了的女人的儿子……"这多少让人有些悲伤——一个小孩竟以母亲的自杀而感到自己的不同。

　　除了马格利特，还有一位画家不能让我如入凉亭歇息放空，他就是乔治·德·基里科。如果说马格利特的作品有让人进入小说或断片的幻觉，那么基里科的作品则仿佛使人走进未知但又真切的隐秘之地，就像坠入路易·马勒《黑月亮》的镜像中，也总有听到身后"脚步声阵阵"的错觉。原来马格利特在创作初期也曾被基里科吸引。二十四岁那年，马格利特在基里科的《爱之歌》和《一条街道的忧郁与神秘》等作品中，强烈地领悟到绘画可以表现某种绘画以外的东西。

# 艺术情人

指挥奇才利奥波德·斯托科夫斯基担任美国费城管弦乐团总监期间与著名小提琴演奏家亚沙·海菲兹合作录制了 *Sibelius Violin Concerto*。这版堪称"沧海遗珠"的《西贝柳斯 d 小调小提琴协奏曲》直到多年之后才被乐迷们听到。为什么？因为录制完毕，海菲兹很不满意，严禁公司出版发行。至于哪里不满意，是自己发挥不佳还是和其他乐手配合不到位，或是指挥家在某处出了差池，他不吐一言。

古典音乐发烧友 Sa 告诉我，除了芬兰音乐家西贝柳斯让斯托科夫斯基和海菲兹这两位音乐名流"走"到一起，还有一名奇女子也让他们有了某种联系。或者说正是这名女子让他俩拥有了一个"共同点"，使得双方略有尴尬与不快。"共同点事件"发生在一九三四年前后，当时斯托科夫斯基五十来岁，海菲兹三十出头，差不多也正是他们俩合作录制 *Sibelius Violin Concerto* 前后。

这位奇女子是美国出版业的传奇人物、克瑙夫出版社的老板娘和灵魂人物布兰奇·克瑙夫，她亲手签下的作家有 D.H.劳伦斯、托马斯·曼、米沃什、庞德、兰斯顿·休斯、艾略特、纪伯伦、华莱士·史蒂文斯、雷蒙德·钱德勒、波伏娃、加缪等。据说正是她的发力和运作——动用资源、呼吁奔走，包括调动所有出版商朋友请他们写信支持自己最喜欢的欧陆作家加缪，才使得加缪最终获得一九五七年的诺贝尔文学奖。

斯托科夫斯基和海菲兹这两位音乐界的风头人物，都拥有一个布兰奇女士赠予的刻有他们名字的登喜路足金打火机——这就是所谓的"共同点"。当然并不只是他俩有这个"荣誉"，所有布兰奇女士的情人（音乐家居多）都拥有这份定制礼物！当布兰奇女士举办音乐或文学派对时，受邀的男士们总会发现，怎么旁边那位也有一个和自己一模一样的打火机？大家对此心照不宣。除了斯托科夫斯基、海菲茨，乌克兰裔英国钢琴家班诺·莫伊塞维奇、波士顿交响乐团总监谢尔盖·库塞维茨基、钢琴家鲁宾斯坦、作曲家乔治·格什温等乐坛名士都是这款"限量签名版登喜路足金打火机"的拥有者。

这位具有时代象征意义的多情女士，其头脑（思想）和她苗条匀称的身子骨一样性感。Sa 说，她所热爱的音乐及这些创造音乐的先生们能将她体内潜藏的欲望、激情和灵感全部激发出来。Sa 还说，通过做爱，以获得一个清醒的头脑，从而获得更多——布兰奇女士就是如此。

一八八二年出生于英国的利奥波德·斯托科夫斯基，其祖辈来自波兰卢布林，他在舞台上的表现无异于"卢布林的魔术师"（美籍波兰裔作家辛格一部小说的名字）。他和其他指挥家不同的是——据说是因为他刚出道时，某次演出，由于用力过猛导致指挥棒折断，从此干脆就徒手指挥——他手上根本就没有那根指挥棒。后来，他索性也把乐谱扔到地上，表明自己根本不需要它！跟他有关系的某些女子回忆，他会将舞台上的种种表现连带到床上来……我想起已是耄耋之年的斯托科夫斯基指挥纽约爱乐乐团演奏巴赫的《g小调赋格曲 BWV578》的那场演出，舞台上的他，白发苍苍，十指扩张，姿势生硬，机械抖动，幅度惊人，仿佛集木偶和木偶操纵者于一体！然而他这双魔手指挥出来的音乐却是回旋、荡漾、精确、汹涌、立体、诡谲又辉煌！

除了这双无与伦比的手，斯托科夫斯基还以身体的其他部位，比如用"眉毛的扭曲"来激发每个演奏家的表现欲，以挖掘出他们最大的潜能。乐团成员一开始面对这位超级指挥家，都有些战战兢兢，但几个音符之后，马上就像被这位魔法指挥家喂了圣水，于是乎他们都奏出了前所未有的状态。有个演奏家回忆斯托科夫斯基："他能让我们觉得仿佛上帝帮我们一起演奏！"

布兰奇·克瑙夫与利奥波德·斯托科夫斯基在对情爱的追逐上，平分秋色。集作家、艺术家、演员于一身的社交名媛葛洛丽娅·范德比尔特和电影明星葛丽泰·嘉宝都曾是指挥家的情人知己。在音乐中,言语失去意义,身心没有阻隔。他每到一个城市指挥演出,都被当地的妇人热情追捧,她们认为他身上的那种"奥林匹克式的疏离感"叫人欲罢不能,于是给他一句评语,以表不满但同时又给予了谅解:

> 在床上自由不羁且通达人情的指挥家,一离开床单马上变得极具控制欲又冷漠无情,简直可以说是六亲不认。

乐迷们明白,指挥家斯托科夫斯基和布兰奇女士一样,也需要"以做爱获得一个清醒的头脑,从而进入更深邃的音乐时空"。古典发烧友 Sa 推荐我,一定要听斯托科夫斯基与海菲兹合作的《西贝柳斯 d 小调小提琴协奏曲》。"有点意思。"他说。

# 命运

对于著名左手钢琴演奏家保罗·维特根斯坦（他参加第一次世界大战时失去了右臂）的演奏技艺，向来说法不一：一方面是绝对的盛赞；另一方面是持保留态度，认为实际上他并没有那么好，众人之美誉，是因为其特殊性。他生前每次举办"独臂钢琴音乐会"，总有权威人士撰文评论，称其有着惊人的精湛技艺；在他那令人难以置信的左手上发现了永恒的活力；要是闭上眼睛，人们都会把他误想成一位双手钢琴家，等等。我给朋友们放保罗·维特根斯坦的左手钢琴曲，众人都没有想过是单手弹奏的。有次一位弹古典吉他的朋友听后，有些讶异，他思考、琢磨了几天，就将保罗·维特根斯坦的几首左手钢琴曲改编成了古典吉他曲，特别有味道。

关于上述第二种看法，也许从保罗那位著名的哲学家弟弟路德维希·维特根斯坦那里能看出一二。路德维希·维特根斯坦几乎从不参加他小哥的钢琴音乐会，有些"不忍看其表演"，认为观众慷慨解囊、冲进音乐厅、大声叫好，有一部分乃是为了一睹哥哥的"独臂奇观"，而非纯粹是为了艺术。哲学家弟弟的这种疑虑，尽管从未当面说出，但敏感的哥哥一定能感受到，所以才会有众所周知的那幅电影般的画面：有一天正在练琴的保罗突然停了下来，冲向隔壁弟弟的房间，大声叫道："你在房间的时候，我弹不下去，我感到你的怀疑从门底下渗进来了。"

保罗·维特根斯坦与俄国戏剧家梅耶荷德有过交往。梅氏夫妇对保罗"左手钢琴艺术"的"联合评价"，我觉得可作为对其演奏艺术评价的"终极版"。保罗·维特根斯坦是与俄国音乐家谢尔盖·普鲁科菲耶夫交往时遇到梅耶荷德夫妇的，当时普鲁科菲耶夫正为保罗谱写左手钢琴曲。起初保罗并不想见梅耶荷德夫妇，他很直接："我理解不了这些布尔什维克！"普鲁科菲耶夫向保罗保证，梅耶荷德是一位出色的艺术家，他是为了自己的戏剧事业不被官方干扰，才"入党"的。当他们聚会时，保罗为新认识的朋友弹奏了肖邦、莫扎特和普契尼的作品，使大家领略了其"独臂"的魅力。事后梅耶荷德的妻子跟丈夫说："他（保罗）是带着怎样的爱在演奏啊……我感觉到他的心灵，他的智慧，可这样一个人竟在战争中失去了手臂……"也许保罗早就发现了自己的"处境"——一个有着惊人艺术天赋的负伤的年轻战争英雄——对不同年龄、性格、长相的女人都有着巨大的吸引力。

听罢妻子激动而饱含同情的赞美，梅耶荷德相当冷静，他事后说看不出保罗·维特根斯坦的左手有什么特殊的天赋，但正是他的不幸最终成了幸事，因为单凭左手，保罗才是独一无二的，若有两只手，他也许就不会超拔出平庸钢琴家的行列了。然而这次与戏剧家夫妇的相遇使保罗消除了他之前对"布尔什维克"的成见。不过这次会面之后，他们再未相见。一九三八年，斯大林主义者关闭了梅耶荷德的剧场，并判处梅耶荷德夫妇"托洛茨基激进主义罪"——妻子在家遭暗杀，梅耶荷德在狱中被折磨致死。

# 普雷维尔的歌

近日跑步听简·伯金的一张现场专辑。

相同的一首歌,录音室版本和现场的截然不同。录音室里,歌者克制、理性,情感拿捏得当,有时甚至可谓"中规中矩"。在现场,歌者"接收"着观众的"心跳",每一个音符都"生生不息";加上与乐手们默契的即兴表演,突如其来的变幻,使连歌者自己都意料不到的表达倾泻而出。

这些耳熟能详的简·伯金的歌曲,在这场演唱会上完全变了样貌,起伏变化中是一次次的惊奇和性感!这"相同的另一首歌",就像朋友某天以新的姿态出现在眼前,既重温了过去旧谊,又领略到未来风景。于是我脚下生风,不知疲倦,越跑越远。

简·伯金前夫塞尔日·甘斯布为她写了很多歌曲,比如经典之作《普雷维尔的歌》(*La chanson de Prévert*)。甘斯布自己的版本,颓废慵懒而又明快放荡;朱丽特·格蕾科这位作家、诗人们心目中的缪斯的演绎极度私人化,像是一个孤独者的暗夜倾吐。①

简·伯金的演唱会版本介于甘斯布和格蕾科之间，情感充沛，节奏荡漾，配器层次丰富、精致，沙锤、提琴、小号、巴扬、曼陀林……恰逢其时，依次进入，于是歌里歌外的故事缓缓地铺陈开来。在歌曲结束之前的几个小节，所有乐器停止，那一刻，简·伯金的嗓子就变成了一件曼妙的乐器，仿佛那些逝去的日子、手势、情事……忽然，命中注定似的又回到了它们原本的调性中。

普雷维尔的歌

噢，我真的好想让你忆起

那首仿佛是，唱给你的歌

那曾经是你最痴迷的

我相信，就是这首普雷维尔和克斯玛的歌


每一次当秋叶飘落枯萎的时候

都在我的记忆里唤起对你的思念

日复一日，这轮回的岁月

把爱也冲淡得枯萎凋落

---

① 萨特与庞蒂曾联手为朱丽特·格蕾科写歌词，萨特说："不是我给了朱丽特几首诗，是她的嗓音里本身就蕴含着一百万首诗歌。"

永远不变的似乎只有，枯萎凋落

伴随着其他人，我当然也燃烧不出激情
但他们青春的歌还在重复着我们曾经的故事
渐渐地，我的心变得冷漠
甚至有些无可奈何地麻木

永远不可能知道，这岁月的轮回从何时开始
而这冷漠的时光流逝又将何时停止
从四季的深秋流淌到初冬
伴随着这支普雷维尔的歌

我听到过一个关于这首歌的故事。

二〇〇〇年，一位中国留学生旅居比利时首都布鲁塞尔。有一阵他非常痴迷于塞尔日·甘斯布的歌，有天他在等有轨电车，拿着打印出来的法语歌词，跟着耳机里甘斯布的原唱轻声哼唱，沉醉其中。这时候，站台上一位也在等车的老太太走近他，用法语跟他打招呼，然后告诉他，这是她年轻的时候最喜欢的歌曲，而后老太太还耐心地纠正他的法语发音。电车驶来，他们都忘了上车，老太太跟他一起忘情地轻唱起来。这位中国留学生说，那一刻老太太的神情美极了，仿佛回到了青春岁月。

塞尔日·甘斯布以诗人雅克·普雷维尔的名字命名了这首歌。所谓"普雷维尔的歌",正是那首永恒的法国香颂经典《秋叶》(*Les Feuilles Mortes*),诗人、剧作家雅克·普雷维尔作词,犹太作曲家约瑟夫·科斯玛作曲,所以甘斯布这么写:

> 那曾经是你最痴迷的
>
> 我相信,就是
>
> 普雷维尔和科斯马的歌

《秋叶》感伤迷人,娓娓道来生命悲喜,无数灰心、失意者因为听了这曲忧郁之歌而重新爱上生活。

"二战"期间,科斯玛为了躲避纳粹迫害,从匈牙利逃亡到巴黎,举步维艰之时遇到了普雷维尔、罗伯特·德斯诺斯、雷蒙·格诺等重要诗人、作家。后又与导演让·雷诺阿、马塞尔·卡尔内结识并为他们的电影谱写音乐。《秋叶》正是马塞尔·卡尔内拍摄于一九四六年的电影《夜之门》(*Les Portes de la nuit*)的主题曲,主演之一伊夫·蒙当首次演绎了这首歌。

"音乐所起的作用便是让人理解人性并热爱生活。"科斯玛的这句话与博尔赫斯所说的"只要音乐还在继续,生活就有了意义"异曲同工。

# 一只蓝鸟的冒险奇遇

　　很多年前李健跟我讲过一个故事，一如既往，他的嘴角上扬露出一丝明快。他跟我说的是文坛上最有名的相遇故事之一——刚刚踏上文坛，还在法国当驻地记者的马尔克斯遇到海明威的情景：一九五七年，一个阴雨连绵的春日，海明威携妻玛丽·威尔希在巴黎圣米歇尔大街散步，被街对面的马尔克斯看到了，马尔克斯顿时生出两种心情——是作为一名记者对海明威做个街头新闻采访，还是冲向文坛偶像向他表达钦佩和喜爱？犹豫之际，海明威夫妇就要走远，马尔克斯只得将双手握成喇叭状，朝向街对面喊了一声："大——师！"（有的版本说马尔克斯喊的是："老——师！"）

　　海明威听到了喊声，十分确定，此刻，圣米歇尔大街——匆匆而过的行人、在旧书摊流连的学子——不可能还有别的"大师"，于是他友好地转过身，高举起手，用十分稚气的声音操着西班牙语对他的崇拜者喊道："再——见，朋——友！"

　　那是北京的初秋，我和李健在大街上碰头，相约去找一个画家朋友。站在街角，能看到"让我们荡起双桨，小船儿推开波浪"这首歌里的那座白塔。我早已忘记是怎么开始谈起这些的，有可能是我跟李健说起法国歌手乔治·布哈森，这个集诗人、作家、歌手于一身的创作者。二十世纪五十年代，哥伦比亚作家马尔克斯旅居法国，在租住的阁楼里酝酿着未来大作，傍晚时分，总能听到街头传来风琴声，与之相伴的是乔治·布哈森那饱经沧桑、洒脱自然的歌声。

李健讲完之后，我跟他分享了托尔斯泰和陀思妥耶夫斯基的故事。托尔斯泰曾如此"微词"他的"文学对手"陀思妥耶夫斯基："一个病人不可能写出健康的小说。"他还认为，陀思妥耶夫斯基的妻子非常棒："若是每个作家都能有个这样的妻子，真不知道要多写多少部小说。"托尔斯泰言下之意：之所以陀思妥耶夫斯基写了那么多上好之作，很大原因是有这位好妻子！可是托尔斯泰的妻子索菲亚也一样伟大啊，为了丈夫的文学事业以及他过多溢出的情欲，她真是操碎了心！

胡里奥·科塔萨尔也有一次令他颇感欣慰的相遇经历。他曾用带点苦涩和幽默的口气说，他的个头（近两米）令他苦恼，尤其成名后，他没法伪装，只要出现在公共场合，马上就会被读者认出，求签名、索拥抱。科塔萨尔说以前默默无闻要比成名后快乐，但也必须学会接受成功带来的种种改变。他暗想，要是自己是个小个子就好办多了，刮掉胡子,戴上墨镜和帽子就可以轻松上街,可自己的个头,只要一抬起胳膊,老远就有人知道是他。

有天,科塔萨尔在巴塞罗那哥特区的街头散步,看到一位美国姑娘在弹吉他唱歌,周围聚集了很多年轻人。热爱音乐的科塔萨尔(他有一张著名的吹小号的照片,既专业又投入,大家都以为他是职业小号手)被姑娘的歌声和气质迷住了,认为她的嗓音干净透亮,那富有底气的穿透力颇像琼·贝兹,于是他找了个角落,驻足倾听。

没过一会儿,有个二十来岁的听歌人走到他跟前,递给他一块蛋糕说:"胡里奥,吃一块吧。"科塔萨尔拿起一块说:"谢谢你,过来给我这个。"

"听我说,与您给我们的东西相比,我给您的太微不足道了。"

"别这么说,别这么说。"而后他们拥抱,小伙子静静离开。

科塔萨尔回忆这次街头相遇时认为,这是作为作家的他得到的最佳报偿。"年轻男女过来跟你说话,给你一块蛋糕吃,感觉真不错。写作的艰辛,得到这样的回报,也值了。"科塔萨尔说。

与科塔萨尔这次有音乐、有蛋糕的相遇比起来,博尔赫斯和读者的一次相逢,就略显普通了一点,但也很有喜感。有一次,博尔赫斯拿着手杖(据说是中国木头)从地铁站乘电梯上来,站在马路边时,发现下雨了。和他一起从地铁出来的人纷纷撑起了雨伞,他犹豫着该等一等还是冒雨前行,这时候,一个小伙子从另一边的人行道上跑到他面前,还不无幽默地对他说:"可您……就带着这么一棵小小的伞树……"然后,他把手中的雨伞给了博尔赫斯,自己很快消失在了雨中。

让这喜感再延续一会儿……

还是电影新人的特吕弗和夏布洛尔作为《电影手册》的记者采访希区柯克。那天悬疑大师正在法国南部某电影厂为一部电影做后期。两位电影新秀抱着采访设备急切又紧张地跑去找偶像,可工作室黑咕隆咚的,希区柯克叫他们先出去,在院子另一边的酒吧等他把手头的活干完。两个年轻人走出工作室时,被明晃晃的阳光照得睁不开眼,终于见到了偶像,两人兴奋得过了头,根本没发现眼前是个结了薄冰的水池子,他们欢笑地说着话,齐步走在薄冰上,扑通,两人落到齐胸深的水里!

特吕弗忘了寒冷,喊道:"录音机,录音机!"夏布洛尔慢慢举起左臂,录音机滴着水,冰窟窿里的两人面面相觑。一个路过的好心人拉了他们一把,他们总算爬了上来。又有一个富有同情心的女服装师要把他们领去演员化妆室,好让两个倒霉蛋脱掉衣服,把它们烤干。在路上,服装师问他们:"可怜的孩子,你们是扮演打手的群众演员吧?"

"不是的，太太。我们是记者。"

"这样的话，我不能照顾你们了。"公事公办的服装师甩下他们，掉头走了。

两个电影新人浑身湿透，瑟瑟发抖……希区柯克到酒吧时，看到他们的狼狈样："这，怎么采访……"第二年，希区柯克到法国进行电影宣传，他很快就认出处在一大群记者中间的这两个倒霉蛋特吕弗和夏布洛尔。"先生们，每当我看到落下的冰块在威士忌酒杯里互相碰撞时，便想起了你们俩。"悬疑大师说。

说一个我自己的。

有次录音一整夜，早上坐地铁返家，在十四号线某站，一个小伙子犹豫着慢慢地接近我，看上去他也没怎么睡好，有点难为情却又较鲁莽："我在一个读书节目上看到过你，但不记得你是谁，绝对看到过，能不能加你微信？"旁边没空位，他站在我面前跟我说，右边座位一个闭目养神的中年女士睁开眼看了我们几眼，有点不爽。我跟他讲，绝对认错人了，不可能是我。他没坚持，就退到稍远一点站着。

过了两站，他又移到我面前："真的是你，那个节目，当时我认真看了，很感动，但真不记得你是谁。"说完，他从书包里掏出一件银饰，告诉我是一只野猪，是他亲手所做，想送给我。我接过来，觉得蛮好看的，说"谢谢"！但马上反应过来不应该随便接受礼物："不，不，不能收，做得很不错，还是你自己留着！”

但他死活要给我，我就收下了，于是他很快又退回稍远的位置。车快到望京站了，他看了我一眼，表情酸涩，嗫嚅着像是说要下车了。我突然叫他过来，从书包里拿出前一晚录音用的降 B 调布鲁斯口琴：“拿着，送给你！”

“不要，不好意思。”

“拿着！”我不容他拒绝。车停，他下车，我们各自拿起对方的礼物挥了挥手，再见。

遗忘是记忆的另一种形式，别离也为相遇做了注脚。就像黑夜是光明的秘密居所，黑暗中也有光明的存在，它们彼此依存，所以相遇或别离，伤感和欢愉，也许本来就是同一个东西，只是在不同时刻它们呈现出了不同的状态。有次在福建泉州结识了一位爱好文学、喜欢观鸟的朋友，他跟我讲起一首诗——《一只蓝鸟的冒险奇遇》，其中有句：“最好的相遇，是一个人走向另一个人；一本书滑落到另一本书。”

# 童话

在《好莱坞往事》里，布拉德·皮特饰演的克里夫·布斯是过气明星李科·道尔顿（莱昂纳多·迪卡普里奥饰）的特技替身演员，也是后者的助理兼聊伴，李科·道尔顿的电视天线坏了，克里夫便飞檐走壁三下五除二搞定；李科·道尔顿若是心情郁闷，克里夫就留在他的豪宅里陪他喝酒，陪他重温"过去之辉煌"。尽管莱昂纳多·迪卡普里奥是主角，布拉德·皮特是配角（他凭借此片这一角色获得第九十二届奥斯卡金像奖最佳男配角奖），但看到最后，影迷们多少感受到本片是昆汀"为波兰斯基所拍"。要是这样来看，主角就是布拉德·皮特，是他以绝对的力量、完美的身手，大快人心地给了耄耋之年的波兰斯基一个心灵慰藉。要是这样，正好就反了过来——影片最后，迪卡普里奥做了一次布拉德·皮特的漂亮助手！这让我想到德裔好莱坞导演道格拉斯·塞克的说法："有些时候影片里的配角正是潜藏的主角。"

《易经》之"解卦"有一爻辞："负且乘，致寇至。"当年波兰斯基的做派及其引发的家庭惨剧会让人联想到这一卦象，昆汀在这部电影里也表现了这一方面。人太风光、太过招摇难免就会出问题。但似乎也不能这么说。人之命运，各种机缘，千丝万缕的巧合、无常、不确定，无人说得清。就算是波兰斯基——负且乘，致寇至——自己招引来的噩运……但一想到邪教组织"曼森家族"的成员闯入他家杀害其妻及她肚子里的孩子，还是让人觉得邪恶势力阴魂不散，它一直统治着世界。在这部电影中，那几个邪教组织成员深夜入室，克里夫问："你们是谁？"

"我们是魔鬼。"持枪的男人说。

电影开始不久，我心想，莫非昆汀要还原波兰斯基的家庭惨剧？所谓的好莱坞往事？这会让人受不了。好在很快我就明白，昆汀是要"改道、易轨"，他让这些恶魔走错房子，进入了波兰斯基家的隔壁——李科·道尔顿的豪宅，而后克里夫（影片中有一个段落，他把"自以为是"的功夫之王李小龙都打得落花流水）将这些人渣用最解恨的"美学暴力"逐个干掉……尽管这只是导演的一次"改造"，但在观影的那一瞬，我们觉得这才是真实的，就是这样的，就是这样的。

影片最后，现实里的受害人之一（波兰斯基妻子的朋友）从寓所出来问李科·道尔顿刚才发生了什么,后者将所发生的一切告知,此刻波兰斯基妻子"艾玛纽尔·塞尼耶"的说话声从门禁的话筒里传出, 她邀请李科·道尔顿到家里坐坐,喝一杯……

昆汀以俯视的镜头拍摄下这一切, 一种温柔的关照,仿佛过去一切正是如这般发生,而这部电影所有的表达只是为了这最后的俯视——以安慰那些受害者和波兰斯基的灵魂。昆汀的"改道、易轨",并没有让观众感觉他只是炮制老掉牙的好莱坞法则——恶人被除, 邪不压正; 他深藏着对"人"的同情和关爱,电影充斥着暴力和血腥,但也有着童话般的调性。当然,没有哪一则童话是不流血的。

⋮
行
旅
弹
拨
⋮

# 夜半离开的人

一次去某海滨城市演出，带了毛姆的《观点》闲读。书内关于龚古尔兄弟的文字，过瘾。毛姆写他们的创作梦想、文坛交游、双胞胎似的形影不离，读着像看戏。尽管他们哥俩的文学创作不怎么被人看好，可是以他们的名字命名的"龚古尔文学奖"，谁人不知？不管新人还是老将，只要拿到这个奖，随即名利双收。在法国出版家加斯东·伽利玛的传记里看到，整日不出门的马塞尔·普鲁斯特为了让《追忆似水年华》得奖，还专门摆宴请几位评委吃饭呢。现在回想毛姆笔下的兄弟俩，依然觉得好玩，同时把海边境遇和一些稀稀疏疏的无聊的感伤情绪也带了出来。

龚古尔兄弟俩各有各的魅力。

弟弟朱尔秀气，欢快风趣，嘴唇尤其性感；威猛高大的哥哥爱德蒙内敛拘谨了一些，但男子气概十足。兄弟俩相互督促，对自我要求严苛——他们决定不谈恋爱、不陷入情感纠葛，因为爱情是虚空的，毫无用处，只会耗费时间、精力,影响事业。兄弟二人达成一致,无论如何,绝不坠入情网!可他们都是正常男人,某些问题总要解决。故他们又决定,情妇可以有,但共同拥有一个就可以了。

走近龚古尔兄弟的女子叫玛利亚。她还未成年时被人诱奸,加上成年后生活不安,生性有点放荡,也许正是以此"保护"自我,因为人要是一本分、一柔弱,就容易遭人惦记、欺凌。她有点像荷兰巴洛克风格画家鲁本斯笔下的人物,有一颗善良的心,常给周围人带来快乐。

玛利亚跟兄弟俩在一起,温顺得就像一只小动物。她是一名助产士,所听到的社会见闻不少,每天都会把坊间听到的故事讲给两个龚古尔听,活生生的,这给他们带来很多文学创作上的启发。

龚古尔兄弟喜欢这样的姑娘。从古及今,一些浪迹天涯的读书仕人,路过某地某村落,常会被一些大字不识但秀美聪慧的农家女、洗衣妇所吸引而生出爱意。这些天生聪慧的女子有着与生俱来的活泼快意,直接赋予喜爱猎奇的浪荡子们纯粹的快慰而使他们灵感奔涌,写出锦绣文章。

龚古尔兄弟还以拉扯他们长大、在他们家兢兢业业做了二十五年女仆的罗丝为原型写了一篇悲剧小说。因为直到罗丝去世后,大家才发现,这位在他们眼里老实本分的女人,其实一直过着双重生活:原来她是个"花痴",为了得到更多男人，常常从主人家拿吃的、用的给他们。后来罗丝爱上一个年轻的拳击手，一个雨夜，她为了监视拳击手有没有和别的女人在一起，淋雨受寒，不幸患上胸膜炎死去。

彩排、演出之余，我就在旅馆读《观点》，真的犹如看戏，很过瘾。

隔壁客房是一对长年在外旅游的男女。这几天他们正巧也在这个海边城市游玩，还观看了我们乐队的表演，下台时，他们主动过来聊天，说很多年前就听过我们的歌，不料房间居然还挨着，简直太有缘了。他们还热情地邀我到他们房间坐坐聊聊，我婉拒后，他们又约我第二天早起去海边看日出。

翌日早上我如约而至，尽管半夜开始下起了雨一直淅淅沥沥。到了相约的地点，寂静清冷的海边，只来了一个人，另一位呢？我很疑惑。

"半夜突然就走了。"留下来的人说，"也好，这样更轻松，爱情是狗屁啊。"

我感觉凉飕飕的，没说什么。

"昨夜我们害得你也没睡着吧？"

我晃了晃脑袋，前一夜，隔壁房间有一阵子好像是有些不太平，像争吵也像交欢，抑或二者的交错？因我沉浸在毛姆笔下龚古尔兄弟的世界里，像看戏，很过瘾，也没太在意。现在，在海边——肯定没有日出可看——有一只海鸟好像在细雨中迷了路，擦过我头顶好几次。雾蒙蒙的海中央有一艘航船，静止着像个迷梦，但又离我们越来越近……

# 配角

在一本萨尔瓦多·达利的传记中,有两张照片是一位名叫卡尔·范·韦克滕的摄影师拍摄的。其一是达利和艺术家、摄影师曼·雷的半身合照(摄于一九三四年),那时达利三十岁,不羁里有些许青涩;曼·雷目光炯炯,法令纹深邃,看着比达利老道许多。另一张(摄于一九三九年)很著名,介绍达利的书籍上总出现——照片上的他回过头,专注地看着照相机镜头,眼神明显有了更多内容。这两张照片上达利的胡子已经基本"确立"了,但远没有后来我们看到的那般挑衅、夸张和富于戏剧性。那位挖掘出海明威、毕加索的现代主义文学奠基人格特鲁德·斯坦因女士,曾说自己有一阵子被这位年轻画家的胡子迷住了:"这是撒拉逊人的胡子,这一点是没有疑问的;这是全欧洲最美的胡子,这一点也是毫无疑问的。"打住,达利——达利的胡子!

我想说一说的是拍摄这两张照片的摄影师卡尔·范·

韦克滕。此君在《带猎犬的女子》这本书中出现过,尽管不是主角,但非常吸引人。

"带猎犬的女子"是美国著名出版社克瑙夫出版社的老板娘布兰奇·克瑙夫。而卡尔·范·韦克滕是克瑙夫夫妇最亲近的朋友之一,不少和克瑙夫出版社签约出书的作家,最开始都是卡尔·范·韦克滕慧眼看中的,"猎犬女子"十分信任韦克滕的审美和眼光,称其就像"非正式的不计报酬的星探一样为出版社工作"……

然而这位"文学星探"自己也是一个才华横溢的作家,在发掘好作家的同时,亦出版了不少叫好又叫座的小说。遗憾的是,没有中译本,而且当今好像没人再读他的作品了。什么原因?过时了吗?仅看他这些小说的名字都是令人愉悦而浮想联翩的:《音乐与没有修养》《演绎者与演绎》《文身的伯爵夫人》《盲弓箭手男孩》……刚才说到格特鲁德·斯坦因,韦克滕正是其去世后的文学出版执行人,其他的,比如菲茨杰拉德、辛克莱·刘易斯都对韦克滕的写作才华不吝赞美。"无可超越!"菲茨杰拉德的这一句,不知道是真心的,还是客套话。

一部关于杜尚、毕卡比亚、安德烈·马松、马克斯·恩斯特等艺术家的纪录片里,这位作家兼星探又出现了!无论他在哪里现身,尽管都是配角,总是很"抢眼"。那年备受争议的杜尚的《下楼梯的裸女》、毕卡比亚的"机械画"《爱的大游行》《我再次在记忆里看到乌德妮》以及音乐家斯特拉文斯基的《春之祭》等欧洲先锋、前卫艺术都是卡尔·范·维克滕——作为最早的鉴赏者之一——引介到美国的。此外他还为"哈莱姆文艺复兴"①做了不可估量的推波助澜的工作。韦克滕以其热情、博爱穿梭其中,如画得水,以他的行动和文笔消除着难以化解的种族矛盾和分歧,为普通民众介绍黑人音乐家、爵士乐手、作家和诗人。有人说,在(美国)黑人文学艺术运动早期,没有人比韦克滕的贡献更大。

关于这位"最佳男配角"的话题不少,传闻他情人无数,可他与终身妻子的美满婚姻超过了五十年之久;又谣传他喜欢男人,起码像喜欢女人一样喜欢男人;此外还有人说他有一本秘密日记,记载着朋友们的荒诞行为和放浪事迹。卡尔·范·韦克滕是一九三二年开始放弃写作而转向人物肖像摄影的。那时候,他是不是觉得该写的也写完了,要发掘的也找不到了?那么自己这双被朋友们认为"能洞悉一切的眼睛"是不是该派上用场了?他运用摄影镜头就像作曲家谱曲,以胸有成竹的即兴创作,扔进一些音符在谱子里,于是一曲生动的"脸"的旋律便自动生成——演绎者与演绎。

卡尔·范·韦克滕为作家、艺术家亨利·米勒、保尔·艾

---

① 又称黑人文艺复兴,"哈莱姆"是位于纽约曼哈顿的街区,被称为黑人知识和艺术的首都。

吕雅、杜鲁门·卡波特、毛姆、鲍里斯·维昂、乔治·奥威尔以及华人作家林语堂都拍下了传世照片。在这些朋友的记忆中，韦克滕既风度翩翩也略带羞涩，他有一头过早出现的迷人（也惊人）的银发，镜头中看到他为了藏起自己的龅牙，总是抿起双唇，做出略显可爱的不安之状。在一开始提到的那本达利传记快结束的时候，作者写到达利的妻子加拉热爱年轻男子，而达利不仅默许甚至还鼓励加拉去做。"因为这事使我亢奋！"达利和友人如是说。有人猜测，关于达利的很多私事，作家、星探、摄影师韦克滕先生一定知悉不少，说不好在他那本秘密日记里都有记录。关于这些隐私，有人说，那也是我们的一部分，否定它就等于否定自己。

# 上树摘书

一九二〇年,二十岁的博尔赫斯跟随家人旅居西班牙时遇到了一位引路人。晚年博尔赫斯回忆:"至今我想到我曾拜他为师就感到愉快。"这位西班牙"引路人"和博尔赫斯一样,也是一位"贪婪"的读者——诗人拉法埃尔·坎西诺斯-阿森斯。博尔赫斯发现,阿森斯只为文学而活,对名利毫不关心。此外,他还注意到,作为文坛领袖,阿森斯处事低调,待人温和,绝不允许朋友、弟子们对同时代的作家进行影射性的攻击。

关于书的比喻,有天堂、海洋、迷宫、森林。因为书的世界浩瀚无垠,文学的气象变化万千,作家的文笔翻云覆雨……每个读者进入书中,有流连的欢畅,也有迷失的可能。当二十岁的文学青年博尔赫斯走入拉法埃尔·坎西诺斯-阿森斯的住宅时,他觉得是真正地进入了一座书的森林。

拉法埃尔·坎西诺斯-阿森斯,体态修长,肤色黝黑,最引人注目的是他的身上总是弥漫着一股奇怪而悲伤的气息。博尔赫斯说，这种调性再加上某种松散、懒洋洋的举止，进一步加深了阿森斯作为一名文坛领袖的神秘性。

另外我们注意到博尔赫斯常常提及的德·昆西、巴比塞、亨利·詹姆斯、歌德、但丁和《一千零一夜》等，这一切也正是阿森斯的偏好。阿森斯精通好多种语言，孜孜不倦地把不同国家的文学著作译成西班牙语。他的出色才华和无限魅力，使得他也会"自我璀璨"一下：

我可以用十六种语言和星星打招呼。

年轻的博尔赫斯就这样被阿森斯深深地迷住了。

那天他一走进阿森斯的家，惊呆了。我们已经知道，阿森斯纯粹至极，无视其他，只为文学而活。所以他相当清贫，甚至连书架都买不起，整个房间里到处都是书，这一堆那一堆，真可谓"书似青山常乱叠"……有很多书籍，就是一堆堆从地面一直堆放到天花板，与一棵棵树木无异！所以，书的森林，在阿森斯这里既是比喻也是事实！博尔赫斯说："这样一来，走路都困难了，只能从那些书柱之间穿过。我觉得，他把我遗忘了的欧洲过去的一切都关进了那里，差不多可以说那里是东西方文化的象征。"

拉法埃尔·坎西诺斯–阿森斯对这位来自阿根廷的年轻诗人也有极好的印象，他评价博尔赫斯"优雅恬静，谨慎从容,恰到好处地克制着诗人的热情"。

时间是离弦的箭。

等到他们再次见面时,博尔赫斯已经六十五岁了,阿森斯八十一岁。这一年,博尔赫斯由母亲陪同前往英国讲学,途中,他与老母亲商量,想要到年轻时留下难忘回忆的日内瓦和马德里看看。在马德里,只有一天的行程,博尔赫斯迫不及待地和风烛残年的阿林斯见了面,一个上午的时间他们都在尽情回顾那些逝去的时光,博尔赫斯一直握着阿森斯的手。临别,博尔赫斯(含泪)轻轻地在他耳边说了一声:"再见。"第二年,拉法埃尔·坎西诺斯–阿森斯就去世了。

今晚睡觉,我打算做一个梦,去一趟"阿森斯森林图书馆",借着闪烁着十六种语言的星星,上树摘书。

# 科克托线条

让·科克托文字里的那种处于线条之上的灵性跳跃，在《存在之难》这本书里让人印象深刻。

"我最喜欢的运动是交谈。"尽管这是让·科克托的一句"俏皮话"，但读这本书，就有着一种交谈的动感，感觉不是他写出来的，而是当面跟你讲述关于他的一切。我并没有按照顺序来读这本书，最后才发现，原来他一开场就（自谦地）说过写作一篇文章对他来讲犹如折磨，而"酣畅淋漓地讲述意味着我获得了自己并不具备的能力"。

无论是文字还是电影抑或是画作，科克托都让人体会到某种"线条感"的愉悦。这种精炼而富有想象力的愉悦感也常来源于他的一些"断片思考"中，比如——

学习漂亮女子那样关注自己的曲线和内衣，但我是指别的意思。

无疑,科克托是天才型作家,他自己却说"天赋意味着迷失"。才华呢?一部纪录片里,他哲思飞舞,天马行空,令采访者应接不暇。最后他说,才华不仅仅是歌德、莎士比亚、雨果或贝多芬,才华也可以是一个女人下车的姿势……翻阅《存在之难》,才知道原来他是从司汤达那里得到的启发:"人们过于在意'天才'了,我认为不应该轻易使用它,司汤达在形容一名妇人上马车用的就是这个词。"

　　艾吕雅、马克斯·雅各布、萨蒂、毕加索、阿波利奈尔、让·马雷、尼金斯基……不同领域的他的天才型朋友,相继在他的笔下出现,依旧给人以线条的愉悦感。"诗是跛脚的前行艺术,但阿波利奈尔能保持平衡。"这既是诗的定义,也是一张阿波利奈尔的速写。从关于艺术与平衡的话题,极其自然地,他又进入了毕加索的内心:"这个完全的艺术家是一个男人和一个女人的统一体。"由此读者会联想到,这"一男一女"就像一对夫妻,他们(在体内)发生激烈冲突,"丈夫"夺门而出,"妻子"是冲出去追他还是留守原地?或许她知道这男人走不了多远,又会乖乖地回到她的怀抱。

　　科克托剖析自我时,通常是通过移情、解脱、游离,如此反而接近了他的内心而呈现出诗意的精确。他坦言,相比于历史,神话更动人。为何?因为历史是事实的集合,久而久之,事实成了谎言。神话是谎言的集合,久而久之,谎言成真。然而,真实也好,谎言也罢,从创世纪开始,每一个个体都参与了神话或历史的游戏。《存在之难》里,让·科克托倒也讲了一个"实实在在"的趣事——

一个家伙,冒充科克托之名写了一首诗,投给《如是》杂志,发表了。科克托的一位朋友看了之后,颇觉怪异,就给他打了电话:"这诗完全不是你风格。"并在电话那头给他朗读了这首诗。科克托明白,这是有人冒充他,是有意要"毁"他吗?

很快,阿波利奈尔(怎么又是他)开始插手调查了,就像个侦探,其大动干戈、热火朝天的劲头,正是诗人特有的那种孩子气的冲动!可是费死了劲,阿波利奈尔破案无果,为此还使一些清白人士蒙受冤枉。

最后,这个冒名的家伙,终于出面坦白了他的骗局。原来他并非跟科克托过不去,他只是对《如是》杂志的主编比罗先生有难以化解的仇恨……他之所以借科克托之名,是为了方便发表,他知道这样一来,定会被圈内文人所关注,造成"文坛丑闻",以发泄他胸中的愤怒和积郁。

如是,大家恍然大悟!

原来这个冒名者是有指向性的,这首冒充科克托的伪作是一首藏头诗,大写字母组成的是"可怜的比罗"。

《存在之难》的扉页有我买来时记下的几行字:"2015.7.19在青岛'我们的书店'购得。"该二手书店是从网上查到的,那次在青岛演出结束后,我又多逗留了几天,寻觅过去……书店不大,当时顾客不多,两层楼,二楼有个店主模样(坐姿、手势、口气)的人和其他几个人在喝茶畅聊。

　　这套科克托文集隶属于华东师范大学出版社出版的"巴黎丛书"书系,共五本——红、白、蓝、绿、黄。《存在之难》是红色。二〇一一年三月十一日闲荡杭州,在保俶路,偶入某书铺买得《陌生人日记》(白色);同年十一月一日和Y女士相约在北京帽子胡同一家茶馆见面,茶馆里藏有不少旧书,顾客消费后可随意挑选一本带走,我选了《关于电影》(蓝色);过了一年,在北京交道口"等待戈多"咖啡馆等朋友,买到了《科克托访谈录》(绿色);二〇一六年去湖南郴州,在"灯塔书局"淘到了《美女与野兽:电影日记》(黄色)。如是,科克托的这套,齐了。

## 诱惑者

"我"和妻子在剧院二楼第一排看一出叫《嫉妒》的戏。剧情正紧张之时,"我"突然发现座位前面的护栏上有个男子。此人非常怪异,他的身体和栏杆一样狭窄,他的脸比"我"的手掌还小,蓄着山羊胡,像一具蜡像,趴在栏杆上面。而"我"的妻子一直浑然不觉地把胳膊肘搁在他的细小身躯上看戏。

对于"山羊胡蜡像细男子"来说,这非常舒服,因为他是"我"妻子的爱慕者!

"我"很嫉妒,居然有人公然调戏"我"的妻子,为此他一定颇费苦心又得意洋洋吧。这是一种什么怪诞的"勾引术"?肆无忌惮又无礼至极还颇具个性,简直是前无古人后无来者!"我"气炸了,使出吃奶的力气要把他从栏杆上推下去。可这个勾引者纹丝不动,好像是被砌在栏杆上似的。

对于"我"的冲动,那人非常冷静且傲慢:"傻瓜,决斗才开始,别过早耗尽你的体力。"他还断言,一定会以"我"

的妻子满足他的欲望而告终。

而在此过程中,"我"妻子是什么反应呢?

一方面,妻子长时间与他切身接触,居然没觉得有异样!她实际上(也许)是享受其中的吧?!人们有时坠入快感中,如梦似幻,根本来不及想快感何来。

另一方面,当她发现是怎么回事之后,表现出一种过度的惊慌失措——像是被人刺探到隐私而试图加以掩饰。她大声叫嚷:"把他推下去,快点把他推下去嘛!我可怎么办啊!"

妻子的歇斯底里,给了妒火中烧的"我"更多"拼命"的勇气。

那么"我"究竟该怎么办?勾引者和栏杆的丝绒粘得那么牢,我丝毫搞不定他,而妻子的喊叫一刻不停。

"我"终于想到,可以用一把小刀将栏杆上的丝绒割下来,然后就能把这个无赖——连同丝绒卷在一起——推下楼去,摔他个半死!可是气急败坏的我摸遍全身,也没有摸出一把刀子。

此时,慌里慌张的妻子居然从她的衣服口袋里掏出一把刀子,是一把微型珠母小刀……

故事到这里就结束了。

在"回味"卡夫卡的小说《嫉妒》时,我恍惚觉得是在剧院(二楼第一排)观看了一出黑色喜剧,荒诞,滑稽,吊诡连连。读到最后,看到"我"妻子掏出那把微型珠母小刀时,我感觉到一股"杀气",脑海中先是晃过博尔赫斯小说《南方》的末尾:有好事者挑衅故事主角达尔曼,在决斗悬而未决之际,一个神秘的好像生活在时间之外的老人扔给达尔曼一把匕首,于是"达尔曼握紧他不善使用的匕首,向平原走去"。

接着,我又想到黑泽明的经典电影《罗生门》——

根据强盗多囊丸的供词,是"那女人发疯似的抱住了我的胳膊",请求他与其丈夫决斗,"不是你死,就是我丈夫死,两个人必须死一个。让两个男人看到我受辱,还不如死了呢"。根据芥川龙之介的原著小说《竹林中》的描写,彼时那女人"脸上露出阴暗的兴奋",她还喘息着跟多囊丸说,他们两人,哪个活下来,她就跟哪个。

女人丈夫亡灵(借助巫婆之口)的供词,让女人那神秘而可怕的"阴暗"再度浮现——当强盗多囊丸把他的妻子霸占后,"我从没见婆娘这样美丽过"……

而听到强盗说从今往后不如跟着他、嫁给他时,女人变得神情迷醉……被多囊丸设计捆绑在树上的其夫睁睁地看着一切,忽然女人脸色大变,央求多囊丸:"你杀了他吧,他只要活着,我就不能和你在一起。"

正当多囊丸犹豫之际,女人逃跑。"那贼人立刻追上去,我陷入幻觉之中……"丈夫挣扎着拾起女人丢下的"闪着光的短刀",结果了自己。

再猜想《嫉妒》。

当文章结尾,妻子掏出微型珠母小刀,实际上也就掉入勾引者所设下的陷阱了,如此,"我"与勾引者的决斗在所难免。而妻子的尖叫、狂乱、拿刀……正是暗地里的推波助澜,勾引者一定乐意看到女人这种"疯狂"的表现。因为这与其说是女人的慌乱与反抗,不如说是一种迎合与挑逗,使得勾引者更加来劲,加剧了他的征服欲。勾引者的势在必得,正如一开始他的预言:在这场争夺"我"妻子的较量中,"我"必定会失败,妻子最终会满足他的欲望。

# 古尔德下雨

实际上我是喜欢下雨天的。

只要不是走在半途,暴雨突降,刹那成了一只落汤鸡;或者有无法推却的事必须外出,而凄风惨雨不止,街边树木、行人,东倒西歪、苦不堪言;又或行旅在外,连绵淫雨,气候阴冷,暖气不足……不得不待在发霉的旅店等天晴,更倒霉的是,此行所带的几册消遣书早已读完了。

下雨天最好哪也不去。

天色昏暗,拉上窗帘,打开落地灯,以合适的音量播放古德尔弹奏的巴赫组曲:雨声、琴声合在一起,喘息着(古尔德演奏时整个人像是伏在钢琴上,呼吸声重重)的音符好像和雨一起落下,找出包天笑的大部头《钏影楼回忆录》读起来。

没料到包天笑与古尔德如此匹配——定是雨的作用,或者说雨正是古尔德的钢琴下出来的! 一个东方,一个西方;一个老派,一个新潮;一个舞文弄墨,一个弹音拨乐;一个鸳鸯蝴蝶派（他自己不承认），一个巴赫代言人（他自己也不这么看）。

包天笑的文笔，洗尽风尘，许多篇目令人莞尔。

他生活的时代风云激荡，沧桑巨变，在那个特殊的历史时刻，形形色色的人物逐一登台，鱼龙混杂，各显神通。包先生家境殷实，交游广泛，乃一翩翩公子。他创办报纸，埋头写作，加入"南社"①。他的至交有西装和尚苏曼殊、报界翘楚叶楚伧、弘一法师李叔同、补白大王郑逸梅以及梅兰芳、张恨水、狄楚青……他既是知名作家又是社会贤达，在他的回忆录里，除了这些雅士文人悉数登场，还有政客大员、黑白两道、红尘男女围在他身边。

对于种种人世际遇、市井生活，包天笑更是体察入微。人们常说一个人走向成熟也意味着回归童年，所以他在九十岁高龄回顾儿时、少年在老家苏州的生活，既生动，又充满回味。这一部分，我前些年从三联书店把书买回来的当天就读完了；可后来，不知何故，居然放下没再读——是有意留着慢慢享用吗？我觉得要不是今日这场大雨和钢琴家古尔德的引诱，包大人还不知道什么时候会再现身呢。

包天笑拉拉杂杂、娓娓道来的讲述，流露出闲适泰然的气息和莺歌燕舞的迷醉。回首往事，恍如眼前。他讲有个

---

① 柳亚子发起的颇具社会影响力的文学革命团体。

时期,他一得空就去拜访梅兰芳,那时候梅家宾客不断,宾主双方都自在随性。梅兰芳勤于练功,朋友们玩自己的,不去打扰,省去了许多没必要的客套。有时候梅主人都已经出门了,包老和朋友们还在梅宅闲情自若,像古诗所写:"自去自来梁上燕,相亲相近水中鸥。"

有一次,梅兰芳翻出一本他儿时的相册给包天笑看,一张他十二三岁时的照片,额头的发际线剃得老高,眼睛怒睁,两耳招风。梅兰芳笑道:"你瞧瞧,丑死了!"

"是照相的缘故吧。"

"这,还是北京最好的照相馆呢!"

梅兰芳告诉包天笑,报纸上说他眼睛有问题,故养了许多鸽子专为练习(恢复)眼神,这纯属坊间讹传。关于梅兰芳先生养鸽子练眼神的故事,连我这个戏曲门外汉都知道:所谓"临去秋波那一转",全靠眼神灵活,所以梅兰芳养鸽子一百五十多对,天天放鸽,极目远眺,益增妩媚。云云。梅兰芳对包天笑说:"我喜欢养鸽子,瞧它飞上天空,回翔于青天白云之间,人家又说我在练眼神,岂不可笑!"

对于发生在自己身上的私情,包天笑也不刻意避讳,坦荡不虚,真实可爱。在《东方饭店杂事秘》这篇回忆里,他讲了一则令他念念不忘的艳事。那女子和他一样,也是常年(包房)住在北京东方饭店三楼,是一名金发西洋女子,年龄二十岁左右,艳丽端庄。两人进出时,常常在扶梯撞见。包天笑坦言，三十岁以前，他真可谓守身如玉，除了跟自己的太太，绝不二色！三十岁之后到了上海，交友既多，出入花丛，但基本上也能做到发乎情而止乎礼。如今他四十岁，身体顽健，情欲旺盛："而且久旷已在半年以上，再加以金发红颜，愈发刺激到我的好奇之心。"

开始包先生并不知道这位西洋女子是做什么的，只见她端丽内秀，以为是一洋行职员。东方饭店客房分大房间和小房间，大房间有单独的浴室、卫生间；住小房间只能使用公用卫生设施。西洋女子住的是大间，包老观察许久，只有一男服务员常跑到女子房间听使唤，没有看到她房间有其他男子出入。

此女子究竟是做什么的？

包天笑忍不住向服务员打听。

这个服务员像个人精，第一时间就摸透了包先生的心思，立马顺水推舟，给他当起了中间人。关于服务员是怎样"皇帝弗急，而急煞了太监"地从中拉扯，用各种话语刺激以极力玉成其事；以及包先生如何先交费用，再"月上柳梢头，人约黄昏后"地叩门而入……写得丝丝入扣，跌宕起伏，读起来妙趣横生，如观影戏。

没多久，包先生回南方了。

一年半之后，他出差到北京，再次下榻东方饭店。也许他还有重温欢愉的念头，可那服务员说："自从您先生回上海后,不久她也回国了。"

于是包先生感慨:"关于情欲, 人之所以异于禽兽者, 仅此一缕余恋而已。"

随着包先生的这一喟叹,天忽然放晴了,古尔德的音符跟随着从窗口跌进来的细碎光影跳跃不止,似乎是在和雨声别过。

我想,现在我也该到户外,走一走,跑一跑,呼吸呼吸雨后空气,把几日来懒洋洋的闲散变作一身的干练和抖擞。

## 两只黑羊

读奥古斯托·蒙特罗索的插画寓言集《黑羊》，像看布努艾尔的电影。他们以各自的方式讲述"人类很白痴，但是人生却十分有趣"，且看——

许多年前，在一个国度，有只黑羊被枪决了。过了一个世纪，一群懊悔的羊在公园里为这只黑羊立了一座宏伟的马姿雕像。从此，只要黑羊一出现，就被快快处决，以便让那些平庸的后代借此练习雕塑。

蒙特罗索的黑羊被枪决之时，卡尔维诺的那只黑羊复活了："从前有个国家，人人都是贼……"

傍晚，人们集体外出行窃，天亮回家，虽然发现家里被偷了，但因为自己也偷了别人的，大家相安无事，日子照旧，也无富人和穷人之分。可是，这"完美的和谐"被一个外来的"诚实人"打乱了。

怎么回事？

因为他是个嗜书者。

到了傍晚，他要抽烟看书，无心出门偷东西。结果，贼来了，一看，他家亮着灯，就不好进去偷。如此持续一段时间，大家都觉得不对头了，要是他天天待在家里，就意味着有一户人家第二天没得吃了。

这就像一个小零件的故障导致整台大机器无法运转一样。

有人跟他挑明，纵然他什么也不想干，但不能妨碍别人正常干事。

这个外来嗜书者根本无力反抗这样严密的逻辑，只好一到傍晚也出门。但他没去别人家偷窃，只是走到桥上看流水，而后回家，当然发现家里被偷了。

故事最后，除了这个不合时宜者饿死了之外，该国发生了翻天覆地的变化——因为这个外来人不去偷，那些没有被他偷而又去偷别人的人自然就富有了；而另一些人到他家里行窃，发现屋里空空荡荡，只能空手而归，越来越穷。

这样，就有了贫富分化。

很快，富人们自己不去偷了，而是雇人偷，不仅如此，还雇来贫穷者为自己看守钱财。再后来，就建立起警察局和监狱。

奥古斯托·蒙特罗索有一篇著名的"一句话小说"备受

卡尔维诺推崇,这篇小说叫《恐龙》:

当他醒来时,恐龙依然在那。

# 不速之客一人来

翻开一本停刊了的旧杂志，里面有一张法国导演让-吕克·戈达尔所执导电影的海报：一列行驶着的火车里，坐着一名头扎丝巾的年轻女子，骨感俊俏，双唇紧抿，低头翻着一本书。她背后的座位，坐着个男士，若有所思，欲念浮沉。底下一行字："今天，如果一个知识男性在旅途中还能遇到一位好阅读的女子，这将是一场爱情奇遇的开始。"

"旅途中，你一定会带上的东西是什么？"一个旅行杂志的记者问。我正好读了毛姆一个短篇《逃脱》，就说："牙刷和虚构的情人。"《逃脱》的主人公是个头脑清醒、颇有先见之明的浪荡子，他知道在接下来的旅程中，同行的女士一定会跟他提出结婚！想到这点后，他有了打算——他的全部行李就是一把牙刷……以便适时轻便而退。

果然，预感成真。

他迅捷地从一个港口逃脱了。

这个浪荡子认为自己很了解女性。女人嘛，大抵都是水性杨花的,既然他撤退了,那么她一定很快就能找到新欢,将他彻底遗忘。

所以在接下去的旅途中,牙刷男美滋滋地,寻花问柳,继续周游世界。可他万万没想到,当他结束旅程归来时,在码头上兴高采烈向他招手、守候他的正是那名他自认为已经甩脱了的女人!

一部比利时悬疑电影,也有"牙刷情人"的画面。

主角每次出门,无论短途漫游还是长途跋涉,都不忘在上衣兜里插一把牙刷。(有一次忘了,他竟然迷路得厉害,这么说来,牙刷还有别的功效?)此君嗅觉非常灵敏,但不动声色,只有在两种情形下,他会本能反应地将鼻尖凑过去:一本半开半合的书,一个欲拒还迎的女人。他觉得此二者有个共同点——都有一种清凉的暖意,会引导他抵达一个地方。

主角还认为,书与女人都是曼妙的乐器,指尖掀动书页,暗语撩动欲念,生出悦耳章节。倘若某个时辰,这温暖的凉意来临,一定会使脚下的水、耳旁的风、路边的树、行走的人、疯狂的果子……化作多声部音乐。

某日,他困惑不已。

因为,突然他鼻尖变凉,嗅觉失效……电影使用了蒙太奇效果——眼前有一个巨大的火球滚滚向前,在虚实交织的热气腾腾里,一个女人轻盈的脚步画出几个音符一样的线条,当他最终迷失在这些线条中时,(由于受到诱惑,他的鼻子非常接近火球而流血不止），上衣口袋里的牙刷不翼而飞了……

旅行、读书，一动一静。不过，常有人读书读到心潮澎湃，热血沸腾；也有人行走行到心如止水，酣然入梦。

牙刷，虚构的情人；今夜，好风如水，定有不速之客一人来。

# 旋律:过去,未来

奥尔德斯·赫胥黎对于"未来"的兴趣远远胜过"过去"了的。

《巴黎评论》的一位记者问他:"有些作家,比如弗吉尼亚·伍尔夫,对于评论敏感到了令人痛苦的地步,你是否也如此,会受那些评论的影响?"这位《美丽新世界》的作者回答干脆,他说完全不会! 因为批评家们所关注的尽是过去的和已经完成的作品,"我不同,我关注的是未来"。

由此,赫胥黎又说到弗洛伊德,他不赞同这位心理学家的见解,认为其思想完全是建立在对于"过去"的"病态"研究之上:"他(弗洛伊德),仿佛从来就没有遇到过健康之人!"赫胥黎的意思莫非是:心理学专家不能只是一味地关注(研究)过去,更应该像小说家一样关注人当前的状态,朝向具有无限潜力的未来?

不少人对于赫胥黎的这番言论不敢苟同。

人,哪有"完全健康"的?何为人之原罪?我们的"现在"

不正是数不尽的"过去"人的"未来"吗？借用契诃夫剧作中的一句话："我早前以为怪人就是病人，现在我觉得怪人才是人的正常状态。"

尽管赫胥黎强调他对"过去"和"弗洛伊德的病态心理学"均不感兴趣，可有人却认为他的某部小说正是按照弗洛伊德的心理分析来写的。这位点评者是艾萨克·巴什维斯·辛格。

极有趣味的是，辛格的这次谈话，出现在同一期《巴黎评论》里——前面赫胥黎刚刚讲完，后一篇辛格马上就与之"杠"上了。这是杂志编辑刻意为之？文学的另一种幽默。

采访者问辛格："如何看待心理分析和写作？"

辛格认为，一个作家在医生的办公室里做起了心理分析，这尽管怪异，但也是他自己的事；如果，他把"心理分析"写进作品，那就非常可怕。"最好的例子是写《旋律的配合》的那个人，他叫什么名字？"

记者告诉他，《旋律的配合》的作者是奥尔德斯·赫胥黎。（辛格是真的不记得赫胥黎的名字了，还是他有意制造某种谈话效果？）

"哦，是他呀！"辛格接着说，"当一个作家坐下来做心理分析，他实际上是在毁坏自己的作品。"

我没读过《旋律的配合》，如果真如辛格所讲这本小说有弗洛伊德心理学的痕迹，那么好奇怪，赫胥黎为何会发表那番关于弗洛伊德的言论呢？这让我想到，有时候一个人越是希望摆脱某种东西，那个东西反而（如梦魇、喜剧般地）一直跟随着他，在他以为早已将其甩掉时，殊不知它早已成了他的一部分。

## 露西娅

　　拙作《短歌集》是断想和碎片式的书写：爱欲离调、梦境反转、行途显影……此书出版之后，翻了翻，顺手取来拇指琴，一口气为书里的十支短歌谱了曲，想到书内人的对话：

　　　　"您还在唱歌？"
　　　　"为了遗忘。"

　　就在一头母牛闯入一家吊灯店的时候，离调的爱欲之歌飞走了！后来，我把这些谱成的"短歌"录成专辑，其中有一首《盲人和一位女子去渡海》。乐迷相当困惑，这首歌的旋律在几个调性之间来回变化，但又很流畅，感觉不到其中有离调之变；节奏欢快却又稳重，确定的路线，短暂的迷途。
　　我的书房里挂有一张乔伊斯和他女儿露西娅的合影。有天我见镜框有点斜，扶了扶，忽然一首短歌就出来了。（是这样吗？）我试着走入忧郁的露西娅的世界……在乔伊斯传记（"企鹅"版）里读到，她小时候性格开朗，无忧无虑；长大后，精神开始一点点失常，这令乔伊斯难过、绝望。好几次，露西娅由于行为太过反常而无法控制被强行送去精神病院，可是，她每次进医院没多久，总被乔伊斯接出来。他坚持认为，只要女儿在他身边就会好，甚至有好事者说他们的关系超出了父女！

坊间最流行的说法是，露西娅精神错乱是因为她父亲的秘书、崇拜者萨缪尔·贝克特先生拒绝了她的示爱。也许乔伊斯本人更清楚女儿的病因——孩子还小时，他生活动荡，沉浸于创作与酒精，忽略了对女儿的关爱。露西娅学过唱歌、舞蹈、绘画，但做什么都没有起色，她一直觉得自己是个笨女孩。

为了露西娅，乔伊斯放下自尊，求助于著名心理学家荣格——乔伊斯一直看不上荣格的学说，而荣格也因为读不懂《尤利西斯》[①]一度贬损乔伊斯——荣格给露西娅诊断后，得出结论：他们父女就像是沉向水潭底部的两个人，一个还在下潜，一个正在淹死。

且听露西娅说："爸爸，如果我爱上别的什么人，我以

---

[①] 乔伊斯获得名望之前，人们对他的创作褒贬不一。在其著作《尤利西斯》被人指控涉及淫秽描写而上法庭公决时，有位非常权威的精神病大夫当庭指出，他的一些病人也能写出《尤利西斯》那样错综复杂、颠三倒四的文字。

耶稣的名义向你起誓，那绝不是因为我不喜欢你，请你不要忘记这一点。"

最后，当人们告诉露西娅她父亲已经去世了，她则说："那个白痴，他在地下干什么呢？他打算什么时候再出来。"

> 盲人和一位女子去渡海，
>
> 船、海鸟、星星、海盗都摇晃得厉害。
>
> 女子说，你让我看到了海；
>
> 盲人说，海让我看到了你。

"'海盗'，应该是'海岛'吧？"有乐迷问，"是误笔吗？"不，正是"海盗"，唯有海盗，此歌才更具某种忧郁的欢愉。当然也是墙上的乔伊斯——晚年他一只眼睛失明了，绑着一个黑色眼罩——我看着他，想起了一个独眼龙海盗。

现场演唱好几次这首歌曲之后，我又不认为它是给乔伊斯父女俩写的了，而是给我的朋友、诗人歌者周云蓬写的，因为节奏、旋律成型之时，他的形象以及他身旁曾经的丽人也一一出现过。有次我当众说把《盲人和一位女子去渡海》献给他，他说："盲人和一位女子去跳海吧！"众人笑。

# 黑面具

  二十世纪二十年代,美国记者 H.L.门肯和剧评家乔治·简·纳森联手创办了一本颇有声望的文学刊物《时髦人士》,但一直处于亏损状态。为了《时髦人士》能存活下去,两个文人决定再编一本可读性强的、有市场的杂志,以赚到的钱来补贴"时髦"。就这样,一本集推理、冒险、侦探、言情、超自然于一体的廉价粗劣的《黑面具》诞生了! 岂料,"面具"刚一打造出来就火了! 不少有实力、有个性的小说家,如雷蒙德·钱德勒、詹姆斯·凯恩和达希尔·哈米特等都在《黑面具》上发表了自己的小说。而由他们的小说《漫长的告别》《爱人谋杀》《双重赔偿》《邮差总按两遍铃》《马耳他之鹰》《瘦子》等改编的电影都成了经典。另外一些《黑面具》的供稿者也极有来头,如卡罗尔·约翰·戴利、厄尔·斯坦利·加德纳和康奈尔·伍尔里奇。伍尔里奇的《后窗》《黑衣新娘》《我嫁给了一个死人》《幻影女郎》等,被希区柯克、特吕弗、罗伯特·西奥德梅克等导演改编成电影,也是"犯罪迷"们的心头挚爱。

诺尔曼·马尔康姆是哲学家维特根斯坦的美国学生，每出一期《黑面具》，他都会给老师寄去。维特根斯坦写信告诉学生，打开寄来的一本杂志，就像从憋闷的房间里出来，走进新鲜空气，"这是真正的玩意，给我带来了解脱"。

不过上述那些被誉为"硬汉代表人物"的小说家，哲学家并没有提及，他所钟爱的《黑面具》的作者之一诺伯特·戴维斯是一个很冷门的家伙，他坦言："喜欢得不得了。"后来一次偶然的机会，维特根斯坦竟然在一家小书店里买到了戴维斯的侦探小说单行本《恐惧集结地》，就像推荐托尔斯泰的《哈吉穆拉特》一样，他无比热情地向朋友们介绍戴维斯的这本小说。

"你知道的，我读过成百本令我快活的、我爱读的书，但我认为我只读过两本我可能称之为好玩意的书，戴维斯的这本便是其中之一。"维特根斯坦在写给诺尔曼·马尔康姆的信里这么说。哲学家甚至还想亲自写信给这位侦探小说家向他表示感谢。随后马尔康姆帮他的哲学老师了解到诺伯特·戴维斯的一些状况：二十世纪三十年代，他放弃了自己的律师事业成了一个职业的侦探犯罪小说家，开始还顺利，获得一些读者支持，但在四十年代，他陷入生活的困顿。

正在维特根斯坦写信给马尔康姆，告之他对戴维斯有多么欣赏之际，戴维斯写信向同行朋友雷蒙德·钱德勒求救,请后者借他二百美元,因为他出师不利:"最近写的十五个故事里的十四个遭到退稿。"而后没多久,戴维斯就在贫困中悄然死去了。

戴维斯作品中的一个主人公"离开时"这么说:"对我来说,消失似乎意味着一种优雅的状态。"

维特根斯坦传记作者瑞·蒙克写道:"他(戴维斯)全然不知道自己一项罕见的(可能是独一无二的)荣耀——写了一本维特根斯坦喜欢得想写封信给作者的书。"这本侦探小说之所以博得哲学家的喜爱,除了侦探小说惯有的紧张、悬疑、人性的真实之外,也许还有书中无所不在的幽默。

维特根斯坦认为,幽默不是一种情绪,而是一种智慧和看待世界的方式。他还以一本国际哲学刊物《心》和《黑面具》进行对比:如果哲学同智慧多少有点关系,那么在《心》里肯定一点这种东西都没有,而在侦探小说里倒是常常有一点的。

何谓"没有幽默感的人"?

维特根斯坦举了一个例子——这个例子却极富幽默感——一个人把一个球扔给另一个人,那个人应该接住并扔还;但那人不但不扔还,还把球放进口袋里,撤了。

# 徒步旅读

　　徒步歇脚，翻阅口袋书《瓦格纳词典》，竟然有高山流水、幽微淡远之感。回看作者简介："仇钧，江南人士，长居常熟。"继续读下去，一种熟悉的"虞山琴派"[①]似的气息荡悠起来，遂忆起几番随着常熟友人、书画家陶醉，去方塔园听评弹、锦峰拂水岩下凭吊柳如是途经翁同龢故居、兴福寺庙内吃茶和蕈油面、言子巷[②]漫游喝"墨井"水。

　　作者擅以中国古之意象来对比、映衬书中的西方人士。序言中，他便以金性尧的一段诗意的读书心得作为总结，以对应从《瓦格纳词典》中流淌出来的十九世纪的德国风月。写到瓦格纳去世时，其妻科西玛悲痛欲绝，万念俱灰，她想起当年瓦格纳在拜罗伊特建造歌剧院以及首演时的辉煌，仇钧便以李清照的一句诗词来表达科西玛的心境：

---

① 中国古琴流派之一，发源于江苏常熟，由严天池创立于明末清初，影响遍及中国各地。"博大和平，清微淡远"是其琴风。
② 孔子弟子言子的故居。

"物是人非事事休，欲语泪先流。"

科西玛是著名钢琴家李斯特的女儿，她在嫁给瓦格纳之前是另一位大音乐家汉斯·冯·彪罗的妻子并为他育有两女。由于种种原因，她对自己的婚姻不满，所以当瓦格纳出现时，她很快就与他产生情愫。作者在"科西玛"这一词条记下："科西玛半夜起来，长夜漫漫，寂寞推窗，紫丁香花裹着凉意，一阵阵袭来……"遂用了一句《西厢记》里的断语："异乡易得离愁病，妙医难医断肠人。"写到"拜罗伊特"这个词条，作者又以"诸葛亮之隆中""林靖和之西湖"（林靖和在西湖种梅养鹤）来对照瓦格纳在拜罗伊特建造属于他的歌剧院，如此"人物与地点"的结合，就像"山不在高，有仙则名"。

瓦格纳谱写歌剧《飞翔的荷兰人》的灵感源头是一八四一年他与前妻米娜的一次海上之旅。当时这对年轻夫妇搭乘邮轮从英格兰途经苏格兰到挪威，瓦格纳正处于无人赏识的失意年头，当他听到水手们面对高山峻岭以及变幻莫测的峡湾唱起号子时，感到前所未有的热血澎湃。在这里，作者给他一句："风萧萧兮易水寒，壮士一去兮不复还。"可回到现实，一阵阵莫名的抑郁还是涌上瓦格纳心头，作者"听"到了他的苦叹："我本将心向明月，奈何明月照沟渠。"

弗里德里希·威廉·尼采出现了。

哲学家与音乐家最初订交时，惺惺相惜，而后矛盾生出,相互诋毁,一山不容二虎。作者描写两人初次相遇泛舟湖上,畅谈生活与艺术,科西玛为两名时代骄子端上刚刚出炉的姜饼,瓦格纳心里"大有曹操见到刘备之感叹:'天下英雄,唯使君与操耳'"。

我是谁? 取决于与我"相对"的人是谁。

不对,另有人说,我是谁取决于与我"作对"的人是谁。

阅读人物词典的快意之一,是看着围绕主角的各色人等依次登场! 他们的品性、不同命运的拉扯以及与主角千丝万缕的联系,"造就"了主角,少了一点点细枝末节都会使主角之境遇大打折扣。与传记相比,词典读起来更加轻快到位,自由明晰。一张张脸孔、一桩桩往事水一样流逝,倒影翩翩,清晰浮现。通过主角瓦格纳,与之相关的风流人物——叔本华、恩斯特·霍夫曼、张伯伦、费尔巴哈、尼采、蒲鲁东、理查德·施特劳斯、海涅、巴枯宁……都各自展现出不同的节奏个性,展现出人性的明快和幽暗。

词典里还谈到科西玛不擅炊事,幸好,这对夫妇平时对吃并不是很讲究。漫长而凄苦的艺术之旅,瓦格纳常常过着"淡黄齑,也似堂食"的生活。后来查到此句出自元代散曲家张养浩的《山坡羊》,意思大概就是"伙食很差"!"吃"的词条之末尾,作者还说,倘若科西玛和瓦格纳能略懂一点中国古人的妙心用意,也许就不会那么不在意"吃"这一块了,民以食为天嘛!(常有人说作歌、配器、弹奏与下厨、配料、颠勺有异曲同工之妙。)作者又十分巧妙地用了一首古诗作结句，这首古诗是讲一位过门才三天的新婚妻子，有心有意做了菜肴羹汤，又不知婆婆的口味，于是叫小姑先品尝一下："三日入厨下，洗手作羹汤。未谙姑食性，先遣小姑尝。"

忘了是"贝多芬"还是"叔本华"的词条出现诗两句："爱欲苦海两茫茫，英雄美人难思量。"众人皆知叔本华的悲观论调，尘世一生，幻觉一梦，欲望和绝望如钟摆摇晃，循环往复，放弃欲望是自我救赎的唯一途径。但是真正的悲剧（吊诡）在于，谁人能除却爱欲——这大自然的意志？

《瓦格纳词典》中还有多处富有中国气度和意象的表达。比如谈及瓦格纳的革命引路人费尔巴哈，他超然不凡，其独到的理论和见解以及坚毅笃定令瓦格纳的心中燃烧着一团火焰，作者直接拿出《文心雕龙》中的一句："一言之辩，重于九鼎之宝；三寸之舌，强于百万之师。"写到音乐家见到巴伐利亚国王路德维希二世，作者引用《红楼梦》说就像是宝玉见了秦钟"那样的思忖"……

齐格弗里德·瓦格纳，音乐家的公子，尼采曾建议瓦格纳将其送到巴塞尔，由他（尼采）担当其启蒙老师。如是，《红楼梦》的意象再次出现："这倒像北静王谏言贾政，'宝玉龙驹凤雏，将来雏凤清于老凤声，令郎在家难免饱受溺爱，荒了学业，不如常到寒舍，见高人聚谈，则学问日进也'。"

# 谁是凶手?

有些作者在创作一部作品之前胸有成竹,对笔下将要出现的各种人和事捕捉到位,不落偏差。据说五十多岁才开始写小说的台湾作家傅禹(笔名子于)——人们常看到他去"明星咖啡屋"(位于台北武昌街,作家、诗人、艺术家、表演者的聚集地)写作——不论小说随笔、篇幅长短,他从不改稿(思索一瞬,从容下笔)。其字迹细小整洁,一沓沓稿子看上去就像是打印好的。

还有一些作家在进入一部作品之前(之时)并不是很清楚故事会怎么发展、人物将如何行动,他和读者一样,也在等待和观望。美国导演霍华德·霍克斯想把雷蒙德·钱德勒的侦探小说《长眠不醒》拍成电影,但他读了好几遍,始终都没有弄清楚究竟是谁"杀死了那个司机",只得打电话问钱德勒请他明示。钱德勒的回答有些不负责任:"你看着办吧,我不在乎是谁杀的。"

村上春树是个地道的"钱德勒迷",他认同钱德勒这种

"做派"。他说当初读陀思妥耶夫斯基的《卡拉马佐夫兄弟》，对杀父凶手是谁，也并不在乎。而谈到他自己的小说《舞！舞！舞！》："在写第一稿时，我并不知道五反田是凶手，写到大约全书三分之二的时候，我才开始明白，凶手就是他。"

"作家嘛，最有意思的当然就是写落笔一刻他自己还不十分确定的东西。要是所有一切他在写作前都一清二楚了，那还有什么乐趣呢？"我的一个朋友说。这说法不无道理，就像逢山开路，遇水搭桥——山中碰到鬼，水边缠上妖，也是一番奇遇。危地马拉作家蒙特罗索也有类似的说法，他说"一个作家应该永远都不知道该怎么写作"，因为在艺术中，知晓往往意味着僵化，"艺术的美存在于感知、冒险和寻找"。

一个看上去自信满满的年轻人，他西装革履，一身轻便，从外地归家。然而，他预感，家里肯定出事了。走在家乡的街道上，他不安之中又有些亢奋。随后，他碰到了弟媳的父亲，对方脸上有一丝惊愕："你怎么回来了？你的行李呢？"年轻人伸手从西服口袋里拿出一把梳子，冲对方扬了扬，样子颇为神经质……

这是希区柯克一个悬疑短片的开头。

接下去，年轻人觉察到了诸多疑点，他已经断定家中肯定发生了不可告人的事（案）件；而自己的弟弟、弟媳以及弟媳的银行家父亲，都是可疑、危险人物。他们一定联合起来对他隐瞒了什么。他回到家中，家中无人，于是他翻箱倒柜，深入调查，发现四年前的某天，他在外地时，父亲突然死了。

这发现让他震惊，父亲当年去世，全家人为何都对他隐瞒？莫非他们都觊觎父亲的遗产？他虽然查看到医院的证明，父亲是死于冠心病，但他认定，那一定是伪造的，是弟弟和弟媳一家的阴谋……正好想到这里时，弟弟和弟媳回家了，而他们看到他竟然在家，更是惊讶到紧张至极！

这个时候，观影者大多和男主角一样深信不疑：这些人一定藏有阴谋！他不顾弟弟、弟媳劝阻，冲出家门开始各种走访、调查，他发誓要弄清父亲死亡的真相！

可是电影接近尾声时，忽然来了个大反转：杀害父亲的凶手正是他自己！而他——所携带的行李只有一把梳子——潇洒、轻便地从外地回到家乡，实际上是从精神病院逃出来的！

原来四年前，由于某件事情，他和父亲发生了激烈的争执，本来他精神就有问题，加上那一刻他发疯一般激动，情绪难控，操起墙上的猎枪，不慎走火，父亲当场毙命！死者不能复生，全家人为了替他掩盖罪行，作了伪证，到医院弄了假证明——父亲死于冠心病。

恍然大悟,为什么电影开场,他的出现是那样游离、荒唐和神经质:在潜意识里,他多么希望父亲之死和他没关系,多么希望抓到一个不是自己的凶手!

# 预演

《乔伊斯》之后，看了同是"企鹅人物系列"的《伍尔夫》。

弗吉尼亚·伍尔夫温文尔雅的伴侣伦纳德·伍尔夫先生出场不是很多，但时有光芒闪烁，那是隐藏的魅力之光，他像个低调的歌者，只歌唱夜晚、河流和女人。

每一次弗吉尼亚情绪不稳、精神出现问题，伦纳德总是全心全意对她加以保护。弗吉尼亚把一块大石头硬塞进毛皮大衣口袋，走去河里自沉前，留下遗书——

我想说的是，我生命中的全部幸福要归功于你。你对我一直是极其有耐心而且难以置信地好。我要这样说——每个人都知道这一点。如果还有什么人能拯救我，那就是你了。一切都已离我而去，只有你的心依然如故。我不能再继续毁掉你的生活了。我觉得没有哪两个人能比我们更幸福了。

看了法国导演欧容的电影《沙之下》。英国演员夏洛特·兰普林饰演主授英国文学的大学教授,教授的丈夫在海上神秘消失已有一年之久,生死不明。有天她在课堂上给学生们朗读弗吉尼亚·伍尔夫的小说《海浪》中的片段,像是一次预演。

我失去了青春……我有一种感觉,我要发疯了,我听到了声音,我无法集中思想工作。我尝试着与之斗争,但我无法再继续斗争下去。你给了我所有的幸福。你是如此完美,但我不能再打扰你的生活了。

# 对决

    保罗·施利克的《狄更斯说》是薄薄一册虚拟对话录，隔空对谈，曼妙无比。因为虚拟，所以无垠。众所周知，狄更斯的写作风格（方式）和他曾是个演员有关联。也就是说，在写作中，他是具有一些戏剧表演家的外露气势的，而不像有些作家，一旦投入写作，就会将情感抽空，"无情"而客观地面对将要写下的一切。

    我们看到狄更斯非常注重仪式感：他的书写台上，摆放着两只正在决斗的青铜蟾蜍，预示着写作于他来讲就是一场笔下人物的对抗；他落笔之前，在书房内就像在舞台上一样，来回踱步，忽然，他大踏步冲到镜子前，看着里面的自己，双手舞动，变换表情，做出不同的姿态！

    不错，他是在扮演马上就要在他笔下出现的人物。他觉得，唯有把自己"搞定"了，书中人物才会使读者信服。

    杜鲁门·卡波特谈及他喜欢的一些作家轶事时，曾饶有兴趣地说起狄更斯的这种"表演型"的作家气度："他总是在自己情感最饱满的状态下写作,常常被笔下的人物感动到泪流满面,滚下来的泪珠把稿子大片大片地弄湿。写到一些欢乐幽默之处,他又会笑得喘不过气来。"

成为一位世界瞩目的作家之后,狄更斯还是热衷于演出,不放过任何参演戏剧的机会,无论大人物还是小角色都带给他表演的快感。此外,他还热爱公众朗读,热衷给孩子们表演魔术。凡是热烈的、充满激情的都让他感觉过瘾。

此外,狄更斯还是一名狂热的步行爱好者,有时候整个晚上他都在走路。如此充沛的精力哪里来?莫非他将所有的激情投放到书中人物之后,后者又将源源不断的生命能量反馈给他,如此循环往复?

《旧书与珍本》的作者戈德斯通夫妇谈及狄更斯每每"疯狂走路"时,总会抱怨其笔下人物不时出来用力地(调皮又挑衅地)拉他的衣角。这对夫妇作家还谈及,在那个年代,人们把知名作家当作摇滚明星来看待,所以狄更斯的明星地位堪比约翰·列侬! 不过那个年代的拥趸远远没有后来的疯狂,他们看到大作家在街头漫步,都不愿(不忍)打扰他,仿佛知道伟大的作家和常人不一样,他们无时无刻不在"创作"。于是人们干脆就站在街道的另一边,默默而幸福地注视他。

人们看到在街上走路的狄更斯时常挥动手杖,嘴里振振有词,似疯狂,像表演……或许狄更斯实在没办法,因为他笔下的人物总是不停地拉他的衣角，要跳出来跟他对话,要与他对决!

## 上床容易下床难

旅居 R 城一阵子了,有天和朋友约会,穿过一条街就到时,一看表,还早,正发愁如何打发时间,忽然,一家书店"蓦地"出现了!

奇怪,以前这里可没书店,千真万确,我曾打这里经过好几次! 这使我想起画家乔治·鲁奥也提到过的一件怪事:有一次,他急需一本书,找遍该城所有的书店,最后终于买到了。过了几天,他与朋友相约在那家书店见面,结果,书店怎么也找不到了——它的短暂出现,仿佛就是为了让他买到那本书!

扯远了,既然书店出现,我就进去了。

往书架前一站,我就看到了旅法作家卢岚女士的一本随笔,随手一翻,出现传奇作家柯莱特。我心想,既然柯莱特出场了,她的"冤家男人"、文坛传奇人物维利一定会随之亮相吧? 这个笔名叫维利的巴黎男人很有看头,矮矮胖胖,脑门锃亮,可他将胡子修得极其用心,天蓝色的眼睛很有杀伤力。他搞了个写作团队，网罗了一批"影子写手"，他自然不会放过才华横溢的娇妻柯莱特：早期柯莱特写的小说，一律署名维利。

不过维利对写作并非外行。他受过良好的教育，品位不俗，善于抓住读者心理，那些以他的名义出版的枪手之作，他都亲自进行了修改、剔骨、润色，于是它们都具备了他本人那种快乐又荒唐的风格。

实际上维利不在乎什么文学造诣或声誉，他只在意出版人给他的支票，他必须享受花天酒地的生活。一位出版家回忆，维利本人有如他"创造"出来的小说主人公——那时，他债台高筑，狼狈不堪，某天跑去问出版家要钱："赶紧给我三千法郎吧，我撤退之前，必须填补几个窟窿，我不能在我不在的时候还裂着大口子。"

卢岚提及，正是由于维利的"压榨"，柯莱特意识到，独立、自由——尤其经济独立——对于一个女人是多么重要。而她的写作兴趣，正是在这种高强度的逼迫下培养起来的。柯莱特认为自己早期那些小说要不是以"维利"之名发表，恐怕也无人问津："那个不写作的人比以他的名义写作的人更有才能。"

卢岚笔下的柯莱特很酷，脱离丈夫控制后，她一边写作一边跟随剧团巡回表演："笔杆、舞台一把抓，跳舞跳到奶子露出来。"此外，这位演员作家还说："如果紧身衣妨碍我、伤害我的造型,我宁可光着身子跳!"

随心所欲的柯莱特让人大开眼界,她的存在为半个世纪前的巴黎文化界增添了无数活力。如此做派,难免招致很多"正统人士"看不惯甚至愤怒。长期以来,不论是她的作品还是她本人,总是引起争议、受到谴责,但是天才柯莱特冲破世俗道德、人伦戒律,管你该做还是不该做的事,她都要做。每个时代的女权主义者都大喊口号,要自由,要独立,要和男人一样享受更多的权利,但是柯莱特不喊口号,因为她是个实干家……卢岚提到,柯莱特直接把十六岁的继子带上了床。

柯莱特的风采堪比露·安德烈亚斯·莎乐美——这位令尼采、里尔克等男子都陷入情网的女子。莎乐美一辈子保持其作为女性的独立,也从未喊过什么女权主义的口号,她轻描淡写地说:"别管男人想什么,按照上帝的旨意去做,他是你唯一的主人,这就是自由。"柯莱特说过一句类似的慷慨的话:"爱一个男人,不是向他索取幸福,而是要一种在他身边生存的可能性,以及对他容忍。"

这位迷人的、二十世纪前期最惊世骇俗的女性在一九五四年因风湿病去世,总统下令,为她举行了国葬。去世前,柯莱特丢下一句颇为耐人寻味的话:"莫非我到了不可能再有起点的地方?"

## 作家也疯狂，他想当歌手！

兴许是长期埋头写作，太苦闷了，莫名地生出一股难以抑制的激情，忍不住要引吭高歌；又或者，他认为那些会弹乐器的歌者，一路行走、一路拨弄、一路采风、一路艳遇……好过瘾，哪像我常年困在书斋里，身体和灵魂都发霉了。哎，我要是会一门乐器该多好，那我一定放弃写作，当歌手！

詹姆斯·乔伊斯曾十分渴望拥有一把鲁特琴，带上它当个行吟歌者，采集古老的英格兰歌谣。实际上，这位"改变了世界小说创作进程的作家"（加西亚·马尔克斯语）非常有做音乐的条件：他的母亲年轻时是一位唱诗班歌手；他的父亲总是在举家颠沛流离时高歌一曲——路人纷纷被吸引，都以为专业歌者隆重驾到——以鼓舞全家老少。而他自己则好弹奏，贝多芬、勃拉姆斯的钢琴曲都是他的拿手好戏。

乔伊斯在生活困顿、写作不顺时，写信给一位名叫阿诺德·多尔梅奇的制琴大师，恳求后者帮他打造一把适合他的乐器，以便随时吟唱上路。多尔梅奇曾为乔伊斯的前辈、爱尔兰大诗人叶芝制作过一把鲁特琴，惹得众人羡慕。也许因为那时候的乔伊斯"名声"不太好，有"借钱专业户"之称，而且还酗酒，这位制琴名家冷冰冰地拒绝了他——乔伊斯想当一名行吟歌手的梦想破灭了。

成名前的杜鲁门·卡波特曾渴望在夜总会里当一名自弹自唱的职业歌手，为此他攒钱买了一把吉他，铆足劲，拜师苦学了一个冬天。而后他终于弄清了自己根本不是这块料，弹来弹去只会一首《但愿恢复单身》……有次在去学琴的路上，他心一横，干脆把吉他送给了一个在巴士站等车的陌生人。

村上春树这个地道的爵士迷，他说写一本书就像演奏音乐一样有主题、即兴、变奏、尾声。但他说真正做一名音乐人太难了，于是他退而求其次当了一名作家。比起上述那两位大作家的疯狂，村上春树理智很多。可当得知英国电台司令乐队是他的忠实读者时，他兴奋难掩："这让我感觉很骄傲。"

一八一九年秋，十四岁的安徒生搭上一辆邮递马车前往首都哥本哈根。这个沉默、早熟且羞涩的男孩有个梦想：当一名歌剧演员。可是，他的梦想落空了，碰了一鼻子灰，因为剧院负责人说他相貌平平、天赋不高，想要当一名职业歌唱家有如登天。可想而知，少年安徒生遭受如此打击后心情有多糟糕。

然而，就在曲终人散的那一刻，那些职业歌者是否也有空荡荡的感觉？

他也许想过，要是自己是个作家该多好！无需漂泊，没有动荡；落笔下去，心灵安宁；书房定坐，云游四海。只要打开一本书或埋头开始写下第一行、第二行……强劲的想象也就成为现实了。

有人问，这些想当歌手的作家们，怎么清一色是男性？有没有女作家也有类似的愿望？不用吧，女士们本身就是音乐，人们只需多情地歌颂她们就好了。

## 墨花游戏

凡在温源宁《不够知己》中亮相的人物，无不活灵活现、精彩纷呈。钱锺书曾为这本"人物评传"撰写书评："这本书是温先生的游戏文章，好比信笔洒出几朵墨花。"我最早是在张中行的《负暄琐话》中得知温源宁其人其书的。

一阴一阳之谓道，一悲一喜之为真。同一人物，在温源宁、张中行两位先生的笔下是那么不同，可又都真真切切，令人动容。说的是杨丙辰教授。

温源宁写杨丙辰，开笔就说："如果但丁还活着，要重写《神曲》的话，必须给杨先生开辟一片新境地。因为天堂、地狱、炼狱及地狱边境都不是杨先生可去之地……"

杨先生何许人也，如此自成一界！

而后温源宁又讲到杨丙辰的相貌像一幅漫无边际的漫画，带着走荒腔的喜感："杨先生的相貌好像是宇宙洪荒、混沌无光时迷路的产物误入我们这个时代……他的迷人魅力连冰雪聪明的佳人也难以匹敌。"

而在张中行《负暄琐话》里出现的杨丙辰教授,苦涩,落寞,悲凉。

　　张中行从杨丙辰先生在北京大学做教授教德文开始写到"文革"期间他的境遇。张中行记得杨先生跟他讲过,他说的德语就连德国人都惊讶。"杨教授爽直、诚实,不会因为夸耀自己而说假话。"张中行还讲到了比杨教授小很多的杨夫人。杨先生当时已年过半百,而他的娇妻还不到三十岁,原是唱京韵大鼓的,热衷于时尚、装饰,在这方面花销太大,使得杨先生常常捉襟见肘……可是杨先生心肠极好,动不动就会拿出钱来周济穷人朋友,所以总是小心翼翼地给小夫人报假账,担心露出马脚。

　　杨丙辰教授没有逃脱悲剧命运,死于"文革"的风暴中。就在杨先生去世头几天,张中行还在景山附近碰到他在一家食品店门口排长队买高价点心。杨先生看见张中行,把他拉到一旁,小声说:"要设法买这个吃,身体要紧,必须活着!"

　　在《不够知己》中,温源宁还写到了老舍、梁宗岱、沈有乾。沈有乾先生专攻统计学和符号逻辑学,在温源宁的笔下又是一位古怪兼可爱型人物:"沈先生擅长辩论、演说,又是合唱团成员,可他年轻时却是个口吃很厉害的人……"温教授在老舍先生身上着墨不多,整篇文章多半取材于老舍自己某次演讲的内容;写梁宗岱先生——一个完全的乐天派："他确实并不相信上帝、进步和永生。他肯定和相信的，是他自己，是人生之甜美，文学之怡情，女人之可爱。"

在《负暄琐话》里，张中行笔下温源宁先生的形象又是怎样的呢？二十世纪三十年代初，温先生任北大西语系英文组主任时，每周有两个小时的英文课，张中行都会去旁听。张先生承认，这"多少有点捧名角的意思"，可见温源宁名气之大！温源宁穿着考究而整洁的西装，举手投足成熟老练，平常讲话抑扬顿挫、古典味浓郁且带着一丝"英式"嘲讽……如此种种，的确是一道特殊的校园风景。

张中行认为，对于笔下人物，尽管温先生主要写他自己的感触和认识，很少记事实，但他评论各式各样的人物，富有英国散文大家般的功力："通过表面，深入内心，一针见血！"正所谓"透过枝叶见到根"。为此，张中行引用了温源宁在《不够知己》里为胡适所作的素描，简短几句，胡先生在博学之外风流倜傥、可亲可爱的样子呼之欲出——

　　……交际界，尤其是夫人、小姐们所欣赏的（有一搭没一搭说些鬼话的本领），看似区区小节，实则必不可少。在这方面，胡博士是一位老手。

# 蚌埠,契诃夫

尼基金无亲无故,大学毕业后,当了中学语文老师,爱恋上了一名大户人家的千金玛纽霞小姐。眼下,陷入情网的尼基金面临着种种考验和磨难,他觉得周遭没有一件事对自己的爱情是有利的,一切都是刻意刁难他的绊脚石。

首先,尼基金不会骑马,对骑术一窍不通。然而玛纽霞小姐全家都是超级"马迷"!玛纽霞小姐的小心思是,谁要是拥有一匹好马,她就有点受不了……正因如此,她又格外惹人喜爱。你听她跟尼基金谈论一匹马:"……不过,那匹马已经不中用了,它左腿上的那块白斑毫无道理。你瞧,它的脑袋老那么一仰一仰的,现在它这毛病已经没法治了,直到死都要把脑袋这么一仰一仰的了……"

尼基金二十六岁,但大家都把他当孩子看。为了显得老成些,他刻意留了胡子包括唇髭。如此一来,反而不伦不类。他的学生们都不怕他,女人们只喜欢跟他跳跳舞而不愿听他发表见解。他真希望自己能老上十岁,哪怕付出再高的代价也在所不惜！更加可气的是，就连心上人家里的两条狗也跟他作对。

脱毛小母狗有一副毛蓬蓬的嘴脸，一见到他，分外仇视，龇牙歪头狂吠乱叫；大黑狗索姆在人们吃饭喝茶的时候，总在桌子底下来回穿梭，累了，专挑尼基金，把脑袋搁在他腿上，流出大量的口水把他弄得脏兮兮的，尼基金已经没有一条像样的裤子了。

全家最聪明、最有学问的瓦丽娅——玛纽霞的姐姐，只要逮住机会，就跟尼基金激烈地辩论。有次就尼基金给学生出的作文题目"作为心理学家的普希金"，她当众对尼基金展开咄咄逼人的"攻击"："哦，如果是谢德林或陀思妥耶夫斯基，那另当别论，至于普希金，他是伟大的诗人，别的什么都不是。"

不管气急败坏的尼基金怎么反驳，是以朗诵《叶甫盖尼·奥涅金》等诗作来证明，还是用《黑桃皇后》里的赌牌、骗局和幽暗的欲望作为佐证，最终还是不可避免地败下阵来，只有歇斯底里地大喊一声："死狗，滚开！"因为就像串通好了似的，大黑狗索姆又把脑袋和爪子放到他的膝盖上了，还吐了口水。

一个爱好戏剧和文学的信贷社社长听了全场辩论，倒是很欣赏尼基金，特意凑上前跟他交流，与他谈起莱辛的《汉堡剧评》。不料，没好气的尼基金丢出一句："没读过！"

这搞得信贷社社长颇为尴尬，"两手像是着了火似的直抖"。尼基金虽然觉得信贷社社长的反应滑稽可笑，但自己不是更糟糕吗？一个学文学的，居然没读过莱辛。

如此种种，令尼基金感到很挫败。然而即便这样，也无法阻挡他对爱情的渴求。他时刻幻想着跟心上人结婚，心情时好时坏。最后他决定不能这样耗下去了，为了幸福，绝不能做一个爱情的逃兵！

这次旅行，我在蚌埠转车，翻开随身携带的契诃夫的作品，读得开心。到这，这篇名为《语文老师》的小说差不多进行了一半。

接下来，一直处于暗恋状态的尼基金就要展开行动，正式向纯洁无瑕的玛纽霞表白了！当时心上人在二楼的育儿室里，听见大姐瓦丽娅又用她的大嗓门在和谁说着什么……契诃夫接下去的叙述，会让读者感到有种压抑、不安的气息在蔓延……尼基金独自站在一间屋子里，这间屋子有两道门，一道通往育婴室，一道通往客厅。这间屋子的紧里头有一个挺大的旧衣柜，里头装着弹药和猎枪！

大家都知道契诃夫那条"第一幕墙上挂着猎枪"的理论："如果第一幕，墙上挂着猎枪，最后一幕就应该把它打响。"自契诃夫讲出这句名言之后，许多小说家、戏剧家争相效仿，都照他的这一说法来铺展剧情。

契诃夫本人会遵循这个规则吗？这一点，等火车驶出蚌埠站我们再说。

契诃夫在另一篇小说里，借书中人物说："我注意到了，人们讨了老婆之后，就再也没有好奇心了。"小说快结尾时，我们看到婚后的尼基金很快就厌倦了一成不变的生活。有天他闲得无聊，莫名其妙地去火车站逛了一趟，看到邮车进站出站，他感受到长久没有过的自在和轻松。

尼基金又回想起自己早亡的双亲、不幸的童年、惨淡的青春，以及通过长期不懈的努力奋斗找到的幸福……可是，再仔细一想，他发现自己实际上却是个俗人！他做梦都梦到信贷社社长说："你竟然没有读过莱辛的著作，这，这简直太堕落了！"尼基金虽是个中学教员，可扪心自问，从小到大，自己有过当一名老师的志向吗？他在日记里写道："我要从这里逃出去，今天就逃出去，不然我会发疯的。"

契诃夫还写过一个故事——一个年轻人为了抗婚，特地跑去一个医生朋友那，请他开一张证明，证明自己有精神病，不适宜结婚。这位医生朋友恰巧刚和妻子干了一架，他对朋友讲，不能帮他开证明，因为不想结婚的人不可能是疯子，相反，不想结婚的人是最聪明的人。而后医生说了句极其讽刺的话："等你什么时候想结婚了，那时候你再来开证明……到那时你才显然是疯了……"

列车启动，离开蚌埠，我捧着书睡着了。

# 上当男子

　　清末民初的小说家李涵秋养了一只能模仿狸奴①声的百灵鸟,他把它当作宝贝来稀罕。一天早上,他去某寺庙公园遛鸟,看到一鲁东人也有一只百灵鸟,比起他的那只厉害多了,除了能模仿猫叫,还能模仿婴儿哭、行军奏乐、汽车急刹车、报童叫卖——只要你能想到的各种声音……无所不能,无不妙肖。李涵秋惊诧、失落,鲁东人这活物完全把他的比下去了!当下他生出念头——买下它!就跟鲁东人提了出来。

　　鲁东人说,他并非贪图钱财之人,可是既然大家都喜欢鸟,乃同道中人,切磋切磋倒是可以的。

　　李涵秋说:"那敢情好,可如何切磋?"那人说:"不妨我们就换着养养吧。"鲁东人的提议令李涵秋喜出望外,当即换了

---

① 猫的别称,前人亲昵地称猫为"小狸奴"。清代诗云:"花下蹲狸奴,可以慎忖度。"

鸟。可他又觉得自己占了人家便宜,不好意思,给了对方不少钱。鲁东人居然毫不客气地收下了。李涵秋也是怪,既然说好是换着养,那为什么要给钱?莫非他有意占为己有了?

李涵秋带着新宠归家,兴奋之情无以言表。

他迫不及待把家人叫过来,打算显摆一番。不料,这只新来的百灵鸟别说模仿,就连它自己的真声也不出了,噤若寒蝉。李涵秋心想,这一定是因为它初来乍到,还不适应新主人、新环境,所以眼前这个"熊样"实属正常,过些天肯定就会大放异彩。

可一天天过去,这只百灵鸟依旧一声不叫,李涵秋又气又急:怎么好端端的就成哑鸟了?为此他茶饭不香,去寺庙公园寻找那鲁东人多次,可那人再也没现过身。直到有天,李涵秋从一个知情人那得知,那鲁东人是一个狡狯之徒,早就盯上了李涵秋的巧嘴百灵,而李涵秋听到的鲁东人百灵鸟的叫声,实则出自鲁东人的口技!

这则"李涵秋失鸟记"颇似希区柯克"悬疑剧场"里的短片,也多少有点"聊斋意蕴"。鲁东人固然可气,也怪李涵秋自己有贪念。

他那只可爱的会模仿猫叫的百灵鸟,换了新主人之后的命运如何?

李涵秋趣事多多。他不谙世事,又很多情,平常不怎么抛头露面,只愿躲在自我世界闭门造车,正因如此,他才那么容易上当吧。

"百灵鸟事件"之后,上海某知名报社聘李涵秋前往当主笔。

抵沪后,报社老板先安排李涵秋在一家高档宾馆住下。那时电梯还不是很时兴,宾馆里是那种老式的推拉门电梯,要乘梯人自己拉门进入。李涵秋一进电梯就大叫起来:"啊,房间这么小,这,这不能起居的呀!"搞得报社人哭笑不得。

入住后没几天,一日外出回屋:咦,怎么回事,自己房里怎么多了一位绝佳少妇⋯⋯莫非真的是"聊斋"? 原来,李涵秋坐电梯搞错了楼层,如此一来,他索性跟少妇很家常地聊了一下午。

正因为李涵秋的这种游离状,糊里糊涂,完全跟着感觉走,所以平淡的日常才会出现一些惊奇吧。平凡生活中发生的一切,都会成为他的灵感来源和素材,不管是犯晕出错、误闯闺房,还是欲望使然上当受骗。

在一本旧书里见到这位清末小说家的尊容:俊逸、清癯、悲冷,一副孤高绝尘的书生气质。郑逸梅的文坛掌故里提到李涵秋,说他早年在家乡生活,无论艳阳高照还是阴雨绵绵,他都骑一头小毛驴出门,优哉游哉:"壮士跨马,逸士骑驴。"

## 美人:旅途,床头

卡夫卡在一九一二年年底至一九一三年年初写给菲利斯①的四封情书里,都谈到清代诗人袁枚的《寒夜》——

寒夜读书忘却眠,
锦衾香尽炉无烟。
美人含怒夺灯去,
问郎知是几更天!

卡夫卡同未婚妻讲,每当长夜漫漫,他总是会想到这位中国学者:"这个忧郁的、忠实于她的男人毫无觉察……"毫无觉察什么呢?毫无察觉,床上的美人等他同枕欢爱已是很不耐烦了。沉浸在学问、著作里的男人都是这般"冷漠"吗?也许他会想,肌肤欢愉迟早会到来,那何不将手中

---

① 卡夫卡的未婚妻,他曾两次和她订婚,后又解除了婚约。

这一卷读完再说呢？有幅漫画，一对情侣缱绻之际，男人却已偷偷分神，腾出一只手悄悄捡起床下的一本书……

在信里，卡夫卡提示未婚妻，诗里的美人不是学者的发妻，而是他的一个小妾。正因为是妾，所以其"含怒"和"质问"，别有情致。女子的娇嗔，是一种"策略"，愈发激荡起男人的爱欲。

有次我到贵州，在一个游人稀少的古镇闲荡，入住一家安静雅致的客栈，老板娘性格直率，颇豪爽，还是个道道地地的"袁枚迷"，店里藏有多种袁枚著作，仅《随园诗话》就有二三十个版本。

入住那天我听到她与两位客人谈话，大概是说，大多数人都沉浸在"多情自古空余恨，好梦由来最易醒"（魏子安）的人生喟叹之中，但她觉得做人还是狠心、决绝一点好。我听了进去，感觉到她说的决绝并非无情，而只是说人的一生不要太过执着和依恋。老板娘认为袁子才"反"魏子安"多情"而写的"只求无好梦，转觉醒时安"，更是一种洒脱的人生境界。我正好带着卡夫卡书信集，就和老板娘说起卡夫卡与袁枚的"交错"，老板娘表示惊讶，说："还有这等事啊！"她随即欢迎我入住，还叫我自己选客房。

花草书香，沁人心脾。客房数间，皆与书及书人（书房）有关：古林、归愚、苦茶、古园、三闲、待漏、瓶庐……我入住的是"逸梅"屋。也许是那段旅程令我难忘，日后我只要看到郑逸梅先生的书,都一一买回,其中《艺林散叶》最是钟爱,要是逛旧书店看到,都会买下,自己留着也送朋友,读起来闲适、养气,很长时间里成了我的枕边和旅途读物。《艺林散叶》里有一句:"天地之所以为天地,以其有山水也,有花木也,有图书也,有美人也,否则天地便归于寂灭。"

何为美人?

民国时期一位南社诗人说:"女人之相貌,是要秀气。虽是平平凡凡的相貌,细看时有一股秀气逼来,她就是美人。"

可是美人啊美人,总是男人们在念叨、在诉说、在胡乱猜测,也许她们自己另有心思,你听——

　　哦,莫要夸耀我的美丽……

　　我憎恨我在镜中的美丽,我的美丽不是我本人,

　　是我穿着它……

　　内部的我呀,哦,却关心

　　我是何人,又将成为何人……

当然,这还是男人的"僭越",是英国小说家、诗人哈代化作美人时发出的忧愁低语。

## 请把火柴给我

　　施蛰存先生在他的《一人一书》里煞有介事地说，有天去看一个朋友，在他家吃午饭，"酒力醒，茶烟歇"，而后主人拿来精致点心"水晶查糕"请客人品尝，两人谈兴大发。朋友请他谈谈喜欢的同辈作家及他们的代表作，施先生欲言又止，"平时亦未尝敢月旦并世诸贤，此事殆不能任"。但普洱茶暖暖，小点心爽口，主人性情亦温和……他们也就"移茶杯而促席"，款款而谈了。

　　这位"主人朋友"是施先生虚构的。他借此角色，以轻松的笔调进行客观的评论，快活消遣，余味不尽。搞得我有一阵子在外游走，每看到一家食品店都会进去问："有没有水晶查糕？"因为施老说的"一片入口，甘冷入心脾"太馋人了。

　　施先生首先与"主人朋友"谈及鲁迅。

　　他直言鲁迅是一个思想家，但其思想尚未能成一体系。正因没有成一体系，所以"总有五角六张，驳杂不纯之感"。他还认为鲁迅的散文要好过他的小说："真是好！"施先生由衷地说:"《朝花夕拾》里的十篇文章,是鲁迅的纯文学散文,笔调老成凝重而感情丰富,绝非此老转变后文笔所能及也。"

不用说,鲁迅之后登场的定是其弟周作人。

施先生和"主人朋友"一致认为知堂老人是一代散文名家,而且"创作、翻译,两足千古"。"主人"谈及周作人的《闭户读书论》和《自己的园地》让人安闲怡然:"有些人种花以消遣,有些人种花以卖钱,真种花者以种花为其生活——而花亦未尝不美,未尝于人无益。"随后施先生又说起周作人《谈虎集》和《谈龙集》的高妙。

蒋光慈、巴金等人悉数登场后,"主人朋友"递给施老一支烟,请他谈谈沈从文先生的作品。

"请把火柴给我。"

在一根烟的时间里,施先生谈到了沈从文的作品以及对沈从文的印象。他认为这十年来,沈从文是创作态度最忠诚的一位作家。"一个好的作家,除了充足的生活经验之外,还需要一个条件,忠诚的写作态度。"

施先生在沈从文众多的文学佳作里选出他认为的代表作《雨后》,这是一个短篇小说集子。施蛰存跟"主人朋友"说,这本书是那家倒闭了的春潮书局出版的,市面上早就断货了。

压轴出场,废名先生。

施老毫不掩饰对废名的激赏:"谈到中国新文坛中的

文体家,废名先生恐怕应当排在第一名了。"施先生这么一说,我想起前些年每当自己心情不佳,夜不能寐时,总喜欢起来抄几首废名的诗歌,梦幻倒影,真切无比;跳跃的寂静,安稳人心——"海是夜的镜子,思想是一个美人。"

施蛰存跟"主人朋友"说:"看废名先生的文章,就像一个有考古癖者走进了一家古董店,东也摩挲一下,西也流连一下,迂回曲折,顺着那些古董橱架巡行而去,而不觉其为时已既久。他的文章之所以让你发生摩挲流连之趣者,大抵都在于一字一句中的'俳趣',也就是涉笔成趣。"施先生又说,涉笔成趣谈何容易,作者在完全自然的状态下,其文笔才能显得灵活生动。

这时候,门铃响起,女仆去开门。

施老写道,进来的是一位女宾,于是他很有礼地喝了一口茶,拿了帽子告辞。"主人朋友"说:"怎么走了,我们还没聊完呢!"施老说:"不行,我上你的当了,已经雌黄了不少人了,不能再胡说八道了。"

"主人朋友"说:"那你明天还得来,我给你备着上等的烟和茶。"

据说,第二天他们谈论的是几位女性作家和她们的代表作。我觉得,相比他们第二天的谈话,我对刚刚进来的女眷更有兴趣——她是谁呢?好客的主人会请她吃水晶查糕吗?"一片入口,甘冷入心脾。"

# 孤独的 W 先生

翻译家刘炳善先生的《随感录》一条条、一则则，信手写来，不受拘束，煞是好看。他说这些"小手札"是他在整理"莎士比亚词典"之余的"放松和消遣"。如果说，他几十年下来孜孜不倦地书写五百五十多万字的《英汉双解莎士比亚大词典》是主业，那么他写这些通过翻闲书、会友人、逛市场、看影视剧、听京戏等有感而发的随笔文字就是副业了。随手翻读，竟然发现自己的业余生活和刘先生颇为相似，比如看作家刘心武在百家讲坛讲《红楼梦》，观赏由张怡宁、王皓作为主力参加的乒乓球世锦赛，逛旧书店（一次他在书架前看得入迷，一位小店员给他搬来一把椅子；我有一次寻书入迷，女店主给我端来一杯茶），逛菜市场……

《随感录》里有一则《会见老翻译家》让我印象很深刻。

这位翻译家，刘先生没有说出他是谁，只用 W 代替。他记有一次在上海参加一个文学活动，本来打算和 V 多聊聊，结果 W 来了。他说 W 先生那个健谈啊，"大河上下、顿失滔滔"。当年 W 先生八十多岁了，一直未婚，长期孤独，见到熟悉或不熟悉的人，只要能说上话的一律一吐为快。

我们常看到一些孤家老人，不仅和别人话多，还习惯性地喃喃自语。因为长期独处，难免寂寥，他们有太多东西憋在心里。刘炳善说因为自己耳朵不好，故听起 W 先生的话很吃力，好不容易听懂一句，刚想插进去说点，马上又被 W 打断："作为一名资深单身汉，那天 W 实在是亢奋，苏州话、上海话、不标准的普通话夹杂在一起。"

W 先生到底是谁？我好奇。

接着，刘炳善说道，W 曾在《万象》发表过一篇文章《为什么王安忆读了昆德拉要不安？》，"痛诉老一代知识分子的苦难遭遇，指出王安忆小姑娘缺少此一遭遇之代沟以及因此对她的创作之影响，等等"。

如此一来，我便知道 W 是谁了，他就是大名鼎鼎的翻译家吴劳先生。我读过这篇他发表在二〇〇四年三月《万象》上的文章；我书架上还有一本辛格的《卢布林的魔术师 冤家：一个爱情故事》，"魔术师"的译者正是吴劳先生。

吴劳先生最著名的译作当数《老人与海》，他被学术界公认为海明威专家。"吴劳主张全息翻译，就是作者在书中表达的东西，都要尽量完完全全地翻译出来。"刘炳善写道。这位孤独的翻译家是二〇一三年秋天去世的，享年九十岁。吴先生无妻无子女，不知道在生命的尽头陪伴他的人是谁。

吴劳先生去世后，文化界人士缅怀了一阵。作家陈子善在微博里谈到吴先生的善聊："他老人家给我留下最深的印象就是聊天。每次见面就拉着你聊天，可以一直聊下去，古今中外、天南海北，永远不愁没有话题。他是有名的翻译家，更是聊天家。翻译家不少，聊天家又有几位？"

# 变奏记

江南行,带了陈子善教授的《不日记》。看到一个叫邬达克(Laszlo Hudec)的斯洛文尼亚人的传奇经历,如同听了一支即兴变奏曲。邬达克是个建筑师,"一战"时入伍,没多久就被俄国哥萨克骑兵俘虏,流放至西伯利亚。一九一八年,当他被转移到中国边境时,突然跳下疾驰的火车……开始我觉得,邬达克跳上的是一支正在行进中的即兴曲;后来又觉得,正是邬达克本人在演奏着这支即兴变奏曲。

当人陷入困境,只有顺着命运,走到哪算哪。可人生,一场豪赌,蓦地会冒出与命运对抗的念头……抑或身处困境,厄运连连,哪有什么念头,只是随着命运的拨弄,像个既定音符机械地跳动。

忽然,命运的调子发生变化,没有征兆,没有缘由,从一个调直接过渡到另一个调,速度之快,形势之严峻,那个极其重要的"过度音"都还未奏响……那索性就照着变奏之后的节奏前进吧!

跳下火车的邬达克身无分文,在中国辗转浪迹,而后到了冒险家乐园十里洋场大上海!后来发生的一切,按照现在的说法"很励志":这位异国建筑师白手起家,独立创业,屡败屡战。如今仍然屹立不倒的上海国际饭店、大光明电影院、达华宾馆、武康大楼、怀恩堂、爱神花园等都出自这位犹太人之手。

天命无常,出其不意。

邬达克这一跳,跳出了意外的人生。从邬达克的即兴变奏曲中出来,进入一个江南小城的"书码头"。

一男一女两个评弹演员在唱《杜十娘》,正唱到杜十娘终于要离开青楼与心上人结合这出戏。此刻,红尘姐妹齐来庆贺,悲喜交织,既为杜十娘高兴,又为姐妹一场往后无缘相见而惆怅。可毕竟是大喜之日啊,众姐妹全都亮出绝活,为杜十娘助兴。如果说在烟花柳巷,她们为狎客表演是逢场作戏,那么今日为杜十娘的载歌载舞绝对是全情投入。越投入,越悲痛,所有欢愉,均是以眼泪作底子——一场欢宴一场空,在世人的扼腕叹息中,这支传奇调子,变奏在即。

# 老水手

很多艺术家都爱养猫,即使再高冷,只要他抚摸了一下猫的脊背,瞬间就多了一丝温暖与柔情。反过来,猫是否也喜欢这些人呢?年轻的还没什么情感经验的费里尼有阵子非常迷惑,怎么有那么多美丽的女子迷恋带他入行的导演罗西里尼?他也渴望姑娘投怀送抱,可事与愿违。终于有一天他开窍了,"那是因为罗西里尼也很迷恋她们,女人喜欢对她们感兴趣的男人"。

猫与女人有可比性吗?

电影《漫长的告别》开头,睡梦中的侦探马洛被他的猫一脚一脚地踩醒了。原来猫饿坏了,想把主人拽起来,给它弄吃的。深更半夜,马洛起来驱车去买猫粮。到了夜间超市,猫粮很多,唯独没有"居里"牌的。

马洛的猫嘴刁,只认这牌子的猫粮。马洛问售货员有没有"居里"牌猫粮,售货员摇摇头,向马洛推荐其他牌子。马洛说他的猫不吃其他牌子的。接着,他多嘴问了一句售货员："你也养猫吗?"遭到后者一句牛气的回答:"我有女朋友,不养猫。"

马洛的猫,最终还是跑掉了,原因就是没有吃到它爱吃的猫粮。尽管马洛回家后背着猫把新买的猫粮装进"居里"牌罐子里,又故意当着它的面从里面掏出来:"吃吧,吃吧,你爱吃的'居里'牌。"可猫只是闻了下,舔都没舔,趁主人没注意,跑了。

艺术家更喜欢猫还是狗?

猫是否比狗更懂审美而又具备分寸感?

当猫温顺、柔媚时,你抚摸着它,感觉彼此很近;可一会儿,它又对你爱答不理,像个骄奢的情人;有时,你不经意跟它对视,忽然一阵发毛,好像心思被它看了个透底……


　　你就是孤独,你就是神秘,比恒河或者日落还要遥远。你的脊背容忍了我的手慢条斯理地抚摸。"

——博尔赫斯


我去拜访一位多年未见的画家朋友, 在他的大画室里,阳光暖暖,美酒芬芳。画家见我心神不宁,东张西望,就直接发问:"Z,你是不是在找我的大猫? "

画家朋友太懂我了,我就是在找猫。前几年我找他,他和女朋友养了一只大肥猫,很可爱。那时他的画室里有把麻黄琴,我弹奏起来,奇怪,每次我弹到 Fm/jmg7 和弦时,大猫就兴高采烈地扑向我！这个和弦是当旋律变奏一下子很难回到主调时,起到过渡和返回的作用,就像迷路者遇到向导,重新上路一样。

画家朋友告诉我,因为现在的女友对猫毛过敏,所以就把大猫送人了,但可以带我去看看它。忽然,他问我:"你还记得老 M 吗？"

我说:"记得啊,但很久没有见到他了。"

画家说:"是啊,别说你,连我们都很久没有他的消息了,他就像人间蒸发了一样。结果,有一天他出现了,举办了一个个人画展。"

"老 M 现在有七十岁了吧。"我问。

"快八十了。"画家朋友说,"老 M 开画展时,我们问他:'怎么回事,这些年您去哪了？还以为您死了呢！'结果,你猜他怎么说？"

"他怎么说。"

"他说,'我诈尸了啊'。"

原来消失多年的老 M 娶了一个二十出头的小媳妇,他跟老朋友们说,他这把老骨头的确是快死的节奏了,可是"没想到这一结婚,我活过来了,这不是诈尸啊"！我们大笑不止。笑完,我们就出发去看大猫。

原来大猫的新主人正是让老 M 起死回生的那个小

媳妇。

路上，画家朋友告诉我，大猫被老 M 和他的小女人收养后，某日突然跑了，好几个月都没回来，他们都认定它肯定成为流浪猫了。结果又过了几个月，有天老 M 给他打电话报告，说大猫回来了！

"很奇怪，"我们一边走路画家朋友一边说，"失踪那么久，大猫居然白白净净，毫发无损，就多了一点海水的腥味，猫毛比以前还顺溜，就是再也不像以前那么活泼爱闹了，性格大变。"

听画家朋友这么说，我似乎已经见到了大猫那被海风吹拂过的毛，以及那张深沉思考的脸，像个远航归来的水手。

## 书店和肉铺

我想不出除了卡夫卡还有谁比老钱更热爱书籍，那是一种全身心的迷恋与痴狂。一次莱比锡之旅，马克斯·布罗德和卡夫卡早早就请旅馆门房妥妥地安排了找姑娘的项目。可当他们得知有个书籍博物馆就在旅馆附近时，卡夫卡毫不犹豫地将猎艳之事抛诸脑后，一把拽住马克斯·布罗德马不停蹄奔赴书籍博物馆。马克斯·布罗德记道："弗兰茨站在成堆的书山前惊叹不已，他连站都站不稳了！"

老钱也是这样。

我不是说，老钱在姑娘和书籍之间和卡夫卡有着同样的选择。我是说面对书籍时，老钱浑身上下的反应也差不多。由于常和老钱出门，他对书的痴迷被我看在眼里。每到一个城市，他除了逛书店不干别的，从早到晚，不知疲倦。他对任何一座城市的哪条街巷哪个角落有家什么样的书店了如指掌，任何好书更是逃不过他的法眼。他寻书的本事就像诗人西川说的那样，好比关羽在万军之中轻取上将首级！

诗人陈东东说，一次在香港，老钱带他去一家旧书店，店主养了很多猫，他们一进书店，一只大黑猫倏地从猫窝跳出——就在同一瞬——老钱迅速地从猫窝掏出一本书，看都没看就递给他："东东，拿着，绝对好书。"陈东东一看，大喜，是梅洛-庞蒂早已绝版的一本书！（他们在网上查到这本书，价格高得离谱！）

一次我和老钱在上海参加一个诗歌晚会。一大早，他就把我叫起："走，出发，我们去文庙路逛旧书市场。"不巧，那天是礼拜天，书市是每周六。失望之余，我们就在老街随意晃荡。忽然，老钱眼睛发光，不远处一家旧书店又被他发现了。

书店老板和老钱差不多年岁，但颇冷漠，死活不让我们进店挑书。他说，刚刚到了一大批书，没整理好，我们要是进去连脚步都没法移动；又说闹不好架子上的书砸下来，会伤到我们，他可不想担负这个责任。老钱一直站在门口，跃跃欲试，搞得老板很不耐烦。老板又说："你们实在想买书，就过一两个月再来，今天不行！"

除了老钱，任何买书人，遇到这样傲慢的老板肯定掉头就走了。

老钱心平气和，毫不在意老板的傲慢之态，一直和声细语地说："进去看看又不要紧的，我又不会把你这里弄乱。"偶尔他又发出他标志性的略带尴尬的笑声："你看，你这书店老板怎么这样……"其间老钱趁其不备——老板和街坊打招呼时——试图闯入，每次都被老板严厉地呵斥住："不能进，你绝对不能！"

我在旁边为缓和气氛，主动与老板搭话，问老板除了上海，有没有在其他城市开书店。老板不屑地瞟了我一眼："我是上海人，我干吗要去别的地方开书店。"僵持了好久，有两位当地的朋友来找我们，大家集体好说歹说，老板终于放老钱进去挑书了："不过，你得把鞋子脱了再进去。"

脱鞋？大家面面相觑。

"脱鞋就脱鞋！"脱了鞋的老钱兴奋地冲了进去，那劲头又是那种胜利者势在必得的样子。逡巡几圈，他斩获不少，还把其中一部分赠给了我，"这是好书啊，你一定要看的"！每次一起逛书店，老钱总会买书赠给朋友们。"老钱给你推荐的都是钻石级别的！"他开心地说。

老钱的好心，就像古斯塔夫·雅努什在《卡夫卡对我说》记到的。一天情绪不佳的雅努什去找卡夫卡倾诉。卡夫卡说："太好了，正派的浪荡子们通常都是先喝上一杯再去闲逛，可惜我们两人都不是容易满足的麻醉品消费者。我们需要更为复杂的麻醉剂。好，我们到安德烈书店去！"

在安德烈书店，卡夫卡买了高更的回忆录《从前与后来》、兰波的《生活与诗》等。因为雅努什喜欢他的《一个失踪的人》，卡夫卡就买了《大卫·科波菲尔》送给他并告诉他，自己小说里的主人公卡尔·罗斯曼和狄更斯创造的大卫·科波菲尔是远房亲戚……"福楼拜的日记也很重要，"卡夫卡跟雅努什说，"我早就有这几本有趣的日记了，我现在再买一套送给奥斯卡·鲍姆。"

奥斯卡·鲍姆是卡夫卡的作家好友，一位盲人。奥斯卡·鲍姆多年后回忆，他俩经朋友介绍初见时，卡夫卡向他深深地鞠了一躬，他的一头浓密的头发竟然碰到了奥斯卡的额头！"大概是由于我同时也幅度过大吧……我感到一阵激动……"奥斯卡·鲍姆说的是以前从来没有过的情况，因为大家都知道他看不见，所以没必要鞠躬。但优雅、谦卑的卡夫卡却很自然地朝他弯了腰。

老钱也是一位热情、谦卑者。只要稍与他相处，他的赤子之心就会马上把人感染。近些年他一直在全国一些地方建造乡村书局，在乡下，他浑身散发出的岩浆般的热情一下子就博得了当地百姓的喜爱和信任。私下里，老钱常常资助村里的困难户，确保他们安心生活。他时常拉着我说："走，我们去趟肉铺。"他是要细细挑选几块上好的猪肉送给孤寡老人。卡夫卡在一九一一年十一月十一日的日记中描述过一种感觉：书店橱窗曾给他带来类似一个爱吃肉的人见到一家肉铺橱柜里堆满了肉时的那种愉悦，"就好像这种渴求源自胃，就好像是一种被误导的食欲"。

# 夜书行

北流（广西东南部，旧称"粤桂通衢"）之行，认识个开心果一样的主持人小J。

小J话多，一开口就刹不住闸。她说自己是个马大哈，总是丢三落四，光是身份证就丢过七八回，派出所民警已经很烦她了。最夸张的是，有一回由于赶时间上电台直播——正是上班高峰时——她跟一位乘客抢乘出租车。"啪嗒"一声，她分明感觉到自己的手机已掉在地上了，但她丢东西已成性（瘾），毫不在意，心急火燎地一下子就抢下出租车，钻进去，火速离开。车行路上，她还沾沾自喜，凭自己的老练和敏捷"赢"了那位和她一起等出租车的人。车到电台门口，下车，火速跑去直播间，例行公事般全身摸索了一遍，证实，上车前的"啪嗒"声，正是自己的手机掉落了。

北流活动结束，全体人员坐夜行车返回南宁。

碰巧和小J同座，夜行途中，她说她这人虽毛手毛脚，是个急性子，但也很喜欢独处，安静起来完全是另一个人。

她说自己都觉得好怪，但又一想，人的性格都是多重的。她还说，他一点也不喜欢上网，也不爱看电视，就喜欢看书。

她是真的喜欢读书，说起塞林格、昆德拉、屠格涅夫、左拉、老舍、林语堂、毛姆的作品，她如数家珍。她说她只喜欢看经典的或者有意思的书，不喜欢那些讲大道理的。

夜茫茫，路迢迢。

因为聊书的缘故，不知不觉快要到南宁了。

分别前，我把带在身边的《驳圣伯夫》送给她，她说太开心了，还叫我给她写了句赠语。她说虽然不知道这个作者是谁，但肯定会喜欢。过后，她还打开手机电筒，叫我给她写一份书单，说她要更好地培养自己的文学兴趣。

我就把最近读的施蛰存、曹聚仁、波德里亚，还有舒国治、安贝托·艾柯、罗札诺夫、谢阁兰、坂口安吾、乔治·佩雷克这些作家的书写下来，她很认真地把这张纸夹在"圣伯夫"里面。

施蛰存，她说这个名字有点熟，其他的都不知道。我跟她讲了讲他写的《石秀》，她说有意思，"跟《水浒传》里很不一样哟"！又说每个人的内心都深不可测，像个黑洞，又可怕又真实。

第二天下午我回北京，送我去机场的司机开的还是昨晚从北流回来的那辆商务车，我一上车就看到了《驳圣伯夫》。

……小说幻象……

# 动物温柔

　　老齐是个讲究情趣也崇尚自然的人，颇豪迈，是个玩主，据说还是旗人后代。年轻时，老齐不仅人聪明，模样好，做生意又发了财，难免就得到一些女人的爱慕，甚至投怀送抱。他能抵挡得住诱惑吗？我们不得而知。我们所知道的，正是这些不清不楚的花前月下之事，惹得他老婆又嫉妒又恼怒，不由他辩白、解释，甚至跪地哀求，狠心地与他离了婚，自带一对小儿女过活。遭受婚变的老齐，伤心欲绝，孤独出户，在京郊购得一座小三合院，把母亲接了过去，相依为命。

　　离婚后的老齐斩断情丝，没了绯闻，专情于闲事家常、花花草草。三合院舒适敞亮，北屋正房起居用，西屋为厨房，东屋作工具房、储物间。庭院内精心种植着奇花异草，一棵芭蕉树尤为显眼，一位书画界老友送给他一幅墨宝，他郑重装裱后挂在屋内醒目处，正是松尾芭蕉的俳句——

横跨原野，

请把马首牵向，

杜鹃啼处。


　　院内的芭蕉树和杜鹃花之间，置有清水涓涓的小鱼池。房内古器、字画、佛像，错落有致，清新淡雅，一望便知主人的情趣爱好。


　　时间悠悠，如今老齐已年过耳顺，但活力依旧。年轻时经历的种种，烟云散尽，不再提及。儿女两个早已长大成人，偶尔也会携带他们的另一半来看望他。但前妻始终没有原谅他，据说一直过着近乎吃斋念佛的生活。

　　老齐喜欢热闹，好客，更是烧得一手好菜，每隔几日便有良朋嘉宾前来与他品茗饮酒，高谈阔论，花前树下日月长。为了忘却过往，让日子过得更加生气勃勃、自己和老母活得加倍快乐，老齐还不忘在家中增添了两位新成员：一只还未开口学舌的八哥和一条叫"那那"的小狗。虽然初来乍到的两个活物不太令老齐中意，但他觉得在自己的慢慢调教下，一切都会如他所愿。

　　日子再风平浪静，总归会有变数。

　　初冬刚来，年过九旬的老母亲过世了。虽是喜丧，但对于老齐来说也是一个不小的打击，好长时间他心情低落，闭门谢客。加上那些日子他受了风寒,终于病倒了。好在家中有一狗一鸟与他做伴,总算多了一线生机。

每天老齐都会站在八哥笼前,不厌其烦地教八哥说"你好,你好",然而八哥瞪着一双黑黄的眼珠,滴溜溜地看着主人,始终就是不开金口。即便如此,老齐从未嫌弃它,依然每日为它调配饲料,精心喂养,期待有朝一日它出口成章,口吐莲花。

小狗那那是一只不太纯种的雄性雪纳瑞,前主人为了使它更好看、更威武,给它做了断尾巴、修耳朵的整容手术。不料,手术失败,不仅没有达到预期效果,更有毁容之感:耳朵尖尖、尾巴秃秃,那形象总叫人感觉贼溜溜、坏兮兮的。

那那之前不叫那那,那那是老齐给它取的名字。它到老齐家时已有两岁,老齐觉得它的样子"丑"得实在有点说不过去,心想,既然长相没法改变了,只能把它的"出身"拔高一些,所以就强弩着把它往"旗人后裔"上靠,姓那名那。

老齐本来就有慢性支气管炎,风寒感冒导致呼吸道更加难受,肺热痰多,经常不由自主发出"咳——咔——噗"三声连续巨响,用力将痰咳出,换得片刻呼吸畅通。老母去世、老齐身子骨有恙期间,已经没了体力和心思再教八哥说话,但依旧拖着病身精心喂养。那那天天围着主人转来转去,不离不弃。

数月过去,老齐的身体基本康复,要命的三连音巨响"咳——咔——噗"也逐渐淡去,乃至消失。这日老齐在西屋厨房煮面,刚刚点上火,客厅电话铃声响起。久病在家,冷清有时,听到电话声,他顿时生出一股新的激情,仿佛崭新的日子又将来临。孤单悲伤的老齐也该走出丧母和重病的阴霾,回归从前快乐的生活了。

老齐小跑来到正房,抓起电话,原来是一位老友从海南打来的。老友说好久未联系,甚是想念;又说海南那边气候、风景如何好,水果、海鲜如何鲜,建议老齐也过去看看,换个环境,享受享受海边生活。老友那头说得起劲,老齐听得心旷神怡,仿佛海风带着椰香阵阵吹来……

开始时,那那还只是静静地趴在主人脚边,听主人打电话,微闭双眼养神……突然,它竖起了那对怪异的尖耳朵,睁开眼睛盯着门口,迅速起身,吠了两声冲开棉帘跑去屋外。不一会儿它又蹿了进来,冲着主人汪汪不停,又冲了出去,在屋外也叫个不停,这样进进出出好几回。老齐电话正聊到兴头,没有在意那那的举动。再说狗狗天性使然,屋里屋外稍有动静,它就警惕狂吠。老齐沉浸于与老友的交谈,没有理会那那的反常。

最后,那那好像有点生气了,狂吠着冲进屋里,直接咬住老齐的裤脚往外扯。老齐也有点急了,"那那呀,你究竟想干吗",胡噜几次想把它赶走,但越胡噜,那那就吠得越厉害。连电话那头的老友都受不了了:"得了,得了,你那边也忒乱忒吵了,等我春节回北京,到你家见面细聊吧。"

老齐意犹未尽挂掉电话,嘴里叨唠着:"你这那那捣什么乱啊!"那那不理会主人的责怪,抖动着身子,继续咬住老齐的裤脚,把他往外扯。老齐无奈,只得起身跟着那那走到屋外,遂恍然大悟——只见西屋有烟雾冒出,原来煮沸的水早已烧干,锅正在火上烧烤着,滚滚黑烟,火苗上蹿……好悬呀!

多亏那那,老齐躲过一劫。

打这之后,老齐自我检讨,对外形丑陋的那那加深了感情。不管在屋里还是屋外,他都要见着它那矫健矮小的身影;那那只要稍离开他的视线,他就"那那,那那"地叫个不停。有时它就在脚边,他也不自主地喊着"那那,那那"。至此,那那更像是老齐的贴身卫士,左右不离。


日子飞逝,齐母仙去已多时日。

春节到了,老友相互拜年。初四,大家约好在老齐家聚餐,老齐正好可以再次施展大好厨艺了。

那天大雪纷飞,但老齐家里暖烘烘的。美味佳肴上桌,陈年佳酿开启。老伙伴几个推杯换盏,聊起各自的趣闻轶事,其乐融融,其中有人还想给老齐介绍个老伴,被老齐以一声"嘻"搪塞了过去。

席间，老齐得意地对那日来电话的海南老友夸那那："那天你我通电话时，那那为何狂吠不止？你我都错怪它啦，如果不是它，就要酿成大祸了……"那那仿佛听懂了主人的夸赞，乖乖地蹲立在主人身旁。

表扬完毕，老齐又无限爱怜地抚摸了几下那那，带着一种肯定和奖励，喂它一块红烧肉，起身去了厨房又继续烧几道拿手菜。

这时有人提议："我们为那那干一杯。"大伙正仰头饮酒之时，忽然响起"咳——咔——噗"三连贯咳痰声，大家狐疑地相互对望，并无异常，于是饮尽杯中酒，纷纷出筷伸向那盘红烧肉。"咳——咔——噗"又响了起来，哪里来的声响呀，太扫兴了！

"那那，那那"，这次大家听出来，是老齐的声音，可老齐不在这屋呀，他去厨房烧美味还没回来呢。于是大家皆放下筷子，一派茫然，想弄清楚究竟咋回事。"咳——咔——噗"又响了。大家循声望去，啊！终于搞清楚了，原来是屋角的八哥发出的怪声。

正在这时老齐端菜回来了。

"那那，那那""咳——咔——噗"……八哥好像越发来劲，不断地重复着这两句，声音和老齐的真伪难分。在座的客人和那那都晕菜了，尤其是那那被八哥叫得六神无主，茫然地看着主人,发现主人并没有开口召唤它,但这声音分明又是主人啊!

老齐既惊喜又不爽。

惊喜的是,不容易啊,这八哥终于开了金口。

不爽的是,我每天教你"你好,你好"你不学,偏偏就自学了这两句,真够丢人的……"嗐!"老齐一声叹气,连连摇头。

老伙伴们也明白了一切,大笑一通,这顿美妙的聚餐也就在八哥的"咳——咔——噗"和"那那,那那"中进行了。饭局结束,大伙和老齐作别,都觉得老齐家这一鸟一狗简直太逗了。他们又说起还有一个朋友家的鹦鹉也很奇怪,长年累月只说一句话:"失败了,失败了。"


自此以后,老齐家的八哥每天都重复这两句。

春天到了,一派生机,老齐就把八哥笼挂在院子里,想让八哥听听大自然里的各种声音,改改口。但八哥依然固执地坚持着已烂熟于心的"咳——咔——噗"和"那那,那那"。这怪声都影响到了邻居的生活,夏天傍晚,他们在自家院子吃晚饭,八哥停不下来的"咳——咔——噗"令邻居们哭笑不得。

另一方面,八哥"那那,那那"地叫个不停,叫得那那也好烦心。它一会儿看看八哥,一会儿看看老齐,也许它想死的心都有了,这八哥到底怎么啦?

那那只有不断汪汪汪汪,以示强烈的不满和抗议。

最后，老齐只得痛下决心，把这只已经脏了口的八哥送去了远房亲戚家，请它好自为之。没有了八哥，那那心情大好，更加忠诚地守护着主人，让老齐找回了从前的感觉——天地清宁，花前树下日月长。

# 布谷鸟①落情网

由于情变,布谷鸟心情沮丧。

他觉得生活没奔头,凡事都没劲,甚至想抛下所有,一走了之。可又能去哪里?有天布谷鸟找我聊天。我说:"老布,把你的糟糕心情当成一个噩梦吧,无论是什么梦,总会有醒来的那天。"

他目光呆滞地看着我,略带嘲讽的口气:"你这话真有点让我如梦方醒啊!"那天布谷鸟还说了一句话,让我对他刮目相看,仿佛是痛苦的心灵煎熬出了深刻的思想。他说,一旦被恶魔上了身,无数小鬼就纷纷涌来为魔鬼效劳。这话多像《易经》"蛊卦":风落山,女感男,巽而止。

昨天接到布谷鸟电话,电话那头的他完全像是变了个人,胸中积郁的晦气荡然无存。他喜滋滋向我报告,已经有

---

① 据说某地有个传统习俗,那里的女人很多都想生孩子可又不想被婚姻束缚,于是姐妹们就结伴去找一种男人借种,那地方称这种专门"配种"的男人为"布谷鸟"男人。

了稳定的新感情。挂断电话不到五分钟，又接到他发来的一条信息："欢愉是一时的，情景是可笑的，代价是昂贵的——我记得你跟我讲过这句关于一夜情的话。当时我无感，现在我觉得的确是那么回事。"我回复他："不记得跟你讲过什么一夜情啊。"他回复了一个阴险的动图表情。

现在我们看看让布谷鸟重获新生的黄鹂鸟。

老布说是在一个聚会中认识小黄的，之后他们常常通电话，投缘。几周后的一个晚上，布谷鸟提出见面，黄鹂鸟说心情很糟，懒得出门。老布就说，"那不如就去你家吧"。小黄说，刚搬完家，乱得很，连个能坐着说话的地方也没有。布谷鸟无语。过了一会儿，黄鹂鸟说，"你要是不嫌乱就来吧"。

于是，老布便去了。

果然小黄家里乱得很，脚都迈不开，小黄盘腿坐在沙发一头抽烟，沙发另一头有《金刚经》和《圣经》各一本。钢琴盖是打开的，摆着一本阿尔康①钢琴曲谱，低音那头的琴键上有烟灰。

小黄大大咧咧的，跟老布说随意些，不必拘谨，还吩咐他烧点开水。水开了，她起身泡了一壶茶，两人有一搭无一

---

① 阿尔康，十九世纪法国作曲家，与肖邦、乔治·桑、李斯特、雨果为友。钢琴神童，25 岁闻名世界，名气仅逊于李斯特，曾抱怨肖邦不读书。

搭地聊了起来。直到这时,晕头转向的布谷鸟才发现他弄错了,那天一群男女聚会,他与一位女士相聊甚欢,他以为黄鹂鸟就是那位女士,这次见面前的每次电话,布谷鸟脑海里浮现的都是那女子!事已至此,布谷鸟决定将错就错,聊得开心投缘,谁都可以是黄鹂鸟。

小黄既淡漠也挺性感,眼神清亮又像没睡醒。

这种"清醒着的梦游状态"让布谷鸟非常着迷。黄鹂鸟说,她搬来这里好几天了,但没心情收拾,白天上班也累,本来是有人搬来和她一起住的,结果闹崩了。"也好,"她说,"缘分注定,好聚好散。"

说到这,黄鹂鸟起来找创可贴,磕磕绊绊,手上、腿上开了几个口子。老布觉得有点尴尬,话题很难继续,随口说,"我来帮你整理房间吧,你好好休息一下"。小黄没客气,说"那就太谢谢你了",并把抹布、拖把、水桶、吸尘器一样样找出来,"干吧"。

布谷鸟干得热火朝天,得心应手。一套复式房子,上上下下清理干净之后,又听从黄鹂鸟的指挥,把一个个纸箱打开,将各种物件、书籍拿出来各就各位。搞妥之后,已是零点一刻。

小黄坐到钢琴前,重新翻开一页阿尔康,弹了起来。老布感觉这曲子既像送客又似挽留。犹豫之际,小黄说了一句:"这么晚了,你就不要走了,帮我干了那么多活,让你走显得我多不仗义啊。"

此言让布谷鸟感动也多出一点困意。

小黄又说:"你肯定出了一身汗,先去冲个澡,我找一件他的睡衣给你穿一下,如果你不介意的话。"

布谷鸟说,那晚异常平静,隔天醒来,看了一眼黄鹂鸟,小黄也看了一眼他,就像一对老夫妻。

# 尺度

夜晚,我到了 Q 的住处。

我们站在窗前,面对漆黑的大海,浪涛声中偶尔夹杂着一声声嘶吼,似有一个庞然大物在临近的港口被捕获。Q的大部分藏书都处理掉了,我只看到有一本很旧的普鲁塔克的在床头,另一本簇新的《"水仙号"的黑水手》在床尾。Q带我去另一个房间,窗外依稀能见,海上涌动着黑暗之光,有巨大的船只缓慢航行,船尾有几个男女的幻影在漂浮,摇摇欲坠,似危险和嬉戏之间的一种状态。

Q 暗示我朝左看,一座自海上升起的高楼,几个少年将一艘艘小船弄上房顶,他们携带船只轻快的姿态就像腋下夹着一块滑板!上了房顶之后,他们一个接一个以优美的弧度,踩踏着小船从高高的屋檐滑入大海,依旧给人危险与嬉戏之间的感受,从 Q 的一个不经意的神态里,我觉察到了这些少年的微妙。

第二天,我离开 Q 住处之前,窗外大海宁静,昨夜那些从楼顶滑下的小船早已漂远。Q把钥匙留给我，说要回老家照顾生病的父亲，我可以随时来观摩少年从高处跳船，"一段时日之后，你就能找到一个调节自我声音的尺度"。

# 书本一只鸟

我正做着一个白日梦。

有人把我叫起来，拉我去看对面阳台上的一个阅读者，他看着看着书，忽然，书变作一只鸟飞了去。奇怪的是，我感觉小鸟是从我手中飞走的，掌心还有些毛茸茸的温热的错觉。我做了几个扩胸动作，似乎有把握，小鸟一定还会飞回来的，只不过归来之后，落在掌心的，是一本书的分量还是一只鸟的体温呢？想到这，我看了一眼对面阳台上的人，他也做了几个扩胸运动。

鸟飞去，叫了几声，轻描淡写又极其丰富地改变着音调节奏，像个童心未泯的作家，借用几个词语，埋下种子。回过神来，双手空空，鸟之空巢。前人有诗："飞鸿迟迟来，掉落青烟路。遗音落风中，适于歌声过。"

行走在旅途而忘记行走，掉进梦中而忘记了梦，沉醉在书中而忘记了书……就在遗忘的一刹那，鸟儿离枝飞了去——飞去醒来的梦，徜徉嬉戏之途，遨游幻象之境。

暴雨将至，风向改变。

"亨，利贞，可小事，不可大事。"飞鸟盘桓，抖落一爻降落于手心，"飞鸟遗之音，不宜上，宜下，大吉。"


满屋之书，沉睡之鸟。

书架拥挤，无枝可栖。

书本一只鸟，微微扑翅的沉睡之鸟。


这本书——飞走的鸟？——我找了很久。此刻，我还处于刚才说的那个白日梦里吗？与其等书回来，不如醒来去寻找。无奈风向已变，暴雨猛烈，电影蒙太奇一样，我到了火车中转站，偶遇一老友——对面阳台上那位？——我们很自然地聊了起来。令我惊讶的是，他告诉我，现在很多人都知道了我的情况，很多好心人都在帮我留意、寻找那本书——变成一只鸟飞走的那本书。我们边聊边在火车中转站广场前的一个湖边转圈，快转晕的时候，他同我告别。

可是，他走了一段路又折了回来，表情有点古怪。他说，其实暴风雨早就停了，可他却不好意思提醒我把伞收起来，担心要是提醒我，就会破坏了我的雅兴。我连忙道谢："不好意思，不好意思，现在收起也不迟啊。"

正当我收伞时，仰头看到最后一滴雨水落入湖中，似音符散开。顿时，我获得了灵感，是的，我完全可以撕掉车票打道回府了。谁说的,藏起一片树叶,最好的地方是森林;那么遗失之书,又飞了回来,藏匿在某一个书堆中。可是,老友却不这么认为,他严肃地提醒我,刚才落在湖中的并不是最后一滴雨:"你走神了,刚才有一只鸟从我们头上飞过,落在湖中的是一粒鸟屎。"

一只迷途的猫,走丢了,终有一天它会回家的。

从前有个爱书人发现一本珍爱读物找不见了,他便这么安慰自己。但他没想到,这只迷途的猫或许是追逐一只飞鸟而走丢的,迷途猫并不晓得,那只鸟是一本书幻化成的。顿时,我明白了,做着白日梦的也许不是我,而是那只微微扑翅的沉睡之鸟。那么把我叫起来的那个人是谁?

## 兔子跑去田野

一妇人爱上一男子，丈夫不知情，也没发现妻子有什么异常。一方面是因为妇人并没有因为那男子而忽略自己的丈夫；另一方面，长久以来，丈夫也没有把很多心思放在妻子身上，尽管他精力充沛，热情洋溢，但毕竟年事已高，男欢女爱嫌麻烦。

丈夫是一位具有国际影响力的麻黄琴教授。虽然早就退休了，但全国各地找他学艺、拜他为师的年轻男女几十年来一直络绎不绝，于是他索性办起了个人的教育机构，将毕生才学毫不保留地传给弟子们。培养的热情和教学的满足盖过了所有，这就使得他除了教学与荣誉，别无其他。

实际上，教授在心里非常感激妻子。如今，这所以他名字命名的麻黄琴学校声名远扬。从最初的集资、开办，到全国性的造势、推广，再到招生、选拔苗子、举办赛事、走向国际……上上下下、里里外外全由妻子一手操办。

如同很多过来人的感受，教授认为，轰轰烈烈总是一时,平平淡淡才是真嘛。妻子本来就少言勤事,只是偶尔埋怨:"您都这个岁数了,何必这么拼命,名气都那么大了,钱也花不完。"云云。

妇人处事得当,学校、家庭井然有序,教授便越发觉得,活着,好啊。

妇人爱上的那男子是谁,没人知道。

我们只晓得妇人花了重金为他在近郊购买了一栋大别墅。然而,她似乎并不是为了与男子共筑私密爱巢,她甚至很少去那房子与男子相会。

由于教授的学子们屡屡在国内外的赛事上拿大奖,他的名声继续扩散,拜师学艺者一拨拨如潮涌,没有法子,他们得继续扩大教育机构、办分校、找地方做教室……有天,妻子带丈夫找房子,不知道妇人的心思,她"找"到了她为男子买的这栋别墅。妻子觉得好,丈夫当然没有意见,当场就给那男子付了昂贵的租金。

接下来,妇人也会陪丈夫到别墅教学,看到丈夫和年轻人在一起的激情和风采她也开心。有时,妇人能碰到那男子,碰到时,他们会点头,互道声好。如果男子不在家,妇人便在丈夫与弟子们的琴声笑语里,独自走去阳台,她心思简静,站得一会儿,看见下面有一只兔子跑去田野。

## 流浪者旅店

在一段不太明朗的旅途中，遇到一个人，是她先叫出我的名字。有人说长期在途中游荡，自身与周遭景观交融、变化，会出现幻觉，许多的亲眼所见并非真实。而当你结束旅程返家，重新过上买菜做饭和发呆的居家生活，恍惚觉得，刚刚过去的那段旅程是不是自己的想象或虚构？

一开始我没想出来她是谁。

但顷刻间，周围变得明亮，她身后忽然冒出几个孩子的叽叽喳喳，像是乐器上的单音，而她像一条旋律线，毫不费劲地将这些凌乱的音符收拢。很快，我想起了她是谁以及与她有过的交集。

她问我什么时候来 P 城的，怎么会来这个偏僻的地方。

我到这个远郊美术馆纯属意外，因为到 P 城旅游已有时日，颇觉难挨，就跑到长途车站随意买了张票，迷迷糊糊、晃晃荡荡。下了车，乱走一通，居然就到了这个地方。我想问她点什么，但不知从何说起。

这个美术馆以清一色的青砖建成，占地约一万平方米，主体建筑分为地上两层地下一层。进入其中，仿佛自身也变了色。馆内展览的是不同艺术家的作品，风格却都颇为阴冷、神秘。随性游览，不经意就会进入一间间造型各异的屋子，里面的装置、投影，展现出来的仿佛是另一个世界的情形，馆内一直有某种突兀、怪诞、迷离的音效在飘荡。想要走出展馆，却又被另一股吸引力裹挟着。

这些作品的主人有点像是搞巫术的，他们是想借助这些作品来表现世界的幽明不定或现实的怪力乱神？没办法，既然无法抗拒，就随着这些不明朗的气氛继续晃悠吧。想想，就当是梦，是梦总会醒来。果然仿佛有了另一个力的推动，走出了神秘诡异的空间。外面是公共活动区域，花园、流水、断桥，还有一间小木屋咖啡馆，靠窗位置有个人的轮廓使我想起美国黑色电影《玉面情魔》里的一个人。

咖啡馆门前的空地上，几个孩子围着一个女人，她们正在放孔明灯呢。我走过瞧瞧，是她先叫出我的名字。

十多年前，我在酒吧驻唱。

酒吧新开张，没什么人气，场地很大，更显萧条。某天来了一位画家，醉酒后，和老板一拍即合，在酒吧内辟出一块地方，做个画室。没多久，画家就入驻了，自己作画，也收了一批学徒。

画家年轻，家境好，彬彬有礼，不是通常人们印象中的那种朝不保夕、脏兮兮的流浪汉形象。晚上,画家和徒弟们偶尔会跑向舞台与我高歌一曲;唱歌完毕,我也会去画室跟他们乱画一通。

有天画家又收了一个徒弟。

这个徒弟跟其他的不一样,几乎没见她动过画笔,她好像一直就坐在画架前构思,虽不言语,也不会给人距离感,其表情散发着一种小说的美感。有天她问了我一个奇怪的问题:"要是没有问题,那么解决问题的方法存在不存在?"

另一天,我觉得画家情绪不对,他叫我唱一首最沮丧、最绝望的歌给他听。那天她和从前一样,还在画架前认真地构思。

隔了两三天,我出门了,去了福建南平的一个村落采风,一去大半年,回来的时候,画室空空如也。

再次看到她,她的表情里依稀还有从前那种小说的美感。

只不过,从前你会觉得,要是进入一本小说,可能会遇到像她这样的人;而现在,她已从小说里走出来了。

她跟我说,我离开酒吧那会儿,她跟画家一个月之内结婚又离了婚。这些年她一直在路上,走走停停,感觉也不错。

我注意到咖啡馆靠窗位置那个"玉面情魔"不时向我们这边张望。孔明灯升天,孩子们也散了。返回 P 城前,我把随身翻看的《流浪者旅店》送给她,书上有一行字:"旅行是不断地和他人交错,而你又总是孤身一人。"

# 预先的尺八练习

婚礼上,我将代表新郎官发言。

新郎官是谁?何故由我代表他发言?他的眼神飘忽不定,似乎在逃避着什么,倏地,遁形了……就像一个句子借着自己显露出来的模糊含义,跑了。与新郎的模糊相反,新娘非常确切,她精致小巧,目光迷人,笑声爽快而亲切,音容举止里是一种消逝的美感。她身着旗袍,及腰处有几个褶痕,像一种草药花瓣。

我不敢告诉你,新娘是谁。在一个梦里,那是零点一刻的街头,我在欲望号站台等末班车,忽然,鼻尖发麻,我把目光投向对面站台,看见了她。就在看见她的同时,我发现下雪了,我好兴奋,没有控制住,大声喊出她的名字,心急火燎地朝她跑去。我的行为惹得周围乘客都把目光投向她,导致她很生气,不打算理我。

婚礼上的几位宾客是我在梦里见到过的,就是等车时听到我喊她名字,目光齐刷刷地射到她身上的那几位。其中有一个是我公司的副总，某年公司年会，他穿着秋裤表演了一段爪哇泥鳅舞，博得全堂彩，导致一个风头正劲的女歌星笑疯了。眼下，副总旁边一位女子（正是那歌星，整容了）正怂恿他在我代表新郎官发言之前跳一段爪哇泥鳅舞呢！可他假谦逊地说："不了不了，不能抢戏不能抢戏哟。"他边说边和女人干杯。

怪就怪在，每次副总和女人碰杯，女人酒杯还没送到嘴边，酒杯里的酒就没了。副总醉得东倒西歪，女人当然一点事也没有。很久以后，在婚礼上表演吹尺八的八尺跟我说："那个女人太神了，她是带着一只小猴子参加婚礼的，每次人家跟她碰杯，她怀里的猴子就探出脑袋把酒喝掉。"

八尺的话靠谱吗？

八尺以前是吹笙的，有次读到日本作家葛卷义敏（芥川龙之介的外甥）一篇谈论尺八与和歌的文字，很入心，遂把名字和手头的乐器都改了。

新郎官忽然出现了。

他站在我面前，直盯着我，干咳几声，示意我抓紧发言。

副总旁边的女人却还在坚持并起哄："朋友们，应该先观赏爪哇泥鳅舞。"

双方僵持中，八尺果决地把女人拉走了。就在那当，人们确实都听到了一声猴子凄楚的尖叫。

八尺跟我说，从那以后，女人天天缠他，请教他如何吹尺八。"可她五音不全,她的乐感还不如她的宠物猴呢!"

实际上,我就是新郎。

一个寻常的日子,我感觉多出了一个自我。

为此我曾与巴托比书局的主人松赞交流起这种可怕的错觉。松赞叫我不要为此紧张,说不少人都会这样,比如他书店的店员孟静(化名)。有天孟静非常严肃地问松赞:"老板,有一个叫孟静的是不是在你的书店工作?!"

原来那一刻,孟静人格分裂成了她曾经的男友!因为他们有一段很不堪的情感经历,这给孟静造成了严重的心理阴影,她时不时会觉得自己某些方面做得不对,前男友又来找她说事了。

"今天是个好日子,感谢朋友们来参加我的婚礼……"

话一出口,我立马满脸燥热,因为我的分身——新郎官又出现了,不过他对我的发言颇为满意,频频竖起大拇指。

再看新娘,早已泪水涟涟,搞不清她是感动还是不爽。

正在此刻,尺八响起,借由它的调息,我唱了一曲与其匹配的日本平安时代的和歌:


生之于世,则为游耶?

生之于世,则为戏耶?

童子嬉戏,一朝闻之;

舞之蹈之,吾身不识。

和歌声中，众宾纷纷举杯，有人带头翩翩起舞。有的，跳着跳着就消失在了别人的舞步中。还是八尺告诉我的，说婚礼尾声发生了一件特别奇怪又搞笑的事情，就是那个女人怀里的猴子忽然变得很小很小，居然跳进了副总的酒杯里，就像洗了一个澡，出来后晕乎乎的样子惹得众人都惊呆了。

　　我率先离场，是因为又掉到先前的那个梦里去了。

　　欲望号站台，雪花狂舞。

　　我一抬眼，就看到对面站台上的她——后来我们结婚了？——我鼻尖发麻，兴奋地喊出她的名字，心急火燎地朝她奔去，在众人齐刷刷的注视下，她很不高兴，没有搭理我。这时欲望号末班车急速驶过，车窗里探出几张熟悉的脸，一只鸣叫着飞走的白鸟抖落了几个尺八残音下来。

## 捕鸟夜话

火车就要开

他还在期待

下着雨的黄昏,孤寂的旅人

是谁把门打开

把情欲点燃

下着雾的清晨,孤寂的旅人

时光的流逝

充满了歌声

你轻轻吻一吻,那个站在屋檐下的人


记得写出《你好,旅人》这首歌的开始部分时,我还没动身,只是接下来的这趟旅程,我想过很久又一直没有成行,搞得心里七上八下的。于是灵机一动,索性以写一首歌的形式提前旅行,让自己平稳。说个不太恰当的比喻,有人在跟自己渴望许久的对象约会之前,就把按捺不住的欲火想办法先泄掉。

　　不出意外，当歌曲渐进完成，我踏实多了，真的就像歌里的主人公一样，提前进入了那座南方沿海小城——

　　　　你走进大海
　　　　海上生明月
　　　　你走近一个女人，从未有过的真切
　　　　天涯一枝花
　　　　亲人你莫牵挂
　　　　袅袅炊烟升起，一个人世的忧喜……

　　在歌曲的间奏里，我感觉已置身于陌生的街角，在（屋檐下）避雨时，花香袭来，"嘎吱"一声，有人示意我进去。

　　　　旅行为动，
　　　　可同时，它又是静止的。
　　　　脚步朝前，
　　　　时间，溜到了时间之外。

　　"艮卦"爻辞："艮其背，不获其身；行其庭，不见其人。"这古人的智慧也是我们旅行的要义。当行则行，当止则止，"动静不失其时，其道光明"。再借一个小说人物的说辞，他说旅行最大的报偿是——抑制住了继续朝前的冲动——回到家的慰藉,安安稳稳地睡回自己的床上。

想到这里,接下来的这趟旅程,就成了微暗之火。

二十世纪二十年代,这座南方小城,诞生了一位诗人。青年时代,他遭受迫害,颠沛流离,流亡世界,风雨飘摇了一辈子,在驾鹤仙去的头几年终于回到故乡——这座宁静悠然的沿海小城。《你好,旅人》中最主要的几个和弦转换——改变了歌曲色彩——是从他的一首诗《捕鸟人夜话》中获得的灵感。所以我一直认为,文学作用的不是歌词的意象,而是旋律和节奏的走向。

待我进入小城,发觉此地确乎是我早前的想象。

那些天我无所事事,在城区东游西走,快活自在。有个午后,忽然落雨,我正想找个地方躲一躲,发现街对面就是诗人题字的"咸临书院"。我小跑着进去,书院静谧,只有一位年轻女士在上班。她说旅客很少,倒也落得个清静,见我对诗人颇感兴趣,便跟我讲起好多诗人过往轶事。诗人曾说,创作者常迷路,但迷路不见得是件坏事,迷路的人,能发现更多回家的路。她说,那几天我要是没事,都可以找她聊天,她很乐意奉陪。那天与她作别,回到旅店,完成了《你好,旅人》最后一段——

感伤的月历

沉鱼落雁的惊喜

你好，旅途上的人

陷入温柔乡里的青春

## 走丢咖啡馆

跟着记忆,我流连——迷失——了一些地方。

不仅旅行,当我们进入一段文字或影像,抑或陷入一段情感,也是这样,流连其中之时也是迷失自我之际。只不过彼时的迷失并非是陷入云山雾罩,反而通过迷失更能接近内心——形而上?——的真实。

有人试图通过遗忘而找回记忆:"遗忘是记忆的另一种方式,候鸟又衔来告别的日子……"有个酷爱游荡的歌者这么唱。如是,记忆成了个向导,只不过有时向导的脚步会忽然加速、变奏,好像有意抹去或添加一点什么,它没有听见身后有人喊它:"请你停一停,我追不上你了。"

按事先安排,当我来到这座北方的海滨城市,就进入到闷热、潮湿、迷雾漂浮的小渔村;山风拂过,当我沿着蜿蜒起伏的山路,一口气爬上宽阔的平顶山头时,显现出来一家极具隐匿风格的客栈。

办好入住手续,夜幕就降临了。站在客房窗口,看见远处的海滩、船帆、游人和一条长长的栈道;海鸟飞过时,海水变了色,海风吹来隐约的汽笛声,给我这种四处游荡的人带来一种好心情。

不知过了多久,响起敲门声两下半,那一半停在空中。

这是我们初次见面。

她的家常、秀美和轻快,我似曾相识。她头发很短且柔软,眼睛里闪烁着快乐和一丝忧郁,像个小男孩。开始,我们不知道说些什么,但并没有觉得别扭,反而舒服。隔了一会儿,我正要问她一件什么事,她却"嘘"了一下,示意我听隔壁传来的动静——有人唱歌,还有人弹奏起曼陀林。

我想起来,办理入住时看到贴有海报,今晚客栈有个外地乐队来表演。这动静,或许是乐手们在排练吧。我们竖起耳朵听了许久,有一首歌最后四小节他们翻来覆去地排啊排,冷冰冰的机械感,又有掉进迷宫里出不来却很自在的那种感觉。

长久地重复,我们听到主唱的嗓音哑了、消沉了,曼陀林的声音却越来越清脆、跳跃,最后听得我们都困倦了。

可是,第二天醒来,只有我自己——她来了又去了?或者只是一个梦?

我走出客栈,准备去海边。

沿着小径信步而下,碰到她(又?)来找我。

我问:"昨晚你什么时候走的?"她的回答是我想得到

的："昨晚我没来啊。"她眼睛里闪烁着一丝快乐的忧郁，我很熟悉。

正在这时，几个艺人模样的青年，挤过我们身边，心急火燎地像赶场子似的，其中那个背着一把曼陀林的家伙，忽然停下，转头，瞪着我们，表情里布满了思考、怀疑和恼怒，好像怀疑我是他们一伙的，而我偷偷掉队了。我有点不相信，那迷人悦耳的曼陀林声是这个怪人弹奏出的。

我们沿着海滩走了很远，几乎走到城市的另一头。

不知不觉我们到了一个叫"百家村"的地方。普通的地名，活泼的日常，她带我走去一幢老房子，二楼窗口探出一个人，跟她很像，莫非……走到门前，看见一块不太起眼的招牌写着："走丢咖啡馆"。

好了，不管记忆的向导还要去哪里，我暂时不想跟它继续了。如果迷失是另一种接近，那走丢，也就是找到了。

## 守护天使

海边大坝上,很多人被那只神鸟吸引了过去。

天气大好,风力适宜,空气里弥漫着一股味道,仿佛是在海风的咸湿里渗入了某种"水果在做梦"的味道。

水果会做梦?

一个石榴汁爱好者曾说,其实很多水果都会做梦,当它们做梦时,味道就会变得不同。这位女士写过小说,出过诗集,给人的感觉有些夸张和神经质,我根本不相信她说的"水果梦"之类的怪谈,但这天我却感觉到了这一点。

女人还说过一句话,当时,我吃了一惊,但事后一琢磨也觉得意思不错,她说对于女人来说,绝梦比绝经更可怕!她给我推荐了希腊诗人奥德修斯·埃利蒂斯,我很喜欢,尤其《疯狂的石榴树》(李野光译)——

在这些粉刷过的乡村庭院中,

当南风呼呼地吹过盖有拱顶的走廊,

告诉我，

是不是疯狂的石榴树

在阳光中撒着果实累累的笑声……

　　"一首好诗，能让人全身虚空又迅速充满，之后再次空空如也，仿佛把自己给清理了……"女人在关于"绝梦、绝经"之论述后，又补了这么一句。我依旧被她的话语搞得晕乎乎的。

　　还是回到海边大坝吧。

　　这时，我看到又来了很多人，赶集一样，走去海边大坝。有个十五六岁的穿着草色裙子的女孩，眯起眼睛，很陶醉的模样，轻轻地对着空气深吸了几口，莫非她也和我一样感觉到了海风中的异样——水果梦之味？

　　女孩身后，是两个小伙子一起推着轮椅上的老太太。其中一个小伙子，木然呆滞，似曾相识，但一想，不可能，我是昨天才抵达这座城市的。再看轮椅上的老太太，慈眉善目，不时转过头和另一个活泼灵光的小伙子说着什么。我又觉得，是这个灵光的小伙子我很面熟，前一个呆滞的我不曾见到。

　　大坝上神鸟的主人，模样普通，甚至有点呆滞。

　　或许这是他的策略、伪装，倘若他的样子很神气，那么人们是关注他还是关注他的鸟呢？但凡成功的组合都是这样，彼此有着巨大的反差，以此来制造最大的吸引力。这样想，我又看到神鸟主人的面相实际上是一种灵光。

神鸟被主人用一根绳子系住，在纸牌箱边站立着。

大家心里有数，这只不过是一种形式罢了。即便没有绳子拴住，神鸟也不会飞走的。看上去它昏沉沉的，不住地打盹，就像一个无精打采的老人。不过这也许是表面现象：它已经非常厌倦与主人配合。

想想也是啊，一只自由飞舞的鸟，有天忽然跟了一个人，自此鸟人相依为命，年复一年日复一日与纸牌为伴，久而久之，它也就失去自我的本性了，甚至都记不起从前那些翱翔蓝天追逐云和风的曼妙了。

呆立在纸牌箱边上的神鸟，看着眼前飞来飞去的鸣叫着的海鸟，没有一丝兴奋，甚至很是不屑。直到看着它们紧贴海面飞过，又疾速插入水中叼起一条鱼时，它才神经质地抖了几下羽毛，咳痰似的怪叫了几声。

神鸟也许不知道自己是只神鸟，就像疯子并不觉得自己是疯子。

所谓头衔、称谓，都是他人所赋予，久而久之，既然被人定义了，好吧，那就这样吧。只不过，在海边大坝，这只昏昏沉沉的神鸟无需通过生辰八字为占卜者们叼出的纸牌所显示的前世来生、吉凶悔吝……都令他们惊叹连连并且深信不疑。

有的占卜者面露喜色,斗志昂扬;有的满含热泪,无限悲怆。可他们嘴里却都说着相同的话:"神啊,神鸟啊,神鸟!"

面对这近乎宗教般的狂热与虔诚,鸟主人依旧保持着平淡的神情,甚至还带一点卑微。而对于神鸟——他手中王牌——的超级灵验(毫不含糊地叼出命运之牌给人以绝对的信念或可怕的预言),他也从不给予什么奖赏,仿佛他们根本就不是一伙的。所以与其说他和神鸟关系默契,毋宁说形同陌路。

海风里依旧浮沉着那奇特的水果梦味道。

我要不要也尝试一把,请神鸟为我叼一张纸牌,看看自己下一步走势如何?想到这时,突然海风大作,电闪雷鸣,海天连接处惊现彩光,就像神迹跳跃,先前在海面低飞的捕鱼鸟,扶风直上,隐没天际。没过一会儿,豆大的雨点砸下来,眼看着大坝上求签占卜的人们纷乱狂奔。

再看,那神鸟……

它忽然挣脱绳子,踢翻占卜箱,呼啦一下扇动翅膀(但好像没有飞起来),有可能是跌落到海里去了……

推着轮椅的两个小伙子东张西望,一定是在寻找什么。(几年之后,我才明白,他们是谁,他们找什么。)蓦地,我明白了刚才为什么觉得这俩人面熟,原来是跟鸟主人极其相像!前面提到过,两个小伙子长得完全两码事。

鸟主人呢?我环顾四周,连个影子都没有,他是被狂奔的人流卷跑了,还是和神鸟一起下海了?

轮椅上的老太太,精神百倍,她回过头来,不停地跟两个小伙子交代着什么,伴着决绝的富有力量的手势,就像一个骑在马背上的女将军!在老太太的指点下,两个小伙子一边点头,一边继续推车寻找。那个十五六岁的女孩也在奔跑,草色裙子不断地变换着色彩,一个大个石榴从她身上掉下,滚动着,我捡起来。

> 在四月初的衬裙和八月中旬的蝉声中,
> 告诉我,嬉戏的她,发怒的她,诱惑的她,
> 从所有的威胁中摆脱掉黑色邪恶的阴影,
> 将头晕眼花的禽鸟倾泻于太阳的胸脯;
> 告诉我,那展开羽翼遮盖着万物的胸乳,
> 遮盖在我们深沉的梦寐之心上的,
> 是不是疯狂的石榴树?

我落汤鸡似的回到旅店,有两人在大堂等我,他俩怎会在一起?我大惊。其中一个,你也许猜到了,但我自己却好半天才反应过来——是的,就是说水果会做梦、绝梦比绝经可怕、介绍我读奥德修斯·埃利蒂斯的那位。另一位是我的好朋友——画家、摄影师吕德宁。这年头太疯狂了,我怎么也想不到他俩会在一起。吕德宁是当地人,他看我的

表情颇为诡谲,并盯着我手上的石榴问道:"你是不是去海边大坝求签占卜了啊!"他这一问,我觉得有点不好意思,好像自己有什么私密事被他刺探到了。

## 平底鞋

我们随好友莫尤塔去钓鱼。

他运气着实差,大半天过去,一条小鱼儿也没上钩。

不过,钓鱼像写诗,没有写出诗但活在诗的意境里就很好。不过如你所料,临近尾声时,莫尤塔感觉好运将至,但他很冷静,没有表现出一条大鱼将要上钩的兴奋,他只是侧过脸看我一眼,仿佛说,朋友,我们一起见证奇迹吧。

他望向我的那一刻,有个少妇沿河而来。

她在我们面前急速穿过,慌张凌乱的步伐搅得河水更加呜咽。男人的目光被她牵引,随她去了很远,在她的背影还没有完全消失时,我们就看不见她了。

非你所料,莫尤塔钓上来的是一只旧鞋子,平底的。

夕阳下,这湿漉漉的鞋子,被碎片化的郊外镜像一衬托,其形象竟然使我想起一只在歙州吉夏镇偶遇的小猫。那年我游荡到那里,在一座晦暗幽冥的古宅里流连,突然听到喵喵两声,一只猫从一幅老祖宗留下的画像中跳了下来。

我为什么说,这是从画像里跳出来的古代猫?

是因为,画面上有一位女史,她的目光和姿态分明是在搜寻一只刚刚从她怀里挣脱奔走的活物。

这只是我的臆想,只身在外许久,难免心猿意马。

人常会看到一件东西而想起另外一件东西。

比如眼下看到一个沿河疾走的少妇,男人想到的是什么呢?家里熬着的一窝白米粥,可能水放少了?而莫尤塔,他说每次看到我,就会想起一句电影台词,那是约翰·福特《要塞风云》里的一句:

> 阁下看见印第安人,就是说印第安人不在那里。

我大概明白莫尤塔的潜台词,他觉得我总是爱玩消失的游戏,为了一个不值得爱的女人。好了,现在我们说回莫尤塔感觉有大鱼上钩,可钓上来的是一只平底鞋。

钓上这只旧鞋子之后,莫尤塔也没特别失望,为此他会作一曲戏谑小调吗?他痴迷垂钓,但他的职业是一名小号手,他的创作灵感通常来源于各种意外,他和国内某独立厂牌合作发行过好几张音乐特辑。可要是你请他现场吹奏一曲,他总是这么说:"还不成形,还不成形,下次你来我一定吹。"

有次我忽然造访,无意看到他在记谱。

他的谱子记录法使我想到一个爬梯子的人,爬到一半,梯子轰然倒下。

这样的画面应该是局促而狼狈的吧。但我再看,却不是,那个爬梯子的人并没有因为梯子倒下而前功尽弃,他依旧不动声色地爬着,他似乎已经站在无形之梯上。


天色渐暗,我们收拾渔具,路朝三面,不约而同,我们沿着适才少妇疾走的方向走去。"好朋友就是有心灵感应啊。"莫尤塔说,"我此刻真想喝一口熬得黏糊糊的白米粥。"他还说,待会儿路过那家潮汕人开的饭馆,打包一盘卤肉回去把那瓶老白干干掉。他知道我现在的情绪不怎么样,因为有个人走掉了。

暮色中,四周寂静。

实际上,莫尤塔钓上来的那只平底鞋,使我想到的并不是在歙州吉夏镇遇到的那只猫,我只是想借那无形的小猫"易轨"一下心头的郁闷。

这之前,她走了。

但她穿着平底鞋踮起脚尖跳舞的样子,她反反复复地把一封信塞进信封又拿出来的样子,她在一面镜子前玩尖脚猫游戏的样子……都令我难忘。现如今一切归于平淡，就在莫尤塔钓到旧鞋子之前，我和她在不远处一棵枇杷树下挥手说再见。

## 失业魔术师

那个失业了的魔术师一直辗转流浪。

是巧合？是魔幻？好几次我在不确定的旅途中都碰到过他。尽管有一两次他并不是以他的真实面貌出现的。但我敢打赌，那个人一定就是他！

我试图理解他。

一个表演者，一个信手拈来几样道具就可以幻变无穷的表演者，突然把碗饭丢了，成为一个和我一样浪荡野游的人，内心定有落差。据说有几次，他实在没有忍住，开始了自娱自乐，但是令人惊讶的是，他居然把自己变了。

有意？无心？

一个无人之境，我骑着一头毛驴经过，我期待会有一只短笛——从天而降——横在我嘴边，我飞扬着手指，无师自通吹奏出魔音。魔笛没有降下来，毛驴却开始飞奔，我觉得自己要飞起来了……

现在，我安坐下来做这个记录。记起来，他还没失业时，我看过他的表演，他的魔法过硬，像一首乐曲隐藏着的过门，其声东击西的效果和失业之后的自我变幻——如驴狂奔——一模一样。

## 黑色情人节

近日，她陷入苦恼和嫉妒。

她已感觉到自己深爱着的男人会变心，弃她而去。但她没诘问、刁难，更没有无理取闹，就像什么事也没有发生，体贴、温存一如既往。只是在体贴温存之余，她强烈地意识到他灵魂的徘徊与体态的游离。

事到如今，无可换回，变心是男人的天性，就像游戏之于孩子一样。而她终究不甘心，她曾那么坚定，他是她永远的幸福和顶点。

如果说沉浸于游戏里的孩子，有着大人般的兴头或失落；那么跌落在变心泥沼里的男人，可有着孩子般的任性与彷徨？

她知道那个人是谁。

如果自己是个男人，恐怕也会被那女子吸引吧？

但她又想不出女子的迷人之处究竟在哪里。

"我选择不妨有佳篇而无佳句。"她居然脱口而出梦蝶先生这句诗!

如此看来,让男人迷醉的女子真的如同一篇默默悦人的篇章,我们无法也用不着从中挑选出最精美、动人、抢眼的段落、字句。美,一个整体。


女子是某音乐厅的领位员。

她知道是哪天,自己的男人变了心。当晚是贝纳尔多·贝托鲁齐电影音乐专场。头几天他们还重温了这位意大利导演的《随波逐流的人》(根据莫拉维亚小说改编),特兰蒂尼昂饰演的男主角游移在两位美丽的妇人(由多米尼克·桑达和斯特法妮娅·桑德雷莉饰演)之间;他的爱欲幻觉在乔治·德勒吕所谱写的新古典派音乐中徘徊不已——"现在还未过去,就已经怀念现在了。"(德·蒙德乌克)

他们之前去听音乐会,并非没有注意到这位年轻领位员。相反,她的样貌和素养,给他们留下好感。但"贝托鲁齐"专场,她像完全换了一个人。从前在她身上所展现出的那种"恰到好处"荡然无存——站在"工作岗位上"的她,孤单、落寞,身着妥帖诱人的制服,没有了该有的干练与从容。她沉思,发呆,满脸愁绪地垂下头,看着自己踮起脚尖画了一个、两个、三个圈。

音乐会散场,他们碰到了一个多年不见的熟人。

熟人说,这几年他去了不少边陲地带,收集到一些行将失传的民俗老调。他们边走边聊,走到音乐厅门口,熟人有一搭没一搭地跟他们介绍了领位员。不久熟人又出门收集民谣,断了消息。那以后,他们俩跟领位员有了接触,再去音乐厅若碰到也会聊几句。有个白天,他们在一家超市碰到她,很自然地请她一起回家吃饭。席间他们聊到熟人时大家都有点尴尬。接着,领位员说她想辞职不干了。

她事后回忆,贝纳尔多·贝托鲁齐专场音乐会那天发生的一切,颇为蹊跷……那天领位员的样子在她心里挥之不去,虽说失魂反常吧,其实也真实、打动人,集优雅、神秘、脆弱、眩晕于一身,与乔治·德勒吕的音乐融为一体。她断定,男人的心就是那晚被带走的。因为他们回到家中,她感觉男人心不在焉,云雨翻跹时没有带她抵达顶点。

穷则变,变则通,通则久。

果真如此乎?日子流逝,男欢女爱,已渐穷尽。这真像一个孩子厌倦了某种游戏,巴望获得另一份新鲜。前面说,变心是男人的天性。她知道这一点,现在她甚至还觉得这也是男人的权利。

是的,他有权利变心。

一如她有权利摧毁他的变心。

她意识到,他将会马上弃她而去!于是她与所有陷入爱情绝望的女人一样,无法自制要做点什么。

那天是情人节也是元宵夜。黄历上写着宜礼佛吃素，忌杀生行房。男人熟睡中，她从冰柜里取出冻得死硬的羊腿（这羊腿就是那次他们在超市遇见领位员时买的。买回后，两人面面相觑，而后哈哈大笑，因为他们吃素已很久），朝熟睡男人的头用力击打，羊腿变红，男人没吭一声，似乎还在微笑。

接下去，她把羊腿炖了。

羊肉飘香时，她打电话给领位员，请她过来吃炖羊腿。领位员到，她将羊腿和盘托出，色香味俱全。吃到一半，她冷静地说出刚才发生的一切，没有想到领位员超级冷静，端起碗来美美喝了一口羊汤："我们是报警呢，还是……"

"你们吃得可真够香的啊！"他从卧室走了出来，跟跟跄跄，晃了晃脑袋，屋里空空如也，唯有一地梦的碎片。

## 蓝色雨伞

这家咖啡馆的女主人定是希区柯克的影迷吧,不然为何将自己的店取名"群鸟咖啡馆"呢?在一九六三年上映的电影《群鸟》(*The Birds*)中,希区柯克制造出恐怖、悬念的同时也挖掘出了人的不安和欲念。

欲念,恐惧;不安,悬念。

我找了个靠窗的位置坐下,没觉得咖啡馆风格跟希区柯克或"群鸟"有什么关系,墙上一幅小画,倒是颇为吸引人,令我联想到爵士乐、变奏、帕斯卡尔、数学、跳绳和几何……这以一把黑梳子和半张女性面孔以及一双雨靴组成的油画,暗淡却极有张力,是波普艺术家蒙塔斯·吕森奎马特的作品吗?

吕森奎马特的作品中总有几根颤抖的、不规则的线条将人物和物件之间的关系打乱,如儿童恶作剧。仔细再看,会发现那些凌乱的线条恰恰牵连起人与物的和谐。

Z城这些天一直在下雨。

窗外经过的男男女女，比电影、绘画里的人物更虚幻，雨丝聚集在路灯下，窃窃私语，似乎在重新梳理、编织夜晚的顺序。尽管我早已不再注意那副小画，可它跟幽灵似的，居然待在脑海里不走了，那半张女性的面孔一点也不美，但有一种奇怪的诱惑力，紧闭的嘴唇，木偶的性欲。

很晚我才离开咖啡馆，雨中步行，去和熟睡中的旅伴告别。旅伴对于我隔日的行程没有兴趣。他很敏感，仿佛知道我"带了"几根颤抖和不规则的线条回来，他也不喜欢群鸟咖啡馆。（后来我才知道，他跟老板娘有感情纠葛。）天光大亮时，雨停了，阳光射进窗户，我赶往长途站，前去羑里城。

被《易经》吸引的那些年头，就想过应该找个机会去一趟羑里城。当年文王姬昌被殷纣王囚居于此，以磨难与智慧"划地为牢"，将伏羲氏的八卦推演成八八六十四卦，著成《周易》。不知道是不是受了南怀瑾先生的影响——他说晚上睡觉，枕头下放一本《易经》，鬼就逃跑——每次外出，我都会揣本微型《周易》在身上，读几段《易传》就颇觉安心，的确有如护身符。

在"云行雨施，品物流形"中趋吉避凶，借"我有好爵，吾与尔靡之"与友朋欢聚，以"鸿渐于陆，其羽可用为仪"体味行途奥秘，在"贲于丘园，束帛戋戋"里离弦或拨弄，在"天下同归而殊途，一致而百虑"里再次安然入梦。

抵达汤阴，下榻一国营宾馆，稍事休息，出门，跳上 10 路公共汽车，晃晃荡荡，到了羑里城。已是黄昏，游客甚少。羑里城内古柏苍翠，碑刻肃穆，塑像魁奇，不禁生出幽幽思古之情，不知在其中晃荡了多久。

后来又返回"玩占亭"小憩片刻，再转到"八卦宫"，入口处与一个游人对视了一眼，他旋即进入了迷宫——他鼻梁上有颗红痣十分显眼——身影急速，头颅随风浮沉，在不同方位出现，但人迟迟出不来。

走几步是"洗心亭"——三炷香过去了——我站在制高点往下看，八卦宫里面那人头还在那里浮沉，看得我直头晕，便不再理会，前去"蓍草园"，看看左右无人，拔了几根蓍草走人。

国营旅馆醒来。

鞭炮声声，锣鼓喧天，有新人在此地举办婚礼，我下去看看热闹，一个匆匆进来的客人——天，鼻梁上的红痣！——跟我打招呼："好久不见，快进去啊！"话音未落，他身后推推搡搡又进来一些男女宾客，把犹疑不定的我挤了进去，我觉得不太对劲，有点害怕红痣男再度出现，赶紧撤退。

回到 Z 城，又下起了雨，我再去到群鸟咖啡馆。

老板娘的脸上浮现着一种令人捉摸不透的笑意，她当着好几位老顾客的面跟我说："你这只老鸟，还是飞回来了啊。"

待我在老位置上坐定，意外发现，墙上那幅蒙塔斯·吕森奎马特风格的画不见了,取而代之的是忧郁而鲜亮的亚力克斯·卡茨的《蓝色雨伞》。老板娘端来咖啡时,像是变了一个人,给我一张旅伴留下的纸条。

# 艺术射手

某天,一位艺术家,摇身一变成了一个射手!

行动之神速,就像一个黑梦"哧溜"一下,滑到了太阳底下,滚动了片刻,就没了。

就这样,他异常决绝地放弃了艺术及相关一切,踏上一条无止境的射手之路。为了庆祝这次自我蜕变,亲朋好友们为他策划了一个欢送派对——各路人马,悉数登场,为他送行,现场奏乐、歌舞、欢笑,当然嘘声、叫骂声也不断,他的这种高调做派,难免被人认为是显摆、装蒜或另一种自我炒作。

群魔乱舞,终于消停。艺术家(射手)跟大家挥手上路时,说了一句:"我从哪来,将回哪去。"大家就看着他背弓离席,渐行渐远。

在场者一脸茫然,有的使劲晃动脑袋,仿佛在做梦。有的在嘀咕:"不会吧,或者他本身就是一个射手?"在一个无人注意的角落,有位年轻妇人在抽泣,我以人流作掩护,走近她,却发现妇人虽然泪涔涔,但脸色也有阳光拂过。

梦的幻觉,真实不虚。

那妇人脸上抽泣着的几行光线——比现实中多了些暖意——化作了几个迷醉的和弦,我赶紧醒来,以此作诱因写一支歌,可顺利谱成时,却发现还是在梦中。梦,困惑之诗,凡是迷人,皆因困惑。

精确到位、不使花招(但他总会虚晃一枪)、冷酷寡情(多情到头,像阳极成阴)、该出手时就出手绝不拖泥带水……这些都是艺术家(射手)的标志。从容一箭、精准一笔,就是引诱者投向美人的眼光,无欲之欲。

某画家晚年身体有恙,行动不便,可艺术使人冲动,他无法让自己闲下来,每天都会在床上作画。这暮年的狂热、创造力引发人们好奇。有一次我随一个记者朋友去采访他,记者朋友问他目力怎样,体力是否有些吃不消(因为画家的作品尺寸皆巨幅无比,没有一些体力是完全不行的),床上画家自信满满:"我嘛,无论哪个方面都还是很不赖的。"话未说完,他就吩咐年轻的女看护——奇怪,她脸上的几行光线,我曾在哪里见到过呀——从床底下取出弓箭和靶子。女看护根本不用画家提醒,直接就把靶子挂到床对面较远的墙上,画家坐在床头——拉弓射箭,箭箭中的!

我和记者朋友都惊呆了,惊得不仅是画家的稳、准、狠,更惊讶的是,为何在病床下面藏有弓箭和靶子,而且这老艺术家拿弓在手,仿佛药到病除,其状态,简直就像一个披挂上阵的将军!女看护告诉我们,画家这射箭的习惯多年前就养成了,他为了达到作画时在线条和布局上的准确、凝练和稳定,就以拉弓射箭来锻炼手腕上的力量和目力,即使躺在病床上也坚持这修炼,说射就射!

"我们见过面吗?"作别时,我冷不丁问了句女看护。

## 迷失旋律线

在弹拨声里，我追逐着一个遥远的角色。

弹拨声越来越清晰，旋律的行进却渐渐临近尾声，好怪。就像在途中，你看到两个人，贴得很紧，紧到近乎成一人，但你觉得他们实际上并未靠近，反而有种神秘的怪力将两人隔开，尽管他们把嘴都贴在一起了。

我等待弹拨声结束。我暗想一旦结束，把嘴贴在一起的人也就消失在声音里了。但现实情况却反过来了，弹拨声忽然愈来愈小，旋律的行进突然有了死灰复燃的意思。照此下去，我追逐的意义何在？

因为我是听见弹拨声，才展开追逐的呀！而现在，弹拨声变小，死灰复燃的旋律会不会是一种假象或伪装？

你定觉得我像个蹩脚的私家侦探，在侦破过程中，开小差、受诱惑。所以别说破案，恐怕连自己都会变成案件的一环。

我几乎忘了此次追逐的目的了。

那个遥远的角色,如今变得更遥远,如果不是再次感受到弹拨的力度和旋律的诡异,我还会迷醉于所谓的追逐吗?路上的旅人、案犯或侦探,时刻都要调整自己的步伐,步调乱套,全盘皆空。

想想也是啊,倘若我安心追逐——不受诱惑——对沿途的弹拨声充耳不闻,有可能会更快地接近那个遥远的角色,直至将其抓住。

可是那样,我一定会累个半死,说不准还会……

等一等,允许我岔开思路想想,因为我突然想到,那个遥远的角色,有可能就是沿着这条神秘的旋律线跑掉的!

也就是说,那个遥远的角色,很有可能一直都行走在这条弹拨出来的旋律线路上;正是他的存在,导致弹拨声发生了变化;说得更加离谱一些,这个家伙也许正在诱导我走上正道呢,因为我误入歧途已久。

啊,高明!我为自己的"侦破"惊叹。

正当我为自己惊叹之际,把嘴贴在一起的画面倏然就消失了。


恍惚间过了很久。

我渐渐又听到弹拨的力度和旋律的行进合拍了。这,真是好极了!当初我还怪罪这两个贸然者,觉得他们不务正业,调皮捣蛋;现在明白,把嘴贴在一起的两个人,是弹拨声与旋律感的隐喻,他们的出现是我踏上追逐之路的必不可少。我开始自忖并有了悔意,当初我是嫉妒吗?还是见识不够?我惩罚自己唱一首歌——

> 他带着谦卑的爱意试探你,
> 你怀着不安而甜蜜的表情别过头去,
> 要命的是此刻叫人想死的音乐又响起,
> 于是你就含着眼泪把嘴和他贴在一起。
> 哦,贴在一起。

我又开始追逐那个遥远的角色了。

去除杂念,也不强求,哪怕遥遥无期,哪怕子虚乌有。

因为我已学会了另一种享受,听着弹拨声,跳上旋律线,好生快活!实际上,在旋律线的某一段,我曾与"遥远的角色"碰撞过一次,就是说,要是我愿意,那一刻我就抓住他了。不过那时处在旋律线最紧绷的高处,要是行动,可能会出现意外。好在很快我又生出一个怪念头,将一切平息了下来,就像满足之后爱欲的消失。

多年后,弹拨者现身了。

他讲出一件事,使我惊呆!

他说从一开始就知道我在追逐一个遥远的角色，而实际上我早就追到了……

我说，这怎么可能。

他说音乐不同于其他艺术，是无。然，唯无才能生出有。所以在弹拨中，发生什么都是有可能的。

我请他明讲。

他说，我文章开始不久，出现把嘴紧紧贴在一起的人，就是他和被追逐的那个人。"至于你是两个之中的哪一个，你自己选择好了。"

# 反旅行

　　很快,我就要跟那个开火车头的司机驶进一个季节小城了。

　　打了个盹,待我睁眼时,发现前方灯火通明,有一种悠远而欢快的声音传来,似雪片夹杂着什么东西落在烟火里,噼里啪啦。

　　司机受我传染,也犯了困,打着哈欠,又将脑袋探出去,似要清醒下自己。缩回时,眉毛上有片白,真是雪片?

　　不会吧?刚刚天还是很闷热的啊,莫非我这一打盹,就去到了另一个季节?

　　当时热风徐徐,我沿铁路晃荡。一列火车在我身后慢慢驶来,我回头,原来是一节黄色火车头。开始,我并没有在意这个慢吞吞的孤独的黄家伙,它由远及近发出呼哧呼哧的声音,我还以为身后是一匹拉车的老马或是一头被猎人追赶至上气不接下气的野兽呢!当火车头从我身边慢慢驶过时,我一下就追上它,跟着它并排小跑起来。火车头司

机留着络腮胡,马脸,前额很高,眼睛小而且有点凹陷。他探出脑袋:

"小朋友,这么有力气,跑步呢!"

他的模样让我猜不到他多大,又老又年轻。我觉得他很像一个外国演员,专门饰演那种心肠好但又很倒霉的人,他走背字是因为女色,然而由于他的消极心态,最终总会逢凶化吉。

"小朋友,你有烟吗?"

我没有停下小跑,掏出一根香烟递给他,他叼在嘴里,没点着。

我不抽烟,这盒"新安江"牌香烟是头几天老家的朋友来看我落下的。我觉得无聊,就把它放在口袋里,潜意识也许是希望自己老练一点。

司机又问我去哪,要不要带我一段,没等我回答,他就打开车门。我的确有些跑累了,跳了上去坐在他的旁边。

我问他,为什么开这列黄色车头,感觉很怪,不太真实。

他走神了,没听到我说话,嘴里的烟还是那么叼着。渐渐地,我感觉他提速了,因为窗外的风景开始变幻莫测,看得我浮想联翩。那光影的线条闪烁不已,像不规则的和弦变奏,再说,我的确听到音乐在线条的变化中响起来。

有一次音乐家马勒与友人们去郊外旅行,爬山时,有一位女眷注意到"险峻的岩石所衬托出的迷人景色"而发出一声惊叹，想多看一会儿。马勒说："用不着再看那了，我已经把它们写进音乐里去了。"

受艾米莉·狄金森的影响，以前我觉得，旅行"等于闭上眼睛"，哪里用得上亲自动身呢……如今我却希望黄色火车头无休止地开下去。在变化的音乐线条中，出现了个穿着草色裙子的妇人，她挥动双手，就像请我们去做客！司机喉结动了动，等我再回望过去，妇人弯腰捡起了一个什么东西。

开头我说我们马上就要驶进季节小城了，还感觉有雪片夹杂着什么东西落在前方的烟火里，噼里啪啦。这时，司机突然猛地直起腰板，紧抓方向盘，说："不对啊，昨天还是夏天，怎么今天就下起雪来了？"

我说："是的啊，我老早就觉得不对劲了。"

他说："我以前常弄错车站，导致被处罚，就是开火车头。"

哦，原来如此。

以前干的一些傻事、丑事，我都能原谅自己，可现在，我们这是在哪里啊，噼里啪啦的，是谁在追捕我们吗？

## 逃离与追赶

　　月台上,有人行色匆匆,有人谈笑风生,有人一筹莫展,有人陷入回忆。曾有人跟他说,对于一个旅人来说,一半是逃离,一半是追赶。当时没感觉,因为他在旅途中总是漫无目的,现在他觉得这话有道理,因为眼下的确有种"追逐"着什么的感觉,而这种感觉出来之前,仿佛自己身在"逃离"中。但追赶什么又逃离什么? 搞不清。

　　"没事,就出去走走,兜一圈回来,什么事就都解决了。"月台上,一个壮实的女人握着一个男人的手说。

　　我注意他很久了,说来有点怪,因为他的鼻子。他的鼻子有种低调的挺拔,好像会将旅途中不好的情绪一扫而光。

　　他的鼻子还使我想到西默农一部小说里的主人公,一个出轨的化学老师,在旅途中,化学老师最快乐的事情之一就是望着火车缓缓驶过,仿佛他已经投放了一部分东西在上面,他希望这一部分东西先他而去。接下来,他开始期待自己搭乘的这趟列车进站,不过说实话,火车将要把他带往何处,他也并不在意,像西默农笔下的出轨人,不管行至何处,他很快就能将自己的一切(情感除外?)安营扎寨。

最好的旅行存在于时间之外吗?

露天月台,旅客们等火车进站,有个别人已经开始生出怨气,火车晚点很久了。从几步之外两个度假模样的小女生的兴奋劲看来,好像有什么事正在发生。如果旅行存在于时间之外,那么现在经历的这些就一定会从生命中扣除……他异想天开时,觉得额头上多了一丝凉意。

哦,刚才两个小女生是发现下雪了。正好这时,火车进了站。他随着队伍上去,却被列车员赶了下来。原来他要乘的那班早就开走了——应该是他默默注视,将一些东西"寄托"而去的那列。

他重新站在月台上,这回只有他孤零零一个人。他感觉脑门的凉意多了一点,那两个已经上车坐定的女生正好把头探出窗外,咯咯笑起来。既然下雪了,他想了想,那就哪也不去了。他重新回到车站就近的那家旅店住下,挑了另一个房间——凑巧得很!正好能看到露天月台,他看见一列列火车驶出冬天。

另一天,他趴在客房窗台上,又看见了那两个咯咯乐的女生,仿佛她们来了又去,去了又来,漫长的假期永不停歇!此外,他总觉得额头上的一两点凉意一直都在,这令他回想起某次坠入爱河的滋味:逃离和追赶。